에펠탑을 폭파하라

에펠탑을
폭파하라

구소은 소설

검은모래

프롤로그

나는 모나리자가 싫다.

입꼬리에 걸린 희미한 미소가 볼수록 기분 나쁘다.
조롱기를 담고 있는 눈도 그렇다. 나는 너를 안다는 저 오만한 표정이라니. 그녀는 정면을 응시하지 않고 눈동자를 왼쪽으로 돌려 내 눈을 살짝 피해 오른쪽 옆 사람을 보는 척한다. 나는 고개를 돌려 그녀가 보고 있는 쪽을 봤더니 이마에 땀이 송송 맺힌 머리가 벗어진 거구의 외국인이 있다.
모나리자는 내가 상상한 것보다 더 작은 사각 틀 속에 박제된 채 다른 사람을 보는 척하며 나를 비웃고 있다. 그렇다고 나만 비웃는 건 아니다. 자기를 쳐다보는 모든 사람을 은근슬쩍 깔보고 있다. 그것도 모르는 사람들은 조금이라도 더 가까이에서 저 기분 나쁜 미소를 보려고 자리다툼을 한다.
루브르 박물관을 찾은 구경꾼들은 유독 모나리자 앞에 바글 바글 모여 있다. 그들은 헤벌쭉해진 입에서 단내 나는 감탄사를 토해낸다. 나는 사람들이 왜 저 여자에게 찬사를 보내는지 도무지 이해할 수 없다.

밀어버린 듯한 눈썹과 움푹한 눈에 긴 코와 짧은 인중 그리고 작은 입에 얄팍한 입술과 굵은 목이라니……, 아무리 봐도 조합이 잘못된 여자인데 말이다.

나는 사람들의 체취가 무척이나 다양하다는 걸 이때 처음 알았다. 어떤 냄새는 너무 역해서 점심때 먹은 달팽이가 도로 올라올 것 같았다.

엄마가 잡고 있던 내 손에 신호가 왔다.

그것은 땀이었고, 내 것이 아니라 엄마의 것이었다. 엄마도 나처럼 불쾌했던 거다. 모나리자의 눈빛과 미소를 견딜 수 없었던 거다.

엄마가 살며시 내 손을 놓았다. 땀이 찬 손을 놓기 전에 내게 또 다른 느낌이 전달되었다. 마치 엄마의 손에 심장이 하나 더 있는 것 같았다. 파닥거리며 빨라지는 박동이 내 손으로 건너왔다.

엄마는 모나리자를 보는 순간 나와 같은 느낌을 받았는지도 모른다. 기분이 나빠져 손에 땀이 찼고, 심장이 파닥거렸고, 땀과 파닥거림이 부담스러워서 그만 내 손을 놓게 되었을 거다. 나는 그렇게 이해하고 싶다. 그러나 나는 안다. 그것은 모나리자 때문이 아니라는 것을.

나에게는 첫 유럽 여행이고, 부모님은 두 번째였다. 나는 여행에 흥미가 없었다. 이날까지 제대로 된 여행을 해본 적도 없다. 정작 함께 오고 싶어 했던 남매 쌍둥이 동생들을 남겨둔 채 나를 택한 것이다.

어느 일요일 밤, 나는 부모님이 안방에서 다투는 소리를 우연히 엿들었다. 아빠의 짜증 섞인 말과 갈라진 엄마 목소리가 필터 없이 밖으로 새어 나왔다. 교회 지붕 꼭대기 피뢰침에 날개 한쪽이 찔려 파닥거리는 비둘기를 구출하려고 내가 거기를 올라간 날이었다.

"난 더 이상 지칠 힘도 없다고요. 제일 번화한 곳에다 두고 올 거예요."

"말 같잖은 소리 작작 해. 그게 쉬운 일인 줄 알아? 우리만 몹쓸 사람 되는 거야. 실종자를 찾는 건 시간문제야."

"그건 나중 일이고, 언제까지 이렇게 살아갈 순 없어요."

그런 다툼이 있고 나서, 우리 셋의 유럽 여행이 정해졌다. 그리고 엄마가 말한 그 번화한 곳이 루브르 박물관이었고, 그중에서도 가장 복잡한 곳이 모나리자 앞이었다. 엄마와 아빠는 나 때문에 다투는 일이 잦았고 그럴 때마다 엄마는 분노를 조절하지 못해 수시로 나를 버리고 싶다고 말하곤 했다. 까닭에 나는 엄마가 진짜 실행으로 옮길 거라고 믿지 않았다. 그랬는데, 엄마의 마지막 분노는 사실이었다.

나는 이해한다.

내가 소위 자폐증이라는 장애로 부모님을 성가시게 한 적이 셀 수 없이 많았다. 나는 부모님을 원망하지 않는다. 오히려 지금까지 보살펴준 것이 고맙다. 그 마음을 표현하지 못한 게 아쉽기는 하다.

다만, 말도 통하지 않는 프랑스가 목적지라는 건 별로 달갑지 않았을 뿐이다.

스무 명이 단체로 떠나온 첫 관광지는 파리였고, 우리는 사흘 전 저녁에 도착했다. 루브르 박물관 관람을 마친 뒤 저녁을 먹고 유람선을 타는 것으로 파리 일정은 끝이다. 다음 날 아침 일찍 TGV를 타고 스위스로 갔다가 며칠 뒤에 이탈리아로 넘어가는 코스다.

사흘 동안 내 기억에 남은 것이 딱 두 가지인데, 그중 하나가 에펠탑이다.
　에펠탑을 보는 순간 가슴이 쿵쾅거렸다. 꼭대기까지 온몸으로 기어오르고 싶은 충동을 참고 가이드를 따라 엘리베이터를 타고 전망대에 올랐다. 실망이 이만저만 아니었다.
　다른 하나는 모나리자다. 아마 평생을 두고 잊지 못할 거다.
　내 나이 스물셋에 국제 미아가 되었으니까.

| 차례 |

프롤로그 04

첫날 (한울) 13

이튿날 (파스칼) 27

사흗날 (한울) 46

나흗날 (파스칼) 62

닷샛날 (한울) 78

엿샛날 (파스칼) 95

이렛날 (한울) 110

여드렛날 (파스칼) 128

아흐렛날 (한울) 147

열흘 (파스칼) 166

열하루 (한울)	184
열이틀 (파스칼)	203
열사흘 (한울)	222
열나흘 (파스칼)	240
열닷새 (한울)	261
열엿새 (파스칼)	280
열이레 (한울)	299
열여드레 (파스칼)	320
열아흐레 (한울)	335
스무날 이후	354
에필로그	378

첫날 (한울)

나는 모나리자를 보려고 꾸역꾸역 몰려드는 사람들을 피하다 보니 엄마와 점점 멀어졌다. 마침내 맨 끝으로 내몰렸을 때는 엄마가 보이지 않았다. 차라리 재미 하나 없는 그림들을 보느니 나는 출입구 쪽에서 엄마를 기다리기로 했다.

나는 낯선 사람들 속에 있는 것이 두렵다. 더 정확하게 말하면, 무표정한 얼굴들이 무섭다. 그런 얼굴들과 눈이 마주치면 이내 주눅이 든다. 그럴 때는 모든 생각과 행동이 멎어버리는 버릇이 있다. 의사는 이것도 자폐의 증상이라고 했다.

꼭대기로 올라가는 버릇도 있다. 걸음마를 막 배우기 시작한 유아기에 시작된 버릇이다. 나는 유모차에 실려 아파트 놀이터에 갔다가 엄마가 이웃과 수다를 떨며 한눈파는 사이 나 혼자 미끄럼틀 위로 올라갔다. 어른들은 비명을 질러댔다. 내가 낙상이라도 해서 다치거나 더 치명적인 부상을 당할지도 모른다고 생각했겠지만, 그런 일은 없었다. 미끄럼틀이 시시해지자 그다음은 정글짐 꼭대기까지 올라갔다.

나는 높은 곳이 좋다. 오르고 또 오르고, 기어서 올라갔다가 매번 어른들을 기겁시켜 꿀밤을 맞거나 벌서거나 된통 혼이 났다. 나는 하늘과 구름과 새와 조금이라도 더 가까워지고 싶은 것뿐인데…….

나는 우리가 들어왔던 출입구 천장을 올려다보고는 그만 환호성을 내질렀다. 내 소리가 컸나 보다. 주변에 있던 사람들이 나를 쳐다봤고, 몇몇은 내가 뭘 보는지 확인하느라 고개를 들었다.

내 머리 위에 금속 기둥과 투명한 유리로 뾰족하게 만든 천장이 있고, 그 너머로 솜뭉치 구름이 떠다녔다. 사람들이 구경하는 오래된 그림보다 더 아름다웠다. 들어올 때 제대로 확인하지 않았던 게 천만다행이었다. 그때 이 광경을 봤더라면 내가 내지른 소리에 엄마와 아빠가 무척 난처했을 테니까.

나는 뒤로 꺾은 목이 뻐근해지자 박물관 밖으로 나가 피라미드를 제대로 구경하려고 에스컬레이터를 탔다. 밖은 더웠고 그늘을 찾을 수 없었다. 그래도 답답한 것보다 백배 나았다.

유리 피라미드를 보고 있자니 뾰족한 꼭대기까지 올라가고 싶었다. 맨발로 올라간다면 충분히 가능할 것 같았다. 그렇지만 나는 포기하고 말았다. 햇볕에 데워진 유리가 무척 뜨거웠다. 분수대에 걸터앉아 있으려니 심심했다. 목이 말랐지만, 분수가 뿜어낸 물을 마시고 싶지는 않았다. 엄마가 메고 있는 크로스백에 생수가 있으니 조금만 참기로 했다.

한참을 기다린 것 같은데 손목에 찬 전자시계를 보니 겨우 20분밖에 지나지 않았다. 어쩌면 더 오래 기다려야 할지도 모른다. 파리의 여름은 밤 열 시가 되어서야 조금 어둑해졌다. 한인 식당에서 저녁밥을 먹으려면 아직 두 시간 정도 남았으니 잠시라도 빛을 피해 쉬고 싶었다.

나는 박물관 출입구에서 가까운 루브르 성의 아치형 통로로 가서 기다리기로 했다. 아침부터 엄마 손을 잡고 몽마르트르 언덕이며 샹젤리제를 돌아다녔더니 다리가 노곤했다. 옆을 보니 젊은 남녀 한 쌍이 바닥에 퍼질러 앉아 파리 지도를 보고 있었다. 길바닥에 앉는 것은 막돼먹은 인간들이나 하는 짓이라고 엄마가 말했던 기억이 났다. 하지만 어디로 봐도 두 남녀는 막돼먹은 사람 같지 않았다.

나는 그들처럼 돌바닥 위에 엉덩이를 살포시 내려놓았다. 그것이 실수였다. 내 몸은 다리만 고단한 게 아니었다. 엉덩이가 바닥에 닿고 등과 벽이 맞닿고 나중에는 머리까지 기댔더니 졸음이 밀려왔다.

벌이 내 콧등에서 윙윙대는 바람에 눈을 떴다. 햇빛이 제법 순해져 있었다. 옆쪽에 있던 젊은 남녀 한 쌍이 보이지 않았다. 나는 어느 겨를에 잠들고 말았던 거다. 화들짝 놀란 나는 자리에서 벌떡 일어섰다. 그러고는 손목시계를 봤다.

여섯 시가 훌쩍 넘었고, 내가 두 시간이나 잠들었다는 걸 깨달았다. 나는 루브르 박물관 출입구가 있는 피라미드로 달려갔다. 출입구는 잠겨 있었다. 엄마 아빠는 물론이고 함께 여행 온 사람들도 보이지 않았다.

내가 세상모르고 잠든 사이, 루브르 박물관 안에서 난리가 났다는 걸 나는 알 턱이 없었다. 사람들은 흩어져서 나를 찾아다녔고, 한국인 여자 가이드는 여러 차례 방송으로 내 이름을 불렀다. 결국 박물관이 문을 닫는 여섯 시까지 나를 발견하지 못한 채 그들은 다음 일정을 소화하기 위해 한인 식당으로 떠났다. 가이드는 대한민국 대사관으로 전화하여 관광객 '장 한울'이 실종되었다는 사실을 통보했다. 그리고 엄마가 가지고 있는 내 여권 속 기록과 멍청하고 뚱하게 박힌 사진을 복사하여 팩스로 대사관에 보냈다.

나는 청바지 호주머니를 뒤졌다. 백 원짜리 동전 한 푼 없었다. 엄마가 땀을 닦으라며 챙겨준 손수건 한 장이 달랑 들어 있을 뿐이다. 내 전 재산은 그 손수건과 손목에 찬 전자시계가 전부였다. 거의 수신용으로만 사용하던 내 휴대폰은 거추장스러운 짐만 된다며 아빠가 집에 두고 가라고 했었다. 하기야 그게 있어도 해외에서 사용할 수 없겠지만…….

서쪽으로 옮겨간 태양이 피라미드 꼭대기에 여러 갈래 빛 무늬를 만들고 있었다. 망연자실한 나는 생각을 정리하려고 분수대에 걸터앉았다. 불행하게도 멍한 머리에 생각이 들어앉을 자리는 없었다.

의사는 내가 특별한 자폐아라고 했다. 말하자면 전형적인 자폐의 특징을 가지고 있으면서 뇌에 천재적인 영역이 따로 있다는 거다. 더 쉽게 말하면, 두 종류의 증후군이 짬뽕 된 특별한 케이스라는 소리였다. 그렇게 간단하게 말하면 되는 것을 자폐 스펙트럼이 어떻고 아스퍼거니 서번트니 무슨 무슨 증후군이 어떻고 하면서 아무짝에도 쓸모없는 말을 많이 해서 엄마를 거북하게 만들었다.

나는 집중해서 본 건 뭐가 됐든 다 기억한다. 순간적인 것도 마찬가지다. 그 짧은 순간에도 내가 집중했을 때 그렇다는 말이다. 본다는 표현보다 전체를 한순간에 통째로 스캔한다는 말이 더 정확할 것이다. 한 번 머리에 입력된 것은 완벽하게 저장되어 지워지지 않는다. 다만 응용이라는 것은 훈련받은 적이 없어서 그 부분에 관한 한 어떤지 모르겠다.

어쨌든 나는 부모님과 억지로 동행한 여행이기 때문에 늘 시큰둥하게 끌려다녔다. 그래서 호텔 이름도 기억하지 않았다. 그냥 따라가서 잠만 자면 되니까. 그러니 호텔이 어디에 있는지도 당연히 모른다. 호텔 방 번호가 '514'라는 것만 기억한다.

해가 남아 있는 저녁은 갈증을 일으킬 만큼 여전히 더웠다. 그렇다고 분수대 물을 손으로 떠 마실 수는 없었다. 길바닥에 퍼질러 앉는 막돼먹은 짓보다 더 흉한 짓일 것 같았다. 목만 마른 게 아니라 배도 고팠다. 이 시간이면 함께 여행 온 일행들은 한인 식당에서 밥을 먹고 있을 텐데, 혹시 내가 좋아하는 불고기가 있을지도 모른다. 내 눈앞에서 불고기가 자글자글 익고 있다. 왜 배고플 때는 이런 생각이 더 또렷한 걸까.

배에서 꼬르륵 소리까지 나자 나는 벌떡 일어났다. 내 머릿속에 떠오른 것이 있었기 때문이다. 한국에서부터 우리 단체를 이끌고 온 인솔자가 저녁밥을 먹은 뒤 아홉 시 반에 센 강 유람선을 탄다고 했었다. 그렇다면 선착장이 있는 강가에 가서 기다리면 된다. 어느 배인지 몰라도 폭이 좁은 센 강을 떠다니는 배가 많아봤자다. 아직 시간이 넉넉하다고 생각하니 기분이 나

아졌다. 목마르고 배고픈 것만 빼면 말이다.

  그런데 문제는 내가 유람선 선착장이 어디에 있는지 모른다는 거다. 무작정 찾아 나설 수도 없고 낯선 사람에게 다가가 묻는 건 무서워서 못 하겠다. 나는 영어엔 자신이 있다. 영어회화 책을 달달 암기했으며, 영어사전 하나를 통째로 외웠다. 만약 종이와 연필이 있다면 글로 써서 물어보는 건 가능할 것 같다. 하지만 그런 것들이 없으니 방법을 찾기는 글렀다.

  일단 다짜고짜 가보기로 작정했다. 약 세 시간이 남았으니 그 사이에 찾으면 된다. 다리야 아프겠지만, 부모님을 찾을 수 있다면 무릎 아래가 다 닳아도 상관하지 않을 테다.

  언뜻 본 지도에서 센 강은 루브르 박물관 가까운 곳에 있었다. 나는 유리 피라미드 출입구에서 카루셀 광장쪽으로 방향을 잡고 튈르리 정원과 경계를 짓는 도로까지 갔다. 거기서 잠시 걸음을 멈추고 어느 방향으로 갈지 고민했다. 이럴 때 동전이 한 닢이라도 있다면 얼마나 좋을까. 앞면은 오른쪽, 뒷면은 왼쪽으로 정하면 간단한 것을.

  결국 나는 앞면을 상상하며 오른쪽으로 몸을 돌렸다. 이제부터는 이정표나 벽에 붙은 거리 이름을 자세히 보기로 마음먹었다. 자칫 길을 헤매다 같은 자리를 맴도는 꼴이 될 수도 있기 때문이다.

광장 도로 끝에 양쪽으로 제법 길고 폭이 넓은 도로가 나왔다. 횡단보도 옆에 세워진 기둥에 도로 이름이 쓰인 이정표가 붙어 있었다. 불어로 어떻게 읽는지 모르지만, 영어식으로 읽으면 리볼리 가쯤 되나 보다. 나는 도로를 건너갈지 다시 오른쪽이나 왼쪽을 선택해서 갈지 생각해 보기로 했다.

눈앞에 신호등이 초록 불로 바뀌자 생각이고 뭐고 할 틈도 없이 나도 모르게 발을 내디디며 횡단보도를 건넜다. 그러나 결과는 마찬가지였다. 길을 건너나 안 건너나 똑같은 문제가 나를 기다리고 있었다. 계속 새로 난 길로 직진을 할 것인지 리볼리 가를 따라 오른쪽이나 왼쪽을 택해야 하는 문제 말이다.

나는 횡단보도 끝에서 한참을 차렷 자세로 멈춰 선 채 망설였다. 지나가던 사람 몇 명이 나를 쳐다봤다. 나와 눈이 마주친 아주머니가 부드러운 미소를 지었다. 모나리자가 배워야 할 미소였다. 어쨌든 모든 길은 로마로 통한다는 말이 있다. 나는 피라미드 가라고 적힌 직진을 택하여 발을 내디뎠다.

제법 걸었건만 센 강은 보일 기미가 없고 다시 큰 도로를 만났다. 오페라 가였다. 또 다른 도로를 만나는 지대가 가장 곤혹스러웠다. 같은 문제를 반복해야 하니까. 다시 오른쪽을 택해 걸었다.

어라, 오페라 가 끝에서 루브르 박물관의 피라미드가 보였다.

그렇다면 내가 크게 한 바퀴를 돌았다는 셈이다. 나는 피라미드 출입구로 돌아와 다시 생각을 정리했다. 리볼리 가에서 직진을 택했으니 이제는 가보지 않은 길, 즉 오른쪽으로 정하고 걸음을 재촉했다.

리볼리 가는 무척 길었고 파리 시청을 지나도 끝나지 않았다. 마침내 그 길이 끝나자 새로운 이름의 거리가 세 개나 나타났다. 아무래도 그 셋 다 센 강으로 통하지 않을 것 같았다.

식당마다 자리를 차지하여 음식을 먹는 사람들 모습이 나를 힘들게 했다. 엄마만 만날 수 있다면 이 정도 배고픔은 참아야 한다고 나 스스로를 달랬다. 다시 원점으로 돌아가서 하나 남은 왼쪽 길을 선택할 차례다. 어느덧 시간은 여덟 시가 지났다.

다리는 감각을 잃었다. 시청 광장 분수대 앞에 잠시 앉아서 다리를 주무른 뒤 일어서서 걷기 시작했다. 원점인 루브르 박물관 피라미드 출입구에서 리볼리 가의 가보지 않은 왼쪽으로 무작정 걷고 또 걸었다.

세상에나! 내가 어제 본 콩코드 광장에 우뚝 세워진 오벨리스크가 시원스럽게 눈에 들어왔다. 멀리 에펠탑이 보인다. 가이드가 들려준 이야기 일부도 기억난다. 이 광장에 세워진 단두대에서 마리 앙투아네트가 처형당했다고 했던 이야기였다.

이루 말할 수 없이 반가웠다. 더 이상 직진할 필요가 없었다. 이곳에서 에펠탑이 보이는 쪽으로 방향을 틀면 센 강이 나온다. 어제 투어 버스를 타고 에펠탑으로 가던 길에 강을 건넜기 때문이다.

까짓것 배고픈 게 문제가 아니었다. 게다가 다리도 안 아픈 것 같았다. 나는 달리기 시작했다. 내 눈에는 아무것도 들어오지 않았다. 어쨌든 센 강만 만나면 되니까. 얼마 달리지도 않았는데 큰 도로 하나를 사이에 두고 센 강이 보였다.

나는 마구 소리를 질렀다. 몇몇 사람들은 나를 이상하게 쳐다봤지만 그건 전혀 상관없었다. 한국에서 사람들이 나를 그렇게 볼 때면 나는 무척 슬펐고 엄청 주눅이 들어 몸을 숨기곤 했는데 지금은 기뻤다. 사람들에게 손짓으로 센 강을 가리켰다. 내 손끝에 센 강이 있다는 걸 확인한 행인들은 내게 미소를 보냈다. 그들도 함께 기뻐하는 것 같았다.

내게는 마냥 기뻐할 시간이 없었다. 지금쯤 일행들은 저녁밥을 다 먹고 유람선을 타려고 이동하거나, 벌써 배에 올랐을지 모른다. 가이드 말에 의하면, 배를 타고 구경하는 데 한 시간이 걸린다고 했다. 나는 서둘러 자리를 잡아야 했다.

강가가 양쪽으로 두 군데이니까 어느 쪽이 나을지 잠시 생각했다. 기운이 다 빠진 나는 강을 건너는 대신 다리 아래로 내려가 널찍한 장소를 찾기로 했다. 강가에 살림집처럼 생긴 배들이 많아서 지나가는 유람선이 잘 보이지 않았다. 건너편에는 살림집 배가 훨씬 적었다. 하는 수 없이 나는 다리를 건너려고 계단을 올랐다. 내 다리가 후들후들 떨렸다. 여기에서 주저앉을 수 없으므로 나는 멈춰 서서 심호흡을 크게 한 뒤 내 몸에 '얍'하고 우렁차게 기합을 넣었다.

콩코드 다리를 건너고 다시 계단을 내려가서 강이 훤히 보이는 곳을 찾았다. 시야가 트인 곳을 발견하자마자 그대로 땅바닥에 주저앉고 말았다. 나는 강을 건너오기 전 에펠탑이 가깝게 보이는 쪽을 향해 다리 두 개만 더 지나가면 바토 무슈 유람선 선착장이 있다는 걸 전혀 알지 못했던 거다.

어쨌든 나는 내 눈앞으로 다가오는 유람선을 볼 때마다 자리에서 벌떡 일어나 양팔을 번쩍 들어 흔들면서 펄쩍펄쩍 뛰고 마구 소리쳤다.

"엄마 아빠 나 여기 있어, 엄마 아빠 한울이 여기 있어."

그 외침이 몇 번이었는지 나는 기억도 안 난다. 쇳소리가 날 정도로 목이 쉬고 목구멍은 따가웠다. 일행들이 이어폰을 귀에 꽂고 오디오 가이드로 유람선 관광을 했으니, 그걸 알 턱이 없는 나는 헛수고를 한 거다.

시간은 벌써 열 시를 향해갔으며, 길고 긴 파리의 여름 해가 사라지면서 하늘을 검붉게 물들였다. 머리를 왼쪽으로 꺾어 올리니 에펠탑은 언제 옷을 갈아입었는지 황금빛으로 빛나고 있었다. 붉은 바탕에 황금빛이라니…….

그걸 보자 눈물이 볼을 타고 흘러내렸다. 소리 내어 울고 싶었으나 그것만은 참아야 했다. 길바닥에 앉는 것보다 더 못난 짓은 길에서 우는 거였고, 그보다 더 나쁜 것은 울면서 소리를 내는 거라고 귀에 못이 박히도록 엄마와 아빠에게 주의를 들었기 때문이다. 기분이 여간 꿀꿀한 게 아니었다. 소리를 지르고 흔들고 뛰고 하는 바람에 에너지가 몽땅 빠져나갔다. 배는 허기를 먹이로 삼았는지 더는 고프다는 느낌도 없었다.

얼마나 소리를 질렀던지 갈증까지 더해 혀와 목구멍이 쩍쩍 갈라진 것 같았다. 혹시 피가 나올지도 몰라 침이라도 뱉어보려 했지만, 침이 한 방울도 나오지 않았다.

지나가는 유람선이 한 척도 보이지 않을 때가 되자 나는 밀려드는 잠을 이겨낼 자신이 없었다. 내가 있는 곳에서 약 15미터 떨어진 곳에 벤치가 보였다. 일단 거기로 가서 잠깐 눈을 붙이기로 했다.

잠을 좀 자고 나면 좋은 일이 생길지 누가 알겠어. 지금쯤 사람들이 나를 찾고 있을 거야. 어쩌면 난리가 나서 유람선을 타지 않고 나를 찾는지도 몰라. 그렇다면 나는 바보짓을 한 거잖아. 그런 생각을 하니 참담했던 기분이 슬며시 풀렸다. 밤사이 내가 발견되어 엄마 아빠에게 돌아갈 수도 있으니까.

하지만 내일이면 아침 일찍 일행은 스위스로 갈 텐데, 엄마 아빠도 그들과 같이 가는 건 아닐까. 아닐 거야. 어쩌면 나를 찾으려고 모두 여행을 포기할지도 모르지. 나를 빨리 찾을 수 있게 하려면 루브르 박물관이 있는 곳으로 되돌아가야 하는데…….

그런 생각을 하다가 부실해 보이는 나무 벤치에 기댄 채 잠이 들고 말았다.

모나리자는 앞으로 얌전히 모은 손을 서서히 풀더니 작은 사각 틀을 쫙 벌리기 시작했다. 그러고는 왼쪽으로 돌렸던 눈동자를 정면에 고정한 채 미소를 거두고 나를 뚫어지게 쳐다봤다. 나는 너무 무섭고 떨려서 달아나고 싶었지만, 발이 바닥에 딱 달라붙어 꼼짝달싹할 수 없었다.

모나리자는 손에 힘을 더 세게 주어 마침내 사각 틀이 빠지직 소리 나도록 부수고는 몸을 앞으로 기울였다. 내 머리카락이 전부 곤두서고 팔뚝에는 엄청나게 굵은 소름이 돋았다.

고개를 든 모나리자가 나를 보더니 그 유명한 미소를 다시 지었다. 그 미소 사이로 음흉한 웃음소리가 흐흐흐 새어 나왔다. 그러고는 낑낑거리며 부서진 사각 틀 밖으로 나오려 안간힘을 썼다. 길어서 치렁치렁한 치마 때문에 쉽지는 않아 보였다. 나는 몸을 돌려 도망치려 했다. 그런데 언제 빠져나왔는지 그녀가 내 바지 허리춤을 잡아당겼다.

나는 온몸에 땀을 비 오듯 흘리며 몸부림쳤다. 겨우 그녀의 손아귀를 떨쳐내고 내달리기 시작했다. 한참을 달리고 보니 내가 아까 잠든 벤치까지 오게 되었다. 나는 벤치에 철퍼덕 앉아서 튀어나올 것 같은 심장을 두 손으로 꾹 눌렀다. 그런 뒤, 호흡을 가다듬고 셔츠를 펄럭이며 땀을 식히려는 찰나, 언제 따라왔는지 모나리자가 내 앞에 떡하니 서 있었다. 완전히 미친 여자 같았다.

나는 너무 놀라 벌떡 일어섰다. 그러자 그 미친 여자는 손가락 하나를 들어 가볍게 내 가슴을 콕 찔렀다. 그 힘이 얼마나 무지막지하던지 나는 나자빠지듯 도로 벤치에 주저앉고 말았다.

모나리자는 한 걸음 앞으로 다가와 나를 내려다보며 배를 잡고 웃기 시작했다. 그런 다음, 웃음을 뚝 그치고 몸을 돌리는가 싶더니 내 허벅지 위에 묵직한 궁둥이를 철퍼덕 내려놓았다.

이튿날 (파스칼)

우레 같은 굉음이 구름을 마구 찢어발기더니 에펠탑이 한쪽으로 기울기 시작했다. 태풍에 나뭇잎 떨어지듯 사람들이 에펠탑에서 우수수 떨어지고 아래에 있던 사람들은 혼비백산하여 사방팔방으로 달아났다.

소스라치게 놀란 내가 비명을 막 지르려는 찰나, 또 다른 엄청난 소리가 내 비명을 집어삼켰다. 악몽 때문에 내지른 내 목소리는 분명 아니었다. 나는 눈을 떴다. 내 얼굴 위로 다른 얼굴 하나가 입을 크게 벌린 채 소리를 지르고 있었다.

으악 우왁 으으으 아아악 히익히익……

발악인지 경악인지 모를 생판 처음 듣는 비명을 질러대는 녀석은 마치 꿔서는 안 될 악몽이라도 꾼 것 같았다. 왜냐하면 녀석의 눈이 그것을 말해주고 있었다. 초점 잃은 눈에는 아직 잠이 서려 있고 양팔은 허공을 마구 저어댔다. 어쩌면 내가 얼떨결에 그 녀석의 허벅지를 빌려 베개 삼아 잠들었던 것이 원인인지도 모르겠다.

나는 부스스한 머리를 매만지며 일어나 앉았다. 미루는 녀석의 소리에 겁먹었는지 짧은 꼬리를 내리고 벤치 아래 내 발치에서 낑낑거리고 있었다. 내 눈과 마주친 녀석이 갑자기 자리에서 벌떡 일어섰다. 그러고는 허공을 젓던 팔을 내려 죔죔과 곤지곤지를 반복하며 제자리를 빙글빙글 돌았다. 여전히 희한한 소리를 질러대며.

나는 어제따라 싸구려 와인으로 과음을 했다. 까닭에 평소 잠자던 렌느 산책로에 있는 벤치가 아니라 건너편 이곳에서 잠든 바람에 악몽뿐만 아니라 정신 사나운 일이 생긴 것 같아 슬그머니 짜증이 났다.

"야, 시끄러워."

나는 버럭 소리를 내질렀다. 그제야 괴성을 멈추고 나를 쳐다보던 녀석은 눈과 입이 동시에 커지더니 다시 돼지 멱따는 소리를 질러대며 똑같은 짓을 반복하는 게 아닌가. 죔죔 곤지곤지 제자리 돌기.

 아무래도 어딘가 고장 난 녀석 같았다. 나는 벤치에서 일어나 녀석을 꽉 잡았다. 겨우 진정이 됐는지 녀석은 한동안 망부석이 되었다. 나는 녀석을 잡았던 손을 풀고 벤치에 앉으라는 손짓을 했다. 다행히도 녀석은 얌전하게 내 지시를 따랐다.

 벤치에 앉아 강을 응시하는 녀석의 얼굴을 찬찬히 뜯어봤더니 아직 소년티가 남아 있는 동양인이었다. 조금 전에 그 난리를 치던 녀석은 언제 그랬느냐는 듯 너무도 고요했다. 침도 안 삼키는 것 같았다.

 녀석은 고개를 내 쪽으로 돌려 나와 잠깐 눈을 맞추는가 싶더니 이내 불안스러운 듯 초점이 흔들렸다. 그러고는 다시 센 강 쪽으로 고개를 돌렸다. 어수선하게 시작된 아침이었던 만큼 내 잠은 저만치 달아나버렸다. 잠시 뒤 녀석은 센 강을 향해 전혀 알아들을 수 없는 언어로 지껄이기 시작했다.

 "배고파, 배가 너무 고파. 목도 말라. 엄마 아빠는 왜 날 안 찾는 거야? 모두 어디에 있는 거야? 오늘 스위스로 간다고 했는데, 나만 빼고 스위스로 간 거야?"

 어느 나라 말인지는 몰라도 녀석이 띄엄띄엄 느릿하게 하는 말속에서 '스위스'는 알아들었다. 그렇다고 스위스 말은 아니었다. 스위스 고어가 따로 있는지 없는지는 잘 모르겠으나 그 나라 사람들은 독일어와 불어를 사용한다는 건 안다.

내 배에서 신호가 왔다. 먹을 것을 달라는 소리다. 문득 몸에서 내는 소리는 언어보다 뛰어나고 정직한 소통 도구라는 생각을 했다. 나는 발치에 뒀던 배낭을 끌어당겼다. 비닐포장지에 싸인 채 배낭 밖으로 끄트머리가 삐죽이 나온 바게트 빵을 꺼내 봉지를 뜯었다.

녀석이 고개를 휙 돌리더니 내 바게트 빵을 뚫어져라 쳐다봤다. 그것도 화등잔만큼 커진 눈을 하고서 말이다. 그러니까 녀석도 배가 고픈 거다. 어쩌면 녀석이 중얼거린 알아들을 수 없는 말은 배고프다는 뜻인지도 모른다. 그런데 웬 스위스람. 배고픈 것과 스위스는 아무런 연관이 없지 않나. 나도 에펠탑이 무너지는 기상천외한 악몽 때문에 너무 놀랐던 터라 정신이 흐릿해서 잘못 들은 것인지도 모른다.

나는 바게트 빵을 녀석의 눈앞으로 들어 보이며 물었다.

"배고프냐? 이거 좀 나눠 줄까? 내가 밤새 네 허벅지를 빌린 빚을 갚는 셈 치고 말이야."

녀석이 빵에 눈을 고정한 채 고개를 끄덕거렸다.

어라, 녀석이 내 말을 알아듣네. 그렇다면 녀석의 말속에 있던 스위스는 진짜 스위스일지도 모른다.

그래서 다시 물었다.

"너, 스위스에서 왔어?"

"스위스?"

"그래 스위스. 너 스위스 사람이야? 동양인처럼 생겼지만, 뭐 캄보디아 이민자 집안 출신일 수도 있을 테고."

녀석은 대답 대신 고개를 다시 끄덕거렸다.

근데 이상하다. 녀석이 지껄인 말은 스위스라는 단어를 빼고 나머지는 불어도 독일어도 아니었다. 그렇다면 캄보디아어일지 모른다. 나는 혹시나 해서 녀석에게 내가 제법 유창하게 말할 줄 아는 독일어로 물었다.

"그런데 말이야, 스위스에서 왔는데 왜 여기 있어? 그러니까 왜 여기서 잠을 자고 있었냐고. 너, 길을 잃은 거야?"

여전히 대답이 없는 녀석은 이제 고개도 끄덕이지 않고 내 바게트 빵을 무섭게 노려봤다. 나도 더 이상 질문을 하지 않기로 했다. 어차피 조금 있으면 각자의 길을 가야 할 처지인 것이다. 나는 손으로 빵을 조금 잘랐다. 그 빵을 녀석에게 주려고 손을 내미는 순간, 녀석은 빵을 낚아채 바로 입으로 가져가 큼지막하게 한 입 베어 물었다. 굼뜬 것 같던 녀석의 잽싼 행동에 내가 얼마나 놀랐는지 모른다.

더 놀라운 건 다음에 일어났다. 녀석은 우적우적 씹어대던 동작을 뚝 멈추고는 또 이상한 소리를 해댔다.

'무 무 물 무무무 물 우우 으으으 이이이 무무 물……'

나는 녀석의 등을 툭 치며 말했다.

"도대체 말을 바로 해야 알아듣지 이놈아. 스위스에서 왔다는 놈이 불어도 독일어도 아닌 소릴 내뱉으면 누가 알아듣냐고!"

그러자 녀석은 손가락으로 센 강을 가리키며 '무무 물, 물 물'이라는 소리를 반복했다.

"물? 물은 우리말로 홍합인데? 야 인마, 홍합은 바다에서 찾아야지 강에서 웬 홍합?"

녀석은 내 말을 듣지도 않고 여전히 '무무 물 으으 아아아 무무 물'을 외치더니 얼굴이 창백하게 변했다.

아차, 미친놈처럼 빵을 한입에 왕창 베어 물더니 체한 것이 분명했다. 나는 녀석의 등을 두드려 주고 배낭에서 수돗물이 든 1.5리터짜리 페트병을 꺼내 뚜껑을 열었다. 어제저녁에 공중 무료 식수대에서 가득 받아둔 물이었다.

그걸 보자 녀석은 아까 빵을 잽싸게 빼앗듯 가져갈 때보다 더 빠른 속도로 페트병을 낚아채어 제 주둥이로 가져갔다.

목말라 죽은 귀신에 씌었나 싶을 정도로 녀석은 단숨에 페트병을 절반이나 비워냈다. 나는 하루치 물을 넉넉히 받아둔 터라 오늘은 무료 식수대까지 갈 일이 없겠다 싶었는데, 녀석 때문에 또 물 받으러 갈 생각을 하니 슬쩍 부아가 치밀었다. 그대로 뒀다가는 아예 물을 다 마실 것 같아 나는 녀석에게서 페트병을 뺏었다.

녀석이 나를 쳐다보더니 씩 웃었다. 그러고는 고개를 두 번 숙였다 들었다. 아마도 고맙다는 인사 같았다. 동양인 특유의 인사법 정도는 나도 알고 있다. 나는 가벼워진 페트병을 내려다보며 혀를 찼다.

"오늘은 읽던 책이나 마저 읽으면서 움직이지 않으려 했는데, 또 물 받으러 가게 생겼네."

녀석은 센 강을 가리키며 또 '물'이라고 했다.

"그래 알았다고 알았어. 그러니 먹기나 해. 거참 재미있네. 우리말로 홍합이 캄보디아어로는 마시는 물이라니……."

아무래도 녀석과 같이 있으면 귀찮은 일이 생길 것 같아서 나는 가능한 한 빨리 헤어지기로 했다. 하지만 여긴 내 영역 근처이니 녀석을 보내는 게 마땅하다. 나는 스위스 국적의 캄보디아 청년에게 가라는 손짓을 하며 말했다.

"먹고 나면 네 갈 길로 가. 내가 네 허벅지를 빌린 대가는 이걸로 충분하잖아. 난 아침을 먹고 책을 읽어야 해. 쟈크에게서 빌린 책을 내일 오전까지 돌려주기로 했거든. 여긴 내 영역 근처이고 이 벤치는 내 자리나 마찬가지야. 그러니 네 갈 데로 가도록 해. 네가 어젯밤에 여기 앉아서 잠든 바람에 내가 어쩔 수 없이 네 다리를 베고 잤던 거니까. 그건 네가 이해해야 해."

내 말이 너무 길었나 보다. 녀석은 전혀 알아듣는 기색도 없이 풀린 눈으로 입까지 헤 벌린 채 내가 아닌 내 뒤에 있는 나무를 쳐다보고 있었다. 길게 이야기해 봤자 내 입만 아플 것 같아서 더는 아무 말도 하지 않기로 했다. 나는 바게트 빵을 천천히 뜯어먹고 물을 마셔가며 오늘 할 일을 머릿속으로 정리했다.

녀석도 눈치를 챘는지 조용히 내가 준 빵을 야금야금 먹기 시작했다.

나는 아침 식사를 끝낸 뒤 배낭에서 캔에 든 사료와 그릇을 꺼내 미루의 식사를 준비했다. 미루는 호기심 가득한 눈으로 녀석을 훔쳐보며 제 식사를 흐뭇하게 먹어 치웠다. 다 먹은 빈 그릇에 물을 따라주니 미루는 만족한 듯 예쁜 혀를 날름거리며 그릇을 비웠다.

아침 의식을 모두 마친 뒤, 나는 귀찮지만 녀석 때문에 일찍 비어버린 페트병을 다시 채우러 가야 한다. 어차피 세수를 하고 배설도 해야 하니까. 이른 아침에 이용할 수 있는 화장실은 무료 공중화장실뿐이다. 나는 미루를 산책시키고 내 다리운동도 할 겸, 에펠탑이 보이는 마르스 광장을 가로질러 샤를르 플로께에 있는 무료 공중화장실까지 갈 생각이다. 무릎이 멀쩡할 때는 30분이면 족한 거리다. 그러나 관절염이 도질 때는 약 40분이나 그 이상으로 시간이 늘어난다. 거기까지 가는 도중에 미루는 스스로 알아서 파릇한 풀밭이나 가로수 아래에 대소변을 해결한다.

나는 자리에서 일어나 배낭을 어깨에 멨다. 그러자 녀석도 따라 일어났다. 나는 이쯤에서 녀석과 가벼운 인사를 하고 헤어질 작정으로 손을 내밀었다.

"자, 우리는 밤새 함께 노숙했고 아침 식사도 같이했으니 어쨌든 이것도 인연이라면 인연이겠지. 하지만 여기까지야. 나는 내 일을 보러 갈 테니 너는 네 갈 길을 가도록 해."

악수나 하자고 내민 내 손을 멀뚱히 쳐다만 보는 녀석은 아무런 반응이 없었다. 민망하고 허전한 손을 들어 녀석에게 잘 가라는 뜻으로 흔들어주고는 내가 먼저 걸음을 뗐다.
몇 걸음 걷다가 뒤를 돌아보니 녀석이 쫄래쫄래 내 뒤를 따라오고 있었다. 아마 가는 길이 비슷하겠지 싶어 나는 말없이 가던 길을 다시 걷기 시작했다.
미루는 빤히 아는 길이라 나를 앞질러 알렉상드르 3세 다리 쪽으로 뛰어갔다. 그러고는 꼬리를 까딱거리며 내가 다가오길 기다린다. 기특한 미루는 내 무릎 관절염이 아침과 궂은날에 도진다는 걸 잘 알고 있다. 저도 늙어서 예전처럼 뛰는 게 시원찮지만 나와는 반대로 아침이면 제법 싱싱하게 달린다.

알렉상드르 3세 다리에서 서쪽 강변을 따라가면 하수도 박물관을 만난다. 그곳에서 왼쪽으로 꺾으면 제법 세련미가 넘치는 랍 가가 나온다. 그 길로 쭉 내려가면 마르스 광장이다. 광장이 보이면 미루 걸음이 조금 빨라진다. 푸른 잔디밭을 신나게 달리고 싶은 미루의 심정을 내가 모를 리 없다.

강변을 따라 걷다가 중간에 다시 뒤를 돌아보니 아뿔싸, 녀석이 여전히 내 뒤를 따라오고 있는 게 아닌가.

"이것 봐, 왜 자꾸 따라오는 거야? 네 갈 길로 가란 말이야."

녀석은 울상이 된 얼굴로 내 발끝을 쳐다보며 배를 움켜쥐었다. 내가 나눠준 빵을 허겁지겁 먹고 물도 엄청나게 마셔대더니 결국 배탈이 났거나 방광이 꽉 찼을 거다. 그렇다면 녀석도 화장실을 찾아가는 길일 게다.

아무래도 녀석이 꽤 급해 보였다. 평소 같으면 미루가 잔디에서 맘껏 뛰놀게 했지만 어쩔 수 없이 우리는 바로 무료 공중화장실로 갔다. 여기서 우리란, 어디까지나 나와 미루를 뜻한다.

녀석부터 화장실 안으로 들여보내고 나는 밖에서 기다렸다. 들어간 사람이 일을 보고 나오면 변기는 자동으로 세척된다. 썩 위생적이라고 할 수는 없으나 그런대로 사용할 만하다. 여기보다 훨씬 깨끗하고 화장지까지 구비된 곳을 원한다면 프랑스 국립 도서관이나 뤽상부르 공원 또는 쁘띠 팔레 등 화장실을 개방한 곳으로 찾아가면 된다.

나는 화장실 문을 개폐하는 버튼 아래 불이 빨간색에서 초록색으로 변하기를 얼마나 기다렸는지 모른다. 도대체 안에 들어간 녀석은 변기에 앉아 잠이라도 든 것일까. 그 생각을 하다가 아차, 녀석에게 휴지가 없을지도 모른다는 생각이 퍼뜩 들었다. 용변 뒤처리를 못 해서 나올 수 없다면 문을 조금 열어 내게 도움이라도 청할 것이지, 아무래도 머리가 둔한 녀석임이 분명해 보인다.

나는 문을 두드렸다. 안에서는 묵묵부답이다. 그래서 다시 문을 두드리며 큰 소리로 말했다.

"이것 봐, 문 열어. 내가 휴지를 좀 나눠줄게."

출근을 서두르는 행인들은 나를 쳐다보곤 딱하다는 표정을 짓거나, 어깨를 으쓱 올리며 스쳐 간다. 이제는 반대로 안에서 녀석이 문을 마구 두드리는 소리가 들린다. 그러니까, 내 생각은 이렇다. 녀석에게는 휴지가 없을뿐더러 안에서 문을 여는 방법도 모른다는 거다. 그게 원인이라면, 이거 완전히 환장할 노릇이다.

여기서 15구 구청까지는 약 30분 거리다. 그 아래 2분 거리에 파리 15구 경찰서도 있다. 호출 버튼을 눌러도 담당자가 언제 올지 누가 알겠나. 여기는 프랑스이고 그중에서도 가장 게으른 공무원들이 있는 파리가 아닌가. 어디를 찾아가야 문을 열 수 있는지 곰곰이 생각하던 차에 행운이 먼저 열렸다.

구청에서 나온 관리인인지 청소부인지 모르겠으나 유니폼을 입은 담당자가 구역을 순회 중이었다. 때마침 그는 녀석이 들어간 곳을 점검하러 다가왔다. 나는 얼떨결에 두 손을 모아 신에게 경의를 표하고 안도의 한숨을 내쉬었다. 나는 담당자에게 현재 상황을 짧게 설명했다.

그러고 나서 나는 신을 잠깐 원망했다. 도대체 내가 뭘 잘못해서 이름도 나이도 정확한 국적도 모르는 녀석에게 마음과 시간을 허비해야 하느냐고. 신의 대답을 듣기도 전에 화장실 문이 열리고 바지를 입은 채 변기 위에 쪼그려 앉아 훌쩍훌쩍 울고 있는 녀석이 눈에 들어왔다.

나는 안으로 들어가 녀석을 일으켜 세우고 몸을 돌렸다. 생각했던 일은 일어나지 않았다. 녀석의 바지는 멀쩡했다.

"야, 똥을 어떻게 닦았어? 너, 휴지 있었어?"

나는 똥 닦는 시늉을 해 보이며 녀석에게 물었다. 그 뜻을 이해했는지 녀석은 손에 들고 있는 젖은 손수건과 한쪽에 있는 작은 세면대를 가리켰다. 그러니까 용변을 본 뒤 휴지가 없어 손수건으로 해결하고 더러워진 손수건을 세면대 물로 씻었나 보다. 아마 그걸 생각해 내기까지 꽤 시간이 걸렸을 테고, 그 일을 마치고 나오려는데 문 여는 방법을 몰라 무작정 밖에서 열어주길 기다린 모양이다.

공중화장실 담당자는 밖에서 이 광경을 한심하다는 듯 구경하며 머리를 절레절레 흔들고 혀를 찼다. 하긴 나도 녀석이 한심하고 그런 녀석을 걱정한 나 자신도 한심했다.

담당자가 내부를 점검하는 동안 나는 녀석에서 따끔하게 경고했다.

"이 시간 이후로 너는 네 갈 길을 가. 더 이상 나를 성가시게 하지 말라고. 내가 네 허벅지를 빌린 대가는 빵과 물과 이 화장실로 다 갚았어. 아니 넘쳐서 오히려 네가 빚을 진 상태야. 하지만 난 빚 받을 생각 눈곱만치도 없으니까 제발 내 근처에 얼씬도 하지 마, 알았지?"

아직도 훌쩍거리는 녀석은 고개만 주억거렸다. 말귀를 알아들은 것 같으니 이젠 어디로든 사라지겠지. 나는 담당자가 자리를 뜬 뒤에 말끔해진 화장실로 홀가분한 상상을 하며 들어갔다. 미루는 언제나처럼 내가 나올 때까지 근처 가로수 아래에서 방광에 남은 오줌 몇 방울을 마저 비운 뒤 화장실 앞에서 나를 기다릴 것이다. 나는 그늘을 찾아 저녁 전까지 독서의 즐거움을 만끽할 것이다.

  몇 분 만에 홀가분했던 내 상상은 산산이 부서졌다. 밖으로 나오니 미루와 놀고 있는 녀석이 먼저 눈에 들어왔다. 아무래도 녀석을 쫓아내는 건 어려울 것 같다. 그렇다면 내가 도망가야 한다. 어디서 굴러온 개뼈다귀인지 모르겠으나 녀석은 내게 혹처럼 붙을 심산인 것 같다. 나는 더 이상 녀석에게 말을 걸지 않기로 했다. 그를 유령 취급하기로 마음먹었다. 그러고는 미루를 불러 책 읽기 좋은 그늘을 찾아 길을 나섰다.

  나는 센 강변 가판대에서 헌책 노점상을 하는 쟈크에게 빌린 책을 내일 오전에 돌려주기로 했다. 아마 오늘 중으로 책을 반납하고 다른 책으로 빌려올 수 있을지 모른다. 그래서 최대한 노점상 가까운 곳으로 가서 자리를 잡기로 했다.

  쟈크의 노점상은 로열 다리와 카루셀 다리 사이 볼테르 가에 있다. 그 일대에서 책 읽기 안성맞춤인 곳은 오르세 미술관이 가까운 센 강변이다. 뜨거운 여름 해를 가려주는 아름드리 마로니에 나무에 기대 책 읽는 즐거움은 하루 중 내가 가장 좋아하는 소일거리다.

오르세 미술관까지 가는 데 어림잡아 40분이 걸린다. 그곳에서 쟈크의 노점상까지는 대략 10분 거리, 물론 내 무릎이 나를 도와준다면 말이다. 날씨가 궂으면 시간은 더 늘어나겠지만 요즘처럼 날마다 해가 쨍쨍한 여름에는 문제없다. 책을 읽고 낮잠 잘 시간도 충분할 것 같다. 간밤에 에펠탑이 무너지는 악몽으로 잠을 설쳤다. 게다가 난데없이 내 영역으로 들어온 녀석 때문에 아침부터 무료 공중화장실에서 난리를 쳤더니 벌써 피로가 밀려온다.

나는 강변으로 가는 도중에 가게 두 군데를 들러 점심으로 먹을 샌드위치와 생수를 샀다. 특별한 경우를 제외하면 나는 무료 식수대를 이용한다. 그랬는데 녀석 때문에 일찍 비어버린 페트병을 보자니 속이 쓰렸다. 하는 수 없이 책을 빨리 읽고 돌려줄 생각에 물을 살 수밖에 없었다. 왠지 모르게 마음이 켕겨서 진열대에 놓인 마시멜로 한 봉지도 사버렸다. 지금까지 없던 일이다. 그때까지도 녀석은 미루와 내 뒤를 졸졸 따라오고 있었다.

배낭에서 돋보기안경을 꺼내 책을 읽기 시작한 지 세 시간쯤 지났나 보다. 배가 슬슬 고파왔다. 책을 내려놓고 배낭에서 샌드위치와 생수병을 꺼냈다. 언제 잠들었는지 내가 기대 책을 읽던 나무 옆 풀밭에서 녀석은 새우처럼 몸을 구부려 누웠고, 미루는 늘 하던 대로 엎드려 앞발로 턱을 괸 채 잠들었다. 내 기척에 미루는 눈을 떴다가 다시 감았다. 이때 도망치면 녀석을 떼어낼 수 있을지 모른다.

얼마나 깊이 잠들었는지 확인하려고 녀석 가까이 조용히 다가갔다. 소년티를 벗은 지 얼마 되지 않은 듯한 나이에 고생의 흔적이 보이지 않는 맑은 얼굴이었다. 녀석은 아주 깊이 잠들어 있었다. 이때를 놓치면 기회가 오지 않을 것 같아 살금살금 배낭을 챙겨 일어섰다. 미루도 벌떡 일어나 나를 따라오는가 싶더니 자꾸 뒤를 돌아보며 낑낑거렸다. 그러고는 내 걸음을 방해하기 시작했다. 그새 미루는 녀석과 정이라도 들었던 걸까.

미루가 아니었어도 아마 나는 가던 길을 되돌아왔을지 모른다. 왠지 내가 해서는 안 될 아주 몹쓸 짓을 하는 것 같았기 때문이다.

결국 나는 마로니에 나무 아래로 돌아와 녀석을 깨워 샌드위치와 마시멜로를 반반씩 나눠 먹었다. 우리는 이웃 나무 아래에 촉촉한 거름을 주었고, 미루와 녀석이 노는 동안 나는 오후 내내 책을 읽었고, 쟈크가 노점상을 닫기 전에 책을 돌려줄 수 있었다. 저녁은 피자를 사서 어제 잠든 그 자리로 돌아왔다.

오늘 하루, 나는 같은 자리에서 녀석을 만나 같은 자리로 녀석을 달고 돌아왔다. 정신 사나웠던 하루였고, 몸까지 피곤한 날이었다. 내 노숙 생활 12년 만에 처음 있는 일이지 싶다. 세월이 그만큼 흘렀다는 게 새삼스럽다. 피자를 다 먹은 후 나는 미루를 앞세워 다리를 건너 렌느 광장으로 향했다. 그곳 산책로에 내 잠자리가 있다.

신은 아직도 내가 속죄를 다하지 않았다고 판단한 모양이다. 12년도 모자라 이제는 생판 본 적도 없고, 말도 통하지 않는 이상한 녀석을 내게로 보냈다. 도대체 나더러 어쩌란 말인가. 내일은 무슨 일이 있어도 녀석을 경찰서로 데려가야겠다.

센 강변의 벤치는 대부분 등받이가 없는 콘크리트로 만든 것이라 잠자기엔 여간 불편하지 않다. 여기 콩코드 다리와 알렉상드르 3세 다리 사이에 있는 렌느 산책로 입구 기마 동상에서 두 번째 나무 벤치가 내 자리다. 벤치 두 개가 등받이 하나를 사이에 두고 서로 맞대어 있는 형태다. 게다가 아침마다 센 강을 볼 수 있으니 최적의 장소가 아닐 수 없다. 여름에 잠자는 곳은 이곳과 다리 아래에 있는 벤치인데, 그곳은 나무가 많이 상한 편이라 자주 이용하지는 않는다.

어제는 다리 건너편 벤치에서 자는 바람에 녀석을 만났던 거다. 술에 취한 나는 벤치에 기대 잠든 녀석이 있는 줄도 몰랐다. 어쨌든 그의 허벅지를 베고 잤으니 내 잘못이다. 아니다, 이게 다 그놈에 싸구려 와인 때문이다.

나는 녀석에게 저만치 떨어진 벤치를 가리키며 그곳에서 자라고 했다. 하지만 녀석은 센 강만 하염없이 쳐다보며 가타부타 대답이 없다. 할 수 없이 나는 센 강 쪽으로 자리를 잡고 등받이 건너편을 녀석에게 내주었다. 너무 피곤했던 하루였기에 나는 배낭을 베개 삼아 머리를 내려놓으면 바로 잠들 것 같았다. 미루는 내가 벤치 옆 풀밭에 펼쳐준 보자기 위에 엎드려 잘 준비를 했다.

설핏 잠이 들려는 순간, 내 등 뒤에서 누워 자는 줄 알았던 녀석이 뭐라고 뭐라고 중얼거리기 시작했다. 가만히 듣고 보니 영어였고, 내가 아는 단어들이 튀어나오긴 했으나 정확히는 몰라도 제법 유창하다는 것쯤은 알 수 있었다.

내 잠이 확 달아났다.

사흗날 (한울)

지난밤, 나와 파스칼은 영어로 몇 마디 이야기를 나눴다.

파스칼은 영어로 내 국적을 물었다. 그래서 나는 한국인이라고 말했더니 그는 내가 캄보디아 이민자 출신인 줄 알았단다. 그다음 그는 내 이름을 물었다. 나는 '장 한울'이라 대답했고, 그는 자기 이름을 '파스칼 바르탱'이라고 소개했다. 그러면서 그냥 간단하게 '파스칼'로 부르면 된다고 했다. 그는 내 이름 한울을 발음하기 어렵다며 성만 따로 떼서 '장'이라 불렀다.

나는 꽃잠을 늘어지게 잤더니 기분이 어제보다 한결 가벼웠다. 우리는 다리를 건너 어제 갔던 그 무료 공중화장실로 향했다. 가는 길에 파스칼은 빵집에서 따끈한 바게트를 샀고, 마르스 광장 벤치에 앉아 절반을 내게 떼어 주었다. 어제는 배탈이 나는 바람에 제대로 보지 못한 에펠탑이 너무도 멋져 보였다. 미루는 파스칼이 배낭에서 꺼낸 캔으로 식사를 먼저 끝낸 뒤 우리 주변 풀밭과 나무를 배회하며 흔적을 남기느라 여념이 없었다.

빵을 다 먹을 즈음, 나는 엄마 아빠와 함께 온 일행들이 궁금했다. 보고 싶다는 생각은 안 들고 그들이 지금 어디에 있을지가 궁금했다. 파리 하늘 아래에서 나를 찾고 있거나, 아니면 일정대로 TGV를 타고 스위스로 갔는지도 모른다. 만약 나를 찾지 못한다면, 나는 여기 프랑스 파리에서 언제까지 살아야 할지 알 수 없다.

아빠가 목사이기 때문에 하나님이 나를 보호하려고 파스칼을 보낸 것인지도 모른다. 그렇다면 파스칼은 천사가 분명하다. 나는 손을 모으고 감사의 기도를 올리려 했다. 그러자 파스칼이 내 팔을 툭 치며 일어나라는 손짓을 했다.

아침에 치를 의식을 다 끝내고 우리는 30여 분을 걸어 파리 15구 경찰서 앞에 도착했다. 파스칼은 내가 전혀 알아듣지 못하는 불어로 말하기 시작했다.

"이제 우리는 여기서 헤어져야 해. 나는 네 보호자가 아니야. 물론 친구도 아니고. 이제 경찰들이 너를 도와 네가 가야 할 곳을 찾아줄 거야. 그게 어디인지는 모르겠지만 내가 신경 쓸 일은 아니잖아. 안 그래?"

나는 내게 위기가 닥친 걸 느꼈다. 경찰서는 나쁜 짓을 한 사람들이 가는 곳이니까. 나는 내가 무슨 죄를 지었는지 생각나는 게 없었다. 어쨌든 경찰들이 나를 감옥에 처넣을지도 모른다고 생각하니 발끝에서부터 두려움이 쭉 올라왔다.

안으로 들어가자고 채근하는 파스칼과 나는 한참을 실랑이했다. 미루까지 나서서 불만이 가득한 소리로 파스칼을 향해 짖어댔다. 경찰서로 들어가지 않겠다고 생떼를 쓰는 내게 그는 뜨덤뜨덤 영어로 말했다.

"이곳은 경찰서야. 너는 경찰의 도움이 필요해."

갑자기 파스칼이 내 팔을 잡아당겼다. 나를 점령한 공포는 내 머릿속을 깡그리 비우고 무거운 안개로 가득 채웠다. 나는 제자리에서 뱅글뱅글 돌며 쥠쥠과 곤지곤지만 되풀이하면서 안개가 사라지길 바랐다. 그러자 파스칼이 나를 꽉 잡고 멈추라고 외쳤다. 그는 공포에 질린 내 눈을 보더니 한숨을 내쉬었다.

"알았어, 알았다고. 그럼, 오늘 하루만 더 같이 있는 걸로 하고, 내일은 세상없어도 널 경찰서로 보낼 테다. 알았지? 이건 약속이야."

나는 그가 무슨 말을 했는지 모르겠다. 체념이 느껴지는 그의 말투가 나를 안심시켰다. 그래서 고개를 끄덕였다. 그러자 그는 경찰서 앞을 지나 보지라르 가를 따라 걷기 시작했다.
나는 영어식 발음으로 우리가 지나왔던 길을 순서대로 되짚어 말했다.
제너럴 뷔레 가, 캄브론 가, 라오스 가, 죠프르 광장, 에밀 아콜라스 가, 그리고 무료 공중화장실이 있는 샤를르 플로께 가까지 줄줄 읊었다.
가던 길을 멈추고 입을 떡 벌린 채 파스칼은 나를 빤히 쳐다봤다. 그러고는 휘파람을 불더니 큰소리로 웃기 시작했다. 영문을 모르는 나는 그를 따라 웃었다. 그러자 미루까지 좋다고 꼬리를 마구 흔들었다.

"이 녀석 이거 알고 봤더니 천재구먼. 세상에 우리가 거쳐 온 길을 그대로 외우고 있잖아. 가만 보자, 네가 널 지능이 좀 떨어지는 자폐아일 거라 단순하게 생각했는데, 그게 아니었어. 말하자면 넌 서번트 증후군에 해당하는 것 같아. 아 물론 자폐증도 있고 말이야. 서번트를 말로만 들었지 직접 보는 건 처음이군."

 내가 알아듣든 말든 파스칼은 혼자서 한참 불어로 말하고 난 뒤, 내게 손짓으로 길고 곧게 쭉 뻗은 보지라르 가를 가리키며 '쟈크'라고 말했다.
 나는 어제 파스칼의 친구인 쟈크를 봤기 때문에 금방 알아들었다. 말하자면 그 길을 따라 쟈크에게 간다는 소리였다. 나는 알아들었다는 뜻으로 고개를 크게 끄덕거렸다. 그러고는 영어식 발음으로 한마디 더 했다.

 "갤러리 로렌틴, 투웬티 쓰리 퀘 볼테르"
 "와 진짜 넌 천재야. 언제 그걸 다 머리에 입력했을까. 쟈크의 노점상은 바로 그 갤러리 건너편에 있거든. 이거 호기심이 마구 생기는군."

 파스칼은 아침에 무릎이 아프다고 끙끙대다가 시간이 지나 오후쯤 되면 정상인처럼 말짱해지는 것 같았다. 그런데 어제와 달리 아직 아침인데도 그는 언제 무릎이 아팠나 싶게 앞장서서 활기차게 길을 갔다.

가던 길 중간에 파스칼은 점심용 샌드위치와 와인 한 병 그리고 내게 줄 오렌지 탄산 주스를 샀다. 먹거리를 사기 위해 잠시 걸음을 멈춘 것을 제외하고 부지런히 걸어 약 한 시간쯤 뒤에 우리는 쟈크의 노점상에 도착했다.

쟈크는 허연 수염을 길게 기른 모습이 산타클로스 할아버지를 닮았다. 파스칼은 헌책 노점상에 새로 들어온 책 몇 권을 들춰보며 쟈크와 한담을 즐겼다. 쟈크의 접이식 의자 옆에 얌전히 앉은 미루는 노점상 앞을 오가는 관광객이나 행인을 구경했다. 나는 쟈크의 노점상에서 오른쪽으로 하나 건너 있는 노점상 남자가 내걸기 시작한 여러 장의 사진과 명화 포스터를 구경하러 갔다.

파스칼이 내 얘기를 하는지 쟈크는 수시로 나를 쳐다봤다. 나는 개선문을 중심으로 여러 갈래 찢어진 대로를 찍은 오래된 흑백사진을 구경하고 있었다. 그러다 막 노점상 남자가 집게에 거는 그림 하나를 보고는 그만 새파랗게 질리고 말았다. 하필이면 그 그림 속 인물이 모나리자였던 거다.

모나리자와 눈이 마주친 순간, 극도의 공포에 휩싸인 나는 비명을 지르고 눈동자만 위로 치뜬 상태로 쥠쥠과 곤지곤지를 반복하며 제자리를 뱅글뱅글 돌았다.

지나가던 사람들과 근처 노점상 주인들뿐만 아니라 도로 건너편에서 막 문을 열기 시작한 갤러리 주인들까지 놀란 얼굴로 나를 쳐다봤다.

혼비백산한 파스칼과 쟈크는 내게 달려와 나를 전정시키느라 애를 썼다. 미루까지 달려와 껑충껑충 내 다리에 매달리며 나를 달래려 안간힘을 썼다. 노점상 남자는 이게 뭐가 어쨌다고 소란을 피우냐며 내 얼굴 앞에 모나리자 복사 그림을 바짝 디밀었다. 나는 그 그림을 보자 다시 잔뜩 격앙되어 더 큰 소리를 질러댔다. 파스칼은 노점상 남자에게 당장 그림을 치우라며 화를 냈다. 결국 나는 파스칼의 손에 질질 끌려와 쟈크의 접이식 의자에 앉혀졌다.

"아마도 녀석이 저 그림에 얽힌 나쁜 기억이 있나 봐."

파스칼의 말에 쟈크가 수긍했다. 나는 의자에 앉은 채 먼 하늘로 시선을 옮겼다. 그렇다고 하늘을 본 건 아니다. 모든 의식을 차단하고 싶을 때 내가 선택할 수 있는 유일한 행동은 멍해지는 거다.

뭔가 골똘히 생각하던 쟈크가 파스칼에게 제안했다.

"이 청년이 진짜 천재라면, 영불 사전을 구해주는 건 어떨까? 아니면 회화책이라도 좋고. 그런 게 있으면 쉽게 배울 수 있지 않을까? 그러면 어느 정도 소통이 가능할 수도 있을 테고 말이야."

"아, 그렇군. 그거 좋은 생각이야. 역시 자네는 재치 있고 멋진 친구야."

쟈크의 말에 파스칼은 맞장구를 치며 어디에서 중고 회화책이나 사전을 구할 수 있을지 물었다. 쟈크는 퐁네프 다리 쪽을 향해 10분쯤 내려가면 아마 그런 책을 구할 수 있을지 모른다고 대답했다. 파스칼은 냉큼 일어나 산송장처럼 앉아 있는 내 어깨를 툭툭 쳤다. 그러고는 미루에게 나를 잘 지키라는 당부를 하고 혼자서 쟈크가 말한 노점상을 찾아 나섰다.

"이것 봐 젊은이, 아까 왜 그렇게 놀랐던 거야? 모나리자 그림에 불쾌한 기억이라도 있었던 건가? 하긴 내 말을 전혀 알아듣지 못할 테니 대답할 필요는 없어. 자네가 내 친구 파스칼을 만난 건 행운이야. 꽤 섬세하고 지적이면서도 자상한 친구지. 뭐, 예전엔 자상함과는 거리가 멀었지만 말이야. 사람은 늙을 필요가 있어. 대체로 순해지거든. 물론 정반대로 변하는 사람도 있지만……."

나는 쟈크가 하는 말을 전혀 알아들을 수 없었으나, 굵직하면서도 리드미컬한 그의 목소리가 마음에 들었다. 어느새 나는 조금씩 안정을 되찾아갔다. 곁에서 나를 지키던 미루가 내 마음을 읽기라도 한 듯 나를 올려다보며 '컹컹' 짖었다. 그 소리에 정신이 들고 보니 파스칼이 보이지 않았다. 다시 불안감이 밀려올 것 같았지만, 내 옆에 미루가 있어 마음이 조금 놓였다.

30분쯤 지나자 저만치에서 책 두 권을 들고 다가오는 파스칼이 보였다. 나는 어찌나 반갑던지 자리에서 벌떡 일어나 파스칼에게로 뛰어갔다. 미루도 내 뒤를 따라 뛰더니 나를 앞질러 파스칼에게로 갔다. 나는 파스칼을 와락 껴안았다.

"뭐야? 갑자기 왜 이래? 오늘도 이놈이 내 정신을 사납게 만들 것 같군."

파스칼은 나를 떼어내고는 따라오라는 손짓을 하더니 쟈크에게로 갔다. 파스칼이 노점상 가판대 위에 내려놓은 책은 영어권 사람을 위한 불어 회화책과 기초 문법책이었다.

"아 글쎄 책값으로 이십 유로를 내라더군. 무슨 중고 책을 권당 십 유로씩 받느냐고 했더니, 이건 중고가 아니라 거의 새 책이라는 거야. 그래서 내가 그랬지, 중고 노점상에서 파는 게 무슨 새 책이냐고. 그랬더니 무조건 권 당 십 유로 이하로는 못 주겠다며 딴 데 가서 알아보라는 거야."

"그래서 자넨 어떻게 했나? 딴 데 갔던 거야?"

"자네가 알려준 그곳에 가기 전에 주변부터 훑어봤지. 근데 회화책이나 문법책 같은 걸 파는 데가 안 보이더군. 그래서 그곳엘 갔지. 아무래도 흥정이 어려울 것 같더라고. 보통 깐깐한 장사꾼이 아니야."

이후로도 두 노인은 길고 긴 대화를 나누느라 나와 미루는 안중에도 없었다. 쟈크는 파스칼이 가져온 회화책을 들어 대충 넘겨보며 말했다.

"어쨌든 두 권을 반값인 십 유로에 가져왔으니 자네가 이긴 셈일세."

"이기긴 뭐가 이겼다고 그래? 책 다 보면 갖다주는 조건인데."

"만약 자네가 책들을 안 돌려주면 그 사람이 어쩔 건데?"

"그러면 절반 깎아준 십 유로를 자네에게 받으러 올 걸세."

"이런, 나를 보증인으로 세웠군."

두 노인은 호탕하게 웃었다. 무엇 때문에 그들이 웃는지는 몰라도 뭔가 기분 좋은 일이 있는 것 같아 나도 따라 웃었다. 그랬더니 미루까지 좋다고 꼬리 치며 컹컹 짖었다. 우리 둘을 번갈아 쳐다보던 파스칼과 쟈크는 더 큰 소리로 웃었다. 쟈크의 양옆에 있는 노점상 주인들도 웃었다. 나는 웃음이 전염성이 강하다는 걸 깨달았다. 하나 건너 있는 모나리자 복사 그림을 내건 못마땅한 얼굴을 한 노점상 남자만 빼고.

　센 강 둔치에 있는 마로니에 나무 그늘을 찾아 파스칼과 나 그리고 미루는 저녁이 될 때까지 시간을 보냈다. 파스칼은 쟈크의 노점상에 새로 들어온 헌 책 중 하나를 빌려와 읽기 시작했고, 나는 파스칼이 가져다준 책 두 권을 봤다.

　사람들에게 공부란, 읽고 보고 듣고 반복하여 암기하고 응용하는 과정을 통틀어 말하는 것이다. 하지만 내게 공부란 눈으로 보는 것이다. 봄과 동시에 암기가 된다. 나는 응용이 무엇인지 잘 모른다. 엄마 아빠, 심지어 쌍둥이 동생들이 여러 번 나를 가르치겠다고 내 머리를 쥐어박으며 설명했지만 별 효과가 없었다. 나는 그들과 다르게 생각하고 다르게 적용할 뿐이다. 그리고 그들은 내가 하는 다른 생각과 적용을 인정하지 못한다. 그래서 우리 사이에는 늘 좁혀지지 않는 그 무엇이 있었다. 그리고 나는 응용이 왜 필요한지도 모른다. 보고 기억에 고스란히 남기면 됐지 뭘 더 어쩌라는 건지 원…….

나는 파스칼이 준 책 중에 회화책부터 펼쳤다. 나는 글을 보는 족족 암기했다. 그러고는 시험 삼아 외운 것을 입 밖으로 냈다. 그러자 파스칼은 함박웃음을 지으며 약간 처진 눈까지 치켜뜨고 나를 빤히 쳐다보며 말했다.

"와, 진짜 대단해. 정말 대단해. 천재야 천재."

나는 신이 나서 어깨를 들썩였다. 처음으로 파스칼의 눈을 똑바로 바라보며 수줍은 미소를 지었다. 그에게 보답하는 뜻에서 내가 입력한 문장 몇 개를 다시 소리 내어 말했다.

"나는 프랑스 말을 하미다. 나으 이름은 장 한울이고 스무새 살이미다. 당신은 맻 살이미까?"

파스칼이 껄껄 웃으며 검지를 세워 좌우로 흔들었다. 내 발음이 이상했던 거다.

"자, 내가 하는 말을 잘 들어보라고."

파스칼은 내가 영어식으로 발음했던 문장을 천천히 두 번 반복했다. 그러더니 내 손에 있던 회화책을 문법책으로 바꿔줬다.

　파스칼은 책 앞장에 있는 알파벳을 하나씩 짚어가며 먼저 그가 발음하고 내가 따라 하기를 원했다. 나는 그가 시키는 대로 했다. 그러자 파스칼은 손뼉을 치며 기뻐했다. 주인의 기분을 귀신같이 알아채는 미루까지 덩달아 꼬리를 심하게 흔들었다. 나는 날아갈 것 같았다. 내 기억 속에는 칭찬이라는 게 거의 없었기 때문이다.

　발음을 배운 뒤 파스칼은 나 혼자서 하는 데까지 해보라며 자기 책으로 돌아갔다. 나는 기초 문법책을 한 장 한 장 넘겼다. 불어 문법은 영어보다 조금 까다로워 보였고 동사 변화는 더 복잡해 보였다. 그러나 영어 해설이 있어 편했고, 눈으로 좇다 보니 규칙이 보였다. 단어 하나 안 놓치고 무조건 다 암기하기로 했다.

　앉은자리에서 문법책 절반을 넘겼다. 파스칼은 쟈크에게서 빌려온 책을 읽는 척하면서 나를 슬쩍슬쩍 수시로 훔쳐봤다.

　어느덧 저녁 먹을 시간이 다가왔고, 파스칼은 쟈크가 우리를 저녁 식사에 초대했다며 배낭을 뒤져 얇은 체크무늬 셔츠와 면바지를 꺼냈다. 그러고는 지나가는 사람이 보든 말든 입고 있던 물 빠진 면 티셔츠와 무릎이 튀어나온 바지를 벗고 배낭에서 꺼낸 옷들로 갈아입었다.

파스칼은 어느 모로 보나 노숙자의 이미지는 아니다. 옷을 갈아입기 전에도 허름한 차림이긴 하나 늘 깨끗이 씻고 면도를 했으며 구걸 따위는 일절 하지 않았다. 돈을 내고 먹을 것과 술과 미루에게 줄 사료와 간식을 샀다. 한뎃잠을 잔다는 것만 여느 노숙자와 같다.

말쑥하게 옷을 갈아입은 파스칼은 나를 아래위로 훑어보더니 말했다.

"내일은 노숙자 자선 단체에 가서 네가 입을 옷을 한번 찾아보도록 해야겠군. 비록 헌 옷이지만 깨끗이 세탁된 것들이라 입을 만해. 노숙자들은 그것도 귀찮다며 냄새를 풍기고 다니지."

나는 발아래에서부터 내 모습을 천천히 쭉 훑어봤다. 엄마 아빠를 잃어버린 그날부터 옷을 갈아입지 않아 꽤 지저분하고 땀 냄새가 난다는 걸 깨달았다. 하얀 운동화도 칙칙하게 변해 있었다. 파리 노숙자에 관한 한국인 여자 가이드의 설명에 따르면, 지금 내 꼴이 딱 거기에 해당한다. 하긴 땡전 한 푼 없이 길에서 자고 얻어먹으니 내가 노숙자인 셈이다. 그런데 이런 생활이 싫지 않다. 첫날에는 무척 무섭고 불편했으나 지금은 오히려 즐겁고 편하다. 엄마 아빠가 나를 못 찾아 걱정하고 있을 것이 걱정되지만 말이다.

쟈크의 집은 아담하고 아늑한 느낌을 주었다. 오래되어 보이는 아기자기한 물건들이 유리문으로 된 서랍장이나 선반에 가득 차서 마치 골동품을 파는 집 같았다. 쟈크의 아내는 상냥하고 친절했다. 동화책에 나오는 귀엽고 착한 할머니의 이미지를 풍겼다. 내가 갈아입을 옷이 없어 예의를 차리지 못해 미안하다는 파스칼의 말에 쟈크의 아내는 미소를 지으며 방으로 들어갔다.

그녀는 아들이 결혼 전에 입었던 옷가지를 내게 공짜로 주었다. 마치 내 옷이었던 것처럼 몸에 꼭 맞아서 나는 기분이 무척 좋았다. 쟈크는 어깨끈이 조금 해어진 배낭을 내게 주었다. 나는 갑자기 부자가 된 기분이었다.

나는 쟈크의 아내가 정성스럽게 내온 음식을 게 눈 감추듯 먹어 치웠다. 루브르 박물관에서 엄마 아빠와 일행들을 잃어버린 이후 제대로 된 음식을 먹기는 처음이었다.

나는 생각했다. 사람들이 행복이라고 말하는 감정이 혹시 이런 것일까 하고.

낮게 코를 골며 자는 파스칼 건너편 벤치에 누워 나는 하늘을 올려다봤다. 서울에서 본 하늘과 파리 하늘은 달랐다. 온통 콘크리트 아파트가 숲을 이룬 서울의 조각난 밤하늘은 깊이가 없었다. 파리 밤하늘은 아주 깊고 넓었다. 공기 냄새도 확실히 달랐다.

나를 부끄럽게 여기는 가족들 얼굴이 떠올랐다. 교회에서나 다른 장소에서는 세상에 둘도 없이 자상하며 장애가 있는 자식을 끔찍이 사랑하는 아빠는 목사님이다. 엄마는 자원봉사를 열심히 하는 사모님이다. 그러나 집에만 돌아오면 내가 이러지도 저러지도 못할 애물단지 천덕꾸러기라며 속을 끓이던 엄마 아빠였다. 어려서는 남매 쌍둥이 동생들의 놀림감이었다가 성장해 가면서 나는 그들에게 없는 존재 취급을 받았다.

교회 가기 싫은 날에 억지로 끌려가면 나는 남들 눈을 피해 교회 꼭대기까지 올라갔다. 발각되는 날이면 엄마는 엄청나게 화를 냈고, 그 화를 참지 못해 화분을 박살 냈다. 우리 집에 선물로 들어왔던 화분들은 그렇게 하나씩 사라지곤 했다. 그리고 나는 아빠에게 등짝을 얻어맞기도 했다.

이런저런 생각을 해보니 나는 집으로 돌아가지 않는 게 나을 것 같다. 내가 없으면 식구들의 근심 걱정이 사라질 거다. 어느덧 내 나이도 스물세 살이나 되었으니 독립할 때가 되었다.

나는 프랑스에서 파리지앵이 되기로 결심했다.

나흗날 (파스칼)

"으악!"

나는 비명을 지르며 잠에서 깼다. 목과 어깨가 제법 뻐근했다. 내 등 뒤에 붙은 벤치에서 자던 한울이 벌떡 일어나 앉더니 허공으로 손을 마구 내저었다. 으으 아아 으아으아, 흐흐 후아 후아……, 괴이한 소리와 함께.

녀석도 나처럼 악몽을 꿨거나 아니면 내가 내지른 비명 때문인지 모른다. 우리 둘의 소리에 놀란 미루는 낑낑거리며 주변을 맴돌다 몇 그루 떨어진 나무 아래로 가서 오줌을 갈기고 돌아왔다. 그러고는 내 발치 풀밭에 배를 깔고 다시 엎드려 누워서는 눈만 치켜뜨고 나를 올려다봤다.

똑같은 악몽을 이틀 전에도 꿨다. 에펠탑의 부식된 철근이 여기저기 꺾이는 소리를 내더니 한쪽으로 기울기 시작했고, 전망대에서 파리 시가지를 구경하던 많은 사람이 추풍낙엽처럼 떨어졌다. 에펠탑 아래에 있던 사람들도 기겁하여 전속력으로 달아났다. 게다가 두꺼운 구름이 잔뜩 낀 흐리고 음산한 날씨까지 똑같았다. 공포에 사로잡힌 나와 미루도 방향 감각을 잃은 채 무작정 달렸다.

그러다 나는 꿈에서 깨어났다. 소리 지르던 한울은 진정되었는지 다시 벤치에 누워 잠을 청하는 낌새였다. 아직 아침 의식을 치르기엔 이른 시간이다. 나는 잠이 달아났기 때문에 황당무계한 꿈에 대해 골똘히 생각했다. 똑같은 꿈을 연달아 꾸다니, 무슨 까닭인지 모르겠다.

멀리 보이는 에펠탑이 오늘따라 기괴한 모습을 한 거인 같다. 언젠가 쓰레기통에서 주워 읽었던 신문 기사가 생각났다. 에펠탑의 부식이 날로 심각한데 파리 시의회는 눈가림으로 페인트칠만 반복한다는 내용이었다. 게다가 지금까지 페인트칠에만 천문학적 비용이 들었다고 쓰여 있었다. 부식이 진행 중인 에펠탑에 대대적인 보수공사가 필요하다는 일부 전문가들의 의견뿐만 아니라 철거해야 한다는 의견도 실려 있었다.

나는 아내가 읽던 꿈 관련 책이 생각났다. 거기에 꿈 해몽도 기록되어 있다며 아내가 종종 뒤적이던 책이었는데, 지금도 서재에 꽂혀 있을지 모른다. 그 생각을 하니 괜스레 집에 가서 그 책을 찾아보고 싶은 유혹이 일었다.

"내 이름은 한울이고, 성은 장입니다. 한울은 프랑스어로 하늘을 뜻합니다."

뒤에서 웅얼거리는 소리가 들렸다. 언제 다시 일어나 정신을 차렸는지 한울이 혼잣말을 하고 있었다. 아니면 잠꼬대하는지도 몰랐다. 뒤를 돌아보니 한울은 영불 문법책을 손에 들고 앉아 공부에 열중이었다.

그러고 보니 내가 한울을 만난 날 첫 악몽을 꾸었다. 그렇다고 이 녀석이 악몽을 꾸게 한 원인 같지는 않았다. 비록 한울이 혹 구실을 톡톡히 하고 있어도 전혀 무해한 녀석이 아닌가. 한울을 만난 뒤로 하루가 고리타분하기는커녕 사건의 연속이라 정신이 없지만 말이다. 좋게 생각하면, 가끔 적적했던 늙판에 활력소 구실을 해준다. 과장을 조금 보태면, 마치 오래전에 잃어버린 아들이 돌아온 듯한 느낌이다. 실제 나는 아들을 잃은 경험이 있다. 다운증후군으로 태어난 아들은 생후 육 개월을 채우지 못하고 세상을 떠났다. 40년이 더 지난 과거라 떠나보낸 아들 얼굴이 가물가물하여 제대로 기억도 안 난다.

첫 악몽은 그럴 수 있다고 쳐도 판에 박은 듯 똑같은 꿈을 다시 꾼다는 것은 분명 무슨 암시일 것 같아 마음이 몹시 꺼림칙했다.

"당신은 무슨 생각을 합니까?"

잠시 조용하더니만 녀석이 또 시작이다.

"이것 봐 장, 문법은 그 정도로 하고 이제 다시 회화 공부를 하도록 해. 문법은 생활하는 데 별 도움이 안 돼. 그리고 우리 사이에 그런 존칭은 어색하잖아. 프랑스에선 말이야, 서로 통성명한 뒤 몇 분만 지나면 다 말을 놓는다고. 그건 반말이 아니라 친근감의 표현이야. 알겠어?"
"응, 알았어."

답답할 정도로 굼뜬 녀석인 줄 알았는데, 대답은 총알이다. 내가 어쩌다 이 녀석을 곁에 붙였는지 알다가도 모를 일이다. 이게 다 그놈의 꿈 때문인지도 모르겠다. 아니지, 술 때문이었지.

"우리 둘 다 잠은 다 잔 것 같으니까 오늘은 일찍 빵이나 사러 가자."

"좋아. 아니, 좋습니다."

내 말이 떨어지길 기다렸다는 듯 한울은 냉큼 일어나 얼굴 가득 미소를 지었다. 녀석은 쟈크에게서 얻은 배낭에 문법책을 쑤셔 넣고 어깨에 둘러멨다. 그러면서 자기는 예의를 아는 사람이라 반말을 하지 않는다고 떠듬거리며 말했다.

오늘은 늘 가던 길과 반대쪽으로 방향을 잡았다. 우리는 렌느 광장 건너편에 있는 공중화장실에서 가벼운 볼일만 보기로 했다. 그곳은 지척이라 해도 좋을 만큼 가깝지만, 꽤 지저분한 편이라 나는 일부러 아침 운동 삼아 멀리 샤를르 플로케 가에까지 간다. 그곳은 그나마 깨끗한 편에 속하는 무료 공중화장실이다.

알렉상드르 3세 다리를 건너는 대신 오른쪽에 있는 그랑 팔레와 쁘띠 팔레 사잇길을 택했다. 왠지 에펠탑에서 멀어지고 싶었다. 잠시 어리둥절한 표정을 짓던 한울과 미루는 말없이 내 뒤를 따르기 시작했다.

길을 가다 가만히 생각해 보니 내 판단이 잘못된 것을 깨달았다. 지금 우리들이 가는 방향에 있는 빵집들은 대개가 고급이라 값이 비싸다. 게다가 바게트 길이가 짧다. 이를테면 비싸면서 양이 적다. 하지만 맛은 값만큼 한다는 걸 안다. 지금 맛이 중요한 게 아니다. 나 혼자라면 절반만 먹고 나머지는 아껴뒀다가 나중에 먹으면 되는데 지금은 그게 불가능하다. 바게트 빵 하나도 모자랄 판이다.

그리고 에펠탑에서 멀어질 것이 아니라 꿈을 분석해 보려면 가까이 가는 게 옳다는 생각이 들었다. 내가 왜 그런 꿈을 달아서 두 번이나 꿨는지 그 이유를 파헤치고 싶었다.

나는 가던 걸음을 멈추고 몸을 휙 돌렸다. 그 바람에 내 뒤에서 바짝 따라오던 한울과 정면으로 오달지게 부딪히고 말았다. 하여간에 도움이 안 되는 녀석이다. 나보다 약 6센티미터 정도 키가 큰 녀석의 단단한 턱을 박은 내 코가 부러지는 줄 알았다.

나는 녀석을 옆으로 밀치고 왔던 길을 되돌아 걷기 시작했다. 그런데 내 코에서 뜨뜻미지근한 것이 흘러나오는 느낌이 들었다. 나는 손등으로 코를 훔쳤다. 앗, 코피다. 이런 원통한 일이 있나. 나는 돌아서서 원망 가득한 눈으로 녀석의 눈을 째려봤다. 한울은 입을 크게 벌리고 '헉' 소리를 내더니 그대로 굳어버렸다. 잠시 뒤 녀석의 두 손이 가슴께로 올라가더니 쥄쥄과 곤지곤지를 막 시작하려 했다.

쥄쥄과 곤지곤지가 시작되면 뒤이어 제자리에서 뱅글뱅글

돌기를 할 게 뻔했다. 어쩌면 한울은 괴성에 가까운 소리도 지를지 모른다. 나는 그것만은 막아야 했다. 녀석의 손을 확 낚아채서 알렉상드르 3세 다리를 향해 성큼성큼 걸어갔다. 오늘은 무릎이 말짱해서 천만다행이다. 더 다행인 것은, 한울이 내 손에 끌려 얌전히 따라오는 거였다. 걷는 동안 나는 생각했다. 녀석을 경찰서가 됐든 대사관이 됐든 얼른 맡길 거라고.

잠시 뒤 빨간색 신호등 아래 섰을 때, 한울은 내 손을 뿌리치더니 호주머니에서 손수건을 꺼냈다. 그러고는 잔뜩 주눅 든 얼굴로 내게 내밀었다.

"미안합니다. 정말 미안합니다."

나는 손등으로 다시 코를 훔쳤는데, 그새 피가 멎었는지 피딱지만 부스러기처럼 묻어났다. 한울이 이틀 전에 씻었다고는 하지만, 나는 그가 똥 닦았던 손수건을 사용하고 싶지 않았다.

"괜찮아. 손수건은 넣어둬. 늙어서 그런지 피도 별로 안 나는구먼. 따지고 보면 네 잘못이 아니야. 갑자기 돌아선 내 잘못이었어."
"그건 파스칼의 잘못이 맞습니다."

한울은 뭔가 생각하는 듯하더니 손수건에 침을 잔뜩 묻히고는 내가 말릴 새도 없이 내 코를 문질렀다. 그런데 나는 그 행동이 불쾌하다거나 더럽다기보다 기특하게 느껴졌다. 그러고는 다시 생각을 바꿨다. 경찰서가 됐든 대사관이 됐든 녀석을 맡기는 건 언제라도 할 수 있으니 뭐 급하게 서두를 일은 아니라고. 한울을 만난 뒤로 내 마음이 하루에도 골백번은 왔다 갔다 하지만, 다람쥐 쳇바퀴 돌듯했던 십여 년의 세월에 신선한 공기가 주입되는 기분이 들었다. 나는 혼자가 아닐뿐더러 돌봐줘야 할 누군가가 있다는 느낌을 오랜만에 가졌다고나 할까…….

그렇다고 내가 외로웠다는 얘기는 아니다. 나에겐 소중한 미루가 언제나 함께하니까. 그리고 나는 가족을 와해시킨 장본인이므로 외로워할 자격이 없는 사람이다.

나는 따끈한 바게트를 하나 사서 한울에게 반을 뚝 잘라줬다. 녀석은 젊어서 그런지 아니면 습관인지 모르겠으나 나보다 먹는 속도가 훨씬 빠르다. 바게트는 오래 씹으면 씹을수록 고소하고 입에서 침이 나와 그다지 목이 마르지 않다. 그런데 한울은 음미하며 먹는다는 걸 전혀 모르는 것 같다. 천천히 먹어야 포만감도 오래가는 법인데 말이다. 입에 욱여넣고 물을 마시고, 또 크게 한 입 베먹고 물 마시길 반복한다.

게다가 녀석에게는 양이 턱없이 부족할 것이다. 그런데도 내가 주는 것 외에 식탐을 부리지 않는다. 그게 또 기특해서 나는 내 것의 일부를 더 잘라준다. 그러면 사양이라고는 모르고 덥석 받아먹는다. 기특하다고 생각했던 마음이 살짝 무너지는 순간이다.

내가 붙이지도 않은 혹 하나를 달고 있으니 하루치 노숙자의 생활비가 두 배로 지출된다. 이건 심각하게 생각해 볼 문제다. 그렇다고 녀석에게 드는 돈을 벌어오라고 앵벌이 시킬 수도 없는 노릇이다. 한울을 경찰서나 대한민국 대사관으로 보내야 할지 어떨지 다시 또 고민이 밀려온다. 녀석과 함께한 시간이 사흘째라는 게 믿기지 않는다. 보름은 더 된 것 같다.

한울이 발라당 까지고 미운 녀석이라면 애초에 떨쳐냈을 것이다. 그런데 어디로 보나 천진난만한 소년 같고 고생을 모르고 자란 듯싶어 애처로운 마음도 들었다. 더러 귀엽기까지 하니 이거야 원…….

세월이 많이 흘렀다는 것이 새삼스럽다. 내가 늙은 게 분명하다. 한울을 만난 뒤, 나는 예리하고 냉정하며 빈틈없고 깐깐하다는 소리를 듣던 내가 더 이상 존재하지 않는다는 걸 깨달았다.

그놈의 정이 뭔지 어휴, 내 팔자야!

내가 노숙자로 살아온 시간이 어언 12년째이지만, 여느 노숙자와 차원이 다르다. 나에겐 다달이 연금이 나오고 있으며, 파리 14구에 넓은 거실과 방이 네 개 딸린 집도 있다. 노숙자의 삶을 택한 이후 제대로 관리를 하지 않아서 거미가 제집처럼 들어와 사는지 모르겠으나, 영 안 가지는 않는다. 12년 동안 일 년에 몇 번은 다녀갔다. 꼭 읽고 싶은 책을 헌책방에서 찾지 못했을 때, 어쩔 수 없이 집 서재를 뒤져 가져와야 하기 때문이다.

다 읽은 뒤에는 제자리에 꽂으러 집에 가는 게 싫어 쟈크에게 팔아버린다. 쟈크는 내게 책값을 후하게 쳐주었으나 내 책들을 노점상에 진열하여 팔지 않는다. 지난번에 식사 초대를 받아 갔을 때 나는 봤다. 그의 집 서재에 내가 판 내 책들이 나란히 꽂혀 있던 것이 그저 고마울 따름이다. 쟈크는 내가 왜 노숙자로 살게 되었는지, 내게 책의 의미가 무엇인지 너무도 잘 아는 친구다.

비록 노숙자가 되었지만, 내게는 원칙이 있다. 나는 최소한의 청결을 유지하기 위해 무료로 개방된 화장실에서 세수와 면도를 하고 몸을 닦는다. 노숙자 자선 단체에서 마련해 주는 구제 옷을 찾아 입고, 잠은 정해진 몇 군데에서만 잔다. 쓸데없이 돌아다녀서 에너지를 낭비하지 않는다.

그리고 내 앞으로 나오는 연금이 제법 넉넉한 편이지만, 꼭 필요한 만큼만 은행에서 돈을 찾아 쓴다. 드물긴 해도 현금 외에 카드를 쓸 때도 있다. 예를 들면 동물병원에서는 카드를 긁는다. 나는 대부분 돈을 나와 미루에게 필요한 식량을 사는 데에 쓴다. 그러므로 구걸할 일이 없을뿐더러 연민을 바랄 이유는 더더군다나 없다. 하나하나 열거하자면 원칙은 늘어나겠지만, 말하자면 대충 이렇다는 거다.

 아침 의식을 모두 마친 뒤 우리는 에펠탑을 정면에서 볼 요량으로 마르스 광장 풀밭에 앉았다. 나는 에펠탑이 무너지는 꿈을 왜 두 번이나 꿨는지 분석이든 해석이든 하고 싶었으나 골치만 지끈거렸다. 한울과 미루는 내 주위를 뛰어다니며 노느라 신났다. 아침에 먹었던 바게트 종이봉지를 뭉쳐 공처럼 만든 한울이 그것을 멀리 던지면 미루는 달려가서 물고 왔다.
 시간이 꽤 흘렀나 보다. 머리 꼭대기가 뜨거웠다. 어제보다 기온이 더 올라간 것 같다. 팔월의 태양이 우리를 반숙으로 만들기 전에 자리를 옮기기로 했다. 여기저기에 몸을 태우는 젊은 남녀들이 거의 반 나신으로 누워 있다. 그들을 보고 있자니 떠오르는 얼굴이 있었다. 옛날 옛적에 해변에서 선탠을 하고 와서는 피부 껍질이 벗겨지는 게 따갑다고 징징댔던 엠마가 생각났다. 보고 싶은 엠마. 같은 파리 하늘 아래에서 살고 있겠지. 보고 싶고 궁금하지만 나는 아직도 엠마를 볼 면목이 없다.

우리는 에펠탑을 가까이에서 보려고 펜스 안으로 들어가는 긴 줄 끝에 섰다. 그런데 개는 출입 금지라는 팻말이 보였다. 이런 어처구니없는 일이 있다니…….

언제부터 에펠탑 주변에 펜스를 설치했는지 정확한 기억은 없다만, 예전에는 반려견들도 자유롭게 출입했던 곳이다. 그랬는데 이렇게 떡하니 가림막을 쳐놓고는 들어가지 못하게 하는 건 차별 대우라는 생각이 들었다. 영리한 미루는 상황 판단이 빨라서 몇 차례 꾸짖듯 왕왕 짖었고, 에펠탑을 가까이서 보지 못하게 된 한울도 얼굴이 시무룩해졌다. 어쩔 수 없이 다른 날 다시 올 작정을 하고 오늘은 발길을 돌렸다.

우리는 점심을 간단하게 해결한 뒤 강둑으로 가서 그늘을 찾아 자리를 잡았다. 나는 빌려온 책을 읽고, 한울은 회화책을 한 장 한 장 넘기며 머리에 입력시키고, 미루는 늘어지게 한숨 자는 걸로 오후 시간을 보냈다.

이제 슬슬 일어나 저녁을 먹어야겠다고 생각하며 고개를 들었더니 한울과 미루가 보이지 않았다. 자리에서 일어나 고개를 빼고 두리번거리는 내 눈에 멀찍이 뛰어가는 한울이 보였다. 미루도 녀석을 따라 달리고 있었다. 녀석보다 몇 걸음 앞서 죽어라 도망가는 남자도 보였다. 나는 큰소리로 한울과 미루를 불렀다.

"장, 어디 가는 거야? 빨리 돌아와. 미루도 어서 돌아오라니까."

내 소리에 한울은 달려가던 걸음을 멈추고 돌아서서 뭔가를 흔들었다. 나는 오라고 손짓했다. 잠시 망설이는가 싶더니 녀석은 미루를 데리고 털레털레 돌아왔다. 그러고는 손에 든 것을 내밀었다. 한울의 손에 들린 것은 백 유로짜리 지폐였다.

"남자가 돈을 잃어버립니다."
"그러니까 그게 뭐냐, 저기 뛰어가는 사람이 돈을 흘렸다는 말이지?"
"네, 나는 돈을 발견합니다. 그러나 남자는 뛰어갑니다."

한울의 엉성한 대답은 정리가 필요하다. 그러니까 지나가던 남자가 흘린 돈을 한울이 주웠고, 그것을 남자에게 주려고 다가갔다. 그러자 남자는 표준 미달로 보이는 동양인 청년이 시선을 피해 가며 따라오는 게 달갑지 않아 달아났던 거다. 내가 내 방식대로 대충 정리해서 말하자 한울은 고개를 끄덕거렸다.

"네 호주머니에 넣어둬. 남자가 잃어버린 걸 알면 찾으러 오겠지. 안 오면 네가 땡잡은 거고."

나는 남자가 절대 오지 않을 거라 생각했다. 이걸로 한울은 제 밥값을 할 수 있게 되었으니 앵벌이 시킬 고민 따위는 사라졌다. 한울은 제법 운이 좋은 녀석이다. 나를 만난 것도 그렇고, 길에서 일 유로도 아니고 백 유로를 줍는다는 건 아무에게나 생기는 행운이 절대 아니다.

우리는 맥도널드로 들어가 햄버거 세트에 샐러드까지 주문해서 먹었다. 물론 돈은 내가 냈다. 나는 어쩌다가 한울에게 까닭 없이 관대하고 또 약해지는지 모르겠다. 전생에 내가 녀석에게 빚을 많이 졌던가 보다. 하여간에 꼼짝없이 녀석에게 걸려든 느낌이다.

우리는 염치 불고하고 돈을 쓴 만큼 넓고 깨끗한 화장실에서 꽤 긴 시간을 보냈다. 우리 둘은 수건을 몇 번씩 빨아가며 몸도 닦았다. 나는 며칠 분의 휴지까지 챙겼다. 내가 벽에 붙은 커다란 두루마리 휴지를 풀어 손에 감는 것을 본 한울은 나를 따라 했다. 적당히 3일 치의 휴지만 챙겨도 족할 텐데 녀석은 설사 만난 사람처럼 아예 두루마리를 다 풀어낼 작정인 것 같았다. 내가 제지했기에 망정이지 녀석은 그걸 재미로 알았는지 히죽거리기까지 했다.

배는 부르고 몸은 깨끗해졌으며 돈까지 생긴 날이다. 기분이 한껏 좋아진 우리는 일찌감치 잠자리로 돌아가려고 알마 다리를 건너 오른쪽으로 꺾었다. 몇 분 지나지 않아 바토 무슈 유람선 선착장이 눈에 들어왔다. 줄을 선 사람들이 배에 오르는 모습이 보였다. 갑자기 한울이 걸음을 멈췄다. 그러고는 손가락으로 선착장을 가리키며 물었다.

"저기에서 배를 탑니까?"
"그래, 저기가 바토 무슈 선착장이지. 너도 배가 타고 싶냐?"

한울의 얼굴이 점점 일그러졌다. 그러고는 갑자기 바닥에 퍼질러 앉더니 꺼이꺼이 소리를 내며 울기 시작했다. 당황한 나는 어찌할 바를 몰라 잠시 녀석을 그대로 뒀다. 좀처럼 한울의 울음이 그치지 않았다. 나는 녀석의 곁에 쪼그려 앉아 물었다.

"도대체 왜 그래? 무슨 일이 있었던 거야?"

내 말이 녀석 귀에 들어가지도 않았는지 한울은 한참을 더 울다가 눈물범벅이 된 얼굴로 나를 쳐다봤다.

"엄마 아빠가 배를 탑니다. 나는 엄마 아빠를 크게 부릅니다. 나는 바로 저기 있습니다."

그러면서 손가락을 쭉 뻗어 우리가 처음 만났던 알렉상드르 3세 다리 건너편을 가리켰다. 녀석의 말을 정리하려다가 멈췄다. 아무래도 이 부분은 이해하기 어려웠다. 나는 잠자리로 돌아가서 차근히 따져 묻기로 하고 녀석을 일으켜 세웠다.

벤치로 돌아오자마자 나는 발을 뻗고 누웠다. 삭신이 노곤한 게 금방이라도 잠에 빠질 것 같았다. 오늘 하루도 많은 일이 있었다. 뒤숭숭한 꿈자리 때문에 나는 일찍 잠에서 깼고, 코피를 흘렸으며, 꿈풀이를 한답시고 뜨거운 태양 아래에서 너무 오래 있었다. 게다가 에펠탑을 가까이서 보는 것도 불발이었고, 녀석을 챙기느라 정신이 쏙 빠지는 것 같았다.

나는 여전히 시무룩하게 앉아 있는 한울에게 물었다.

"꽤 피곤한 날이었어. 너도 그랬을 것 같군. 자, 지금부터 너에 대해서 말해 봐."

잠시 후, 한울은 제 머릿속에 입력시킨 프랑스어를 끄집어내기 시작했다. 녀석은 천천히 띄엄띄엄 가끔은 멈추기도 하면서 말을 이어 나갔다. 그 말이 마치 자장가 같았다. 나는 녀석의 말을 듣다가 어느 틈에 잠이 들었다.

닷샛날 [한울]

나는 늦잠을 자고 말았다.

내 꿈에 파스칼이 에펠탑에 폭탄을 설치했다. 그는 원격 제어 장치에 있는 버튼을 눌렀다. 그러자 벼락이 떨어지는 듯한 소리와 함께 불꽃놀이가 시작되었다. 에펠탑이 사방팔방으로 불꽃을 뿜어내며 밤하늘을 화려하게 수놓았다. 사람들은 갈팡질팡 어쩔 줄 몰라 하며 이리저리 달아나기 바빴으나, 나와 미루는 너무 재밌어서 에펠탑 주변을 마구 뛰어다녔다. 잠시 뒤, 에펠탑 중간이 분리되더니 로켓처럼 공중으로 날아갔다. 나는 고개를 꺾어 밤하늘 높이 사라져 가는 에펠탑을 봤다. 그랬는데, 깨고 보니 꿈이었다.

부스스 일어나 등 뒤에 붙은 벤치를 돌아보니 파스칼과 미루가 보이지 않았다. 주변을 둘러봤지만 둘의 모습은 어디에도 없다. 내가 베고 잤던 배낭만 덩그러니 남아 있다. 어젯밤 잠들기 전에 파스칼이 나에게 말을 시켰는데, 아마도 내가 안 좋은 소리를 했나 보다. 그래서 화가 난 파스칼이 나를 두고 떠난 것인지도 모른다. 그 생각을 하니 너무 슬퍼졌다.

나는 내가 했던 말을 곰곰이 생각해 봤다.

'나는 코리안이다. 나는 엄마 아빠와 함께 프랑스 파리를 여행한다.'라고 말을 시작했다. 그러자 파스칼은 불어 현재형은 만점이니 이제부터 과거형 공부로 넘어가라고 했다. 그리고 코리안은 영어이고 불어로는 한국이 꼬레 뒤 쉬드이며, 한국인은 꼬레앵이라고 단어와 발음을 가르쳐줬다. 특히 R을 발음할 때는 혀를 살짝 떨면서 소리를 굴리라고 강조했다. 나는 파스칼을 따라 세 번을 발음하고 난 뒤 계속 말을 이어갔다.

모나리자 때문에 나와 엄마는 기분이 나빴다. 나는 혼자서 루브르 박물관 밖으로 나갔다. 그래서 엄마를 잃어버렸다. 엄마 아빠와 여행팀은 배를 탔다. 나는 센 강 건너편에서 기다렸다. 엄마 아빠를 찾기 위해서. 그러나 실패했다. 그들은 모두 스위스로 떠났을지 모른다. 나는 조금 슬프지만 파스칼과 미루가 함께 있어 좋다. 나는 파리지앵이 되고 싶다. 그래서 한국으로 돌아가지 않겠다. 나는 파리가 좋고, 파스칼이 좋고, 미루도 좋다. 나에게는 백 유로가 있다.

　대충 기억나는 것이 이렇다. 물론 나는 과거형이 아닌 현재형으로 말을 이어 나갔으나 파스칼은 다 알아듣기 때문에 개의치 않았다. 그런데 내가 말을 마쳤을 때 파스칼은 코를 골고 있었고, 미루는 내 발치에 앉아 고개를 양쪽으로 갸우뚱거리며 내 이야기를 열심히 들었다.

　내가 한 말 중 어떤 것이 파스칼을 화나게 했는지 아무리 생각해도 모르겠다. 갑자기 눈물이 주르륵 흘러내렸다. 사람들이 말하는 외롭다는 감정이 이런 것일지도 모른다. 평소에 주로 느끼는 내 감정은 기쁨과 슬픔, 두려움과 지루함 그리고 분노와 답답함이 대부분이었다. 높다란 곳에 올라갈 때, 교회에서 선물을 받거나 부모님께 혼이 날 때, 동생들에게 놀림을 당하거나 사람들이 수군거리며 이상한 눈빛을 보낼 때 느끼는 것이 대부분 그랬다. 그 외의 감정은 내 삶에 끕사리 끼지 못했다. 나는 내 세상을 즐기는 법을 안다. 그런데 그걸 못하게 하면 슬프다. 아무래도 나와 사람들은 서로를 이해하는 방식이 무척 다른 것 같다.

　나는 배낭에서 전자 손목시계를 꺼냈다. 벌써 아홉 시 오십일 분이다. 파스칼과 미루가 없는 파리에서 나는 무얼 어떻게 해야 할지, 어디로 가야 할지, 너무도 막막하여 눈물이 그치질 않앉다. 파스칼과 다녔던 무료 공중화장실에서 기다려 볼까, 에펠탑 몸통이 다 보이는 마르스 광장 한중간에 앉아서 기다려 볼까, 파스칼이 아침마다 빵을 사는 가게로 가볼까, 별별 생각을 다 했다.

그러다가 쟈크가 생각났다. 쟈크를 찾아가서 물어보면 알려 줄지도 모른다고 생각하니 기운이 났다.

내가 손등으로 눈물을 닦으려는데, 어디선가 미루 짖는 소리가 들렸다. 소리가 들려오는 쪽으로 고개를 돌렸더니, 저만치에서 파스칼과 미루가 내 쪽으로 다가오고 있었다. 나는 벌떡 일어나 그들에게로 마구 달렸다. 달리다가 뭔가에 걸려 넘어지는 통에 무릎이 호되게 아팠지만 그런 건 아무래도 상관없었다. 다시 일어나 달려가서 파스칼을 덥석 안았다.

"아이고 깜짝이야. 야 이 녀석아, 왜 사람을 껴안고 난리야?"

파스칼이 뭐라고 하는 소리도 내 귀에 들어오지 않았다. 나는 그를 안은 채 아예 엉엉 소리 내어 울었다. 조금 전에는 두렵고 외로워서 울었지만, 지금은 너무 기뻐서 울었다.

"이 녀석이 잠이 덜 깼구나. 아니면 우리가 안 보여서 무서웠던 거로군."

"나는 파스칼과 미루가 없어서 무섭습니다. 이제부터 늦게 일어나지 않습니다."

내가 팔을 풀자 파스칼은 한 걸음 뒤로 물러나 큰소리로 웃었다. 미루는 꼬리를 마구 흔들며 제 몸을 내 다리에 문질러댔다.

"내가 어디 좀 갔다 왔어. 네가 곤히 자기에 깨우지 않았던 거야. 자, 이거 받아."

그가 내민 것은 사전이었다. 불영과 영불이 반반씩 나눠진 사전은 제법 두꺼웠다.
그는 내가 기초 문법과 회화를 다 뗐으니 중급으로 넘어가는 것보다 우선 단어를 많이 아는 게 도움이 될 거라고 말했다. 문법이 조금 어긋나도 단어를 많이 알면 소통이 더 잘 이루어질 거란다. 그가 한 말을 내가 다 알아들은 건 아니지만, 어쨌든 그는 말했고, 나는 무조건 고개를 끄덕거렸다.

"오늘은 아침이 늦었으니 아침 겸 점심으로 간단하게 먹고 미루를 쟈크에게 맡겨야겠어. 그런 뒤 우리는 에펠탑으로 가자고. 난 내 꿈을 꼭 분석해야겠거든."

　나는 연신 고개를 끄덕이고는 내 배낭을 짊어졌다. 기분이 상쾌해진 나는 파스칼이 준 사전을 가슴에 꼭 안고 그의 뒤를 씩씩하게 따라 걸었다. 파스칼은 늘 먹던 바게트 대신 속이 꽉 찬 샌드위치를 샀다. 내가 백 유로를 내밀자 그는 주머니에 도로 넣어두라고 하고는 자기가 계산을 치렀다.
　식사를 끝낸 뒤 우리는 서둘러 쟈크의 노점상으로 갔다. 파스칼은 배낭에서 목줄을 꺼내 미루 목에 채웠다. 나는 미루가 목줄 찬 걸 처음 봤다. 그게 없어도 미루는 우리 곁에서 걸음을 맞췄고, 풀밭에서 한껏 뛰어놀아도 아무 문제가 없었다. 미루에게 목줄을 채우는 것은 노점상 앞을 오가는 차량과 행인이 많기 때문이란다. 쟈크가 손님과 흥정하느라 한눈파는 사이에 자칫 문제가 생길 수 있다는 게 이유였다. 파리에는 개를 훔쳐 가는 사람도 있단다.
　예전에 동물보호단체는 노숙자들이 반려견을 데리고 다니는 것을 일종의 동물 학대 행위로 규정하여 노숙자에게서 개를 **뺏**으려 했던 적이 있었다. 그때 하마터면 파스칼도 그들에게 미루를 **빼**앗길 **뻔**했다는 이야기를 들려줬다. 파스칼은 목줄의 손잡이를 접이식 의자에 묶은 뒤 일어섰다. 그러고는 미루의 얼굴을 쓰다듬어주면서 빨리 돌아오도록 할 테니 얌전히 기다리고 있으라는 당부를 했다.

나는 불만이 가득한 미루의 얼굴을 보고 있자니 마음이 짠했다. 기분이 언짢았던지 미루가 두 번 짖었다. 나도 미루에게 빨리 오겠다는 인사를 하고 손을 흔든 뒤, 파스칼을 따라나섰다.

나는 에펠탑을 가까이에서 보는 것보다 거리를 두고 보는 것이 더 아름답다고 생각한다. 주변 경치가 에펠탑과 어우러져 더 멋있게 보이기 때문이다. 하지만 파스칼은 무슨 이유인지 가까이 가서 에펠탑을 자세히 봐야 한다고 주장했다. 미루까지 맡겨야 할 정도라면 뭔가 대단한 이유가 있는 것이 분명하다. 나는 그 이유를 알고 싶었지만, 조용히 입 다물고 있는 쪽을 택했다. 내 불어 실력을 아직 믿을 수 없기도 하거니와, 파스칼과 나 사이에 텔레파시가 통하는지 내가 궁금해하는 것은 묻지 않아도 때가 되면 그가 다 알려주었다.

에펠탑을 뺑 둘러막은 펜스 안으로 들어가려면 검색대를 통과해야 한다. 검색대 앞에는 이미 긴 줄이 이어져 있었다. 우리는 줄 맨 뒤에 가서 섰다. 마침내 기다린 끝에 나도 검색대 앞에 섰다. 배낭에 든 것을 보안요원에게 보여주고 검색 통로를 지나가면 된다. 이건 설명을 해주지 않아도 쉬운 일이다. 지난번 엄마 아빠 그리고 같이 온 여행팀과 에펠탑을 구경했을 때도 이런 과정을 거쳐 엘리베이터를 타고 꼭대기 전망대까지 올라갔었다. 게다가 내 앞에 줄을 선 파스칼이 두 번이나 말했다. 무조건 자기가 하는 걸 그대로 따라 하면 된다고.

나보다 먼저 검색대를 통과한 파스칼은 배낭을 챙긴 뒤 내가 나오기를 기다렸다. 나는 검색 통로를 빠져나가자마자 키가 크고 근육이 발달한 흑인 보안요원에게 걸렸다. 그는 나를 위아래로 훑어보더니 호주머니를 가리켰다. 내 호주머니에는 백 유로 지폐 한 장과 전자 손목시계가 들어 있을 뿐이다.

노숙자로 살아가는 사람에게 시계는 쓸모없는 물건이다. 나는 파스칼을 만난 이틀 뒤에 그것을 깨달았다. 해가 뜨면 일어나고, 배고프면 먹고, 더우면 그늘을 찾아 쉬다가 책이 있으니 읽고, 그러다 배가 고프면 다시 먹고, 졸리면 자고, 어둑해지면 정해둔 잠자리로 가서 누우면 그만이니까. 골치 아플 것 하나 없는, 누구에게도 간섭받지 않는 삶이 있다는 걸 뒤늦게 알았다. 이럴 줄 알았다면 좀 더 일찍 시작할 수도 있었는데, 그러지 못한 게 못내 아쉬울 정도다. 몇 년 전에 엄마 아빠가 프랑스 여행 갈 때 따라나섰더라면 이 생활을 앞당길 수 있었을 텐데 말이다.

파스칼을 만난 이틀 뒤부터 손목에서 시계를 풀어 배낭에 넣고 다녔다. 그러다 오늘 아침, 늦잠을 자는 바람에 시간을 보려고 꺼냈다가 그만 호주머니에 넣었던 거다. 그 뒤 파스칼이 나를 버린 줄 알고 공포에 휩싸이는 바람에 시계를 까마득히 잊고 있었다.

흑인 보안요원이 왜 내 호주머니를 가리키는지 모르겠다. 혹시 시계에 문제가 있는 걸까? 아빠가 생일 때 선물해 준 전자 손목시계는 값이 제법 나가는 유명 메이커 제품이다. 지난번 에펠탑을 보러 왔을 때엔 시계를 손목에 찼었고 문제없이 통과했다. 혹시 흑인 보안요원이 내 시계를 압수하려는 건 아닐까?

나는 흑인 보안요원에게 빼앗기지 않으려고 호주머니 입구를 불끈 쥐었다. 그러자 그 요원은 동료 요원들에게 뭐라고 빠르게 말했고, 그 요원과 동료 요원들은 큰소리로 웃었다. 그러고는 내 배낭에 든 것을 죄다 꺼내 늘어놓기 시작했다. 바지 둘과 셔츠 셋, 팬티 두 장과 양말 두 켤레, 파스칼이 챙겨준 수건과 종이비누 그리고 치약과 칫솔, 영불 문법책과 회화책에 사전이 내 배낭에서 줄줄이 나왔다. 그들은 내가 맥도널드 화장실에서 가져온 휴지 뭉치까지 꺼내더니 더 크게 웃었다.

흑인 보안요원이 내 호주머니에 손을 댔다. 나는 너무 놀라 비명을 지르며 냅다 달리기 시작했다. 내가 참을 수 없는 것 중 하나가 내 몸에 닿는 낯선 타인의 손이다. 내가 갑자기 튕겨 나가자 놀란 파스칼이 내 셔츠 뒷자락을 잡았다. 그 바람에 우리 둘은 같이 나뒹굴고 말았다.

나는 벌떡 일어나 선 자리에서 쥠쥠과 곤지곤지를 하며 뱅글뱅글 맴돌기 시작했다. 입에서 터져 나오는 소리도 멈출 수 없었다. 나는 무섭거나 화가 나면 부지불식간에 이 행동을 반복한다. 한참 그러고 나면 마음이 진정된다.

우리 주변으로 많은 사람이 모여들어 웅성거렸으나 나는 아무것도 보이지 않았고 들리지도 않았다.

일어나서 바지를 털고 무릎을 몇 번 주무르고 난 뒤 파스칼은 흑인 보안요원에게 다가갔다. 거기 모인 사람들은 파스칼에게서 극도로 화난 사람의 얼굴을 목격했으리라.

파스칼은 자기보다 머리 하나는 더 큰 흑인 보안요원의 멱살을 잡았다.

"당신들은 내 친구를 조롱했어. 이건 인격모독에 인종차별까지 해당돼. 당장 배낭을 원래대로 정리해서 저 친구에게 돌려주고 사과해."

나와 파스칼의 갑작스러운 행동에 놀란 흑인 보안요원은 당황해하는 기색이 역력했다. 그러고는 파스칼이 잡고 있는 손을 뿌리치려 했으나 어디서 그런 힘이 나왔는지 파스칼은 꿈쩍도 하지 않았다.

"이거 놓고 말하시오. 나는 그저 웃자고 조금 장난을 친 것뿐이요."

"장난? 그렇지, 장난을 쳤지. 당신이 하는 일은 관광객에게 장난치는 거야? 국가가 당신들더러 장난이나 치라고 돈을 주면서 여기 세워뒀나? 내 친구가 검색대를 통과했을 때 주머니에 뭐가 들었는지 다 알았을 텐데? 르 몽드의 편집장 파스칼 바르탱이 내 조카야. 당신과 당신 동료들이 오늘 한 행동을 알려서 기사로 쓰게 만들 거야. 그렇게 되면 당신들 밥줄이 떨어져 나갈지도 몰라."

"알았어요. 당장 배낭을 돌려줄 테니 이것 좀 놓으시오."

그제야 파스칼은 흑인 보안요원의 멱살을 놓아주며 단호하게 말했다.

"내 친구에게 사과부터 해."

흑인 보안요원은 동료들에게 물건들을 배낭에 원래대로 넣으라고 지시했다. 그러고는 유니폼 상의를 매만진 뒤 배낭을 들고 내게 다가왔다.

그즈음 나도 진정이 되어 파스칼만 쳐다봤다. 그가 무척 위대해 보였다. 역시 내 생각이 맞았다. 파스칼은 하나님이 보낸 수호천사였던 거다.

흑인 보안요원은 멋쩍어하며 내게 말했다.

"고의로 그런 건 아니오. 놀라고 불쾌했다면 미안하오. 내가 잘못했소."

나는 고개를 떨군 채 흑인 보안요원에게서 내 배낭을 받아 짊어졌다. 그러자 파스칼이 다가와 내 어깨를 툭 치며 가자고 말했다.

"저기, 어르신…… 제가 잘못을 인정했고 사과했으니, 저기 그러니까…… 르 몽드 건은 없던 일로 해주시면……"
"알았어. 이번은 눈감아 줄 테니까 앞으로 이런 일이 없도록 해."
"아이고 고맙습니다. 정말 고맙습니다."

우리는 맨머리를 긁적거리는 흑인 보안요원을 뒤로한 채 에펠탑을 향해 당당하게 걸어갔다. 구경거리를 만나 시시덕거리던 사람들도 뿔뿔이 흩어졌다.

걸어가면서 나는 파스칼에게 물었다.

"르 몽드가 무엇입니까?"
"프랑스의 유명한 언론사야. 신문과 잡지를 주로 만들지."
"파스칼 바르탱은 르 몽드에서 일합니까?"

갑자기 걸음을 멈춘 파스칼은 큰소리로 웃어 젖혔다. 그러고는 나를 쳐다보며 또박또박 천천히 말했다.

"르 몽드의 편집장은 나와 전혀 상관없는 사람이야. 그자의 이름이 뭔지도 모르고. 그래서 내 이름을 댔지. 이름까지 나와야 내 말이 진짜 같잖아. 아까 그 인간이 기가 팍 죽은 거 봤지? 프랑스 사람들은 의외로 순진하면서 겁이 많아. 그걸 이용한 거야."
"그것은 거짓말입니다."
"당연히 거짓말이지. 그 거짓말 덕분에 위기에서 빨리 모면한 거고. 안 그래?"

파스칼의 말을 다 알아들은 건 아니지만 그가 거짓말을 인정했다는 건 분명히 알았다. 갑자기 내 머리가 복잡해졌다. 목사인 아빠는 사람이 거짓말을 하면 지옥에 간다고 했다. 그것은 아주 나쁜 짓이라고 했는데, 수호천사가 어떻게 거짓말을 할 수 있는지 도무지 이해할 수 없었다. 내 표정을 읽었는지 파스칼은 쉬운 단어를 찾아 설명하기 시작했다.

"장, 살다 보면 해선 안 되는 말이 있고, 할 수밖에 없는 말도 있어. 그것이 바로 거짓말이라는 거야. 안 하는 게 좋지. 그러나 선의의 거짓말이라는 게 있어. 그건 꼭 나쁘다고 할 수 없어. 말하자면 좋은 거짓말이라는 뜻이야. 거짓말이 꼭 필요할 때가 있거든. 어떤 위험한 상황이나 어려움에 처한 경우를 극복하게 하는 힘이기도 하지. 말하자면, 이걸 어떻게 설명하면 좋을까……, 예를 들면 이래. 어떤 거짓말로 사람을 살릴 수 있고, 슬픔에서 벗어나게 할 수 있고, 또 싸움을 말릴 수 있다면, 거짓말을 해야 할까 하지 말아야 할까?"

나는 곰곰이 생각했다. 파스칼이 한 말 중에 내가 아는 단어만 모아 생각해 보니 좋은 거짓말도 있다는 것을 어렴풋이 이해할 수 있었다. 그래서 나는 대답했다.

"좋은 거짓말은 해야 합니다."

"바로 그거야. 이해했으니 됐어. 자, 이제부터 에펠탑이나 느긋하게 구경하자고."

나는 에펠탑 네 기둥 한복판에 서서 위를 올려다봤다. 멀리서 볼 때보다 더 높아 보였다. 파스칼은 튼튼하고 큼지막한 콘크리트 주춧돌을 어루만지기도 하고 손등으로 툭툭 두드리는가 하면 손톱으로 긁기도 했다. 그러다 네 기둥 한가운데에 서서 에펠탑을 휘둘러봤다.

나도 파스칼을 따라 주춧돌을 만져봤다. 지난번에 눈여겨보지 못했던 주춧돌에는 커다란 새의 발자국 같은 무늬들이 있었다. 나는 새 발자국 같은 무늬와 내 손바닥 크기를 비교도 하고, 그 사이에 손가락을 넣어 손톱으로 긁어도 보고 냄새까지 맡아봤다. 여느 콘크리트와 다르지 않아서 조금 실망했다.

파스칼은 내 쪽으로 다가와 기둥에 기댄 채 꼼짝도 하지 않고 뭔가 깊은 생각에 빠져들었다.

지루함을 느낀 나는 파스칼이 기대선 기둥에서 건너 쪽 기둥까지 일정한 보폭으로 걸었다. 두 기둥 사이의 내 걸음 수는 여든일곱 보였다. 다른 기둥 사이도 똑같은지 궁금해서 다시 걸었다. 앞을 막고 있는 사람들이 있으면 멈춰 서서 그들이 길을 터줄 때까지 기다렸다가 다시 걸음 수를 세 나갔다. 똑같이 여든일곱이었다. 그다음도 여든일곱, 다시 걸었더니 역시 여든일곱 걸음이었다. 나는 기둥 네 개를 다 돌아 파스칼이 몸을 기댄 기둥까지 왔다.

다시 위를 쳐다보니 에펠탑이 올라오라며 나를 유혹했다. 마음만 먹으면 꼭대기까지 철근을 타고 올라가는 건 크게 어렵지 않을 것 같았다. 시간은 좀 걸리겠지만 중간에 몇 번 쉬면 되니까. 철근을 타고 에펠탑에 올라가도 되는지 파스칼에게 막 물으려는 찰나 그가 말했다.

"오늘은 됐으니 돌아가자. 미루를 너무 오래 맡겨둔 것 같아."

나는 에펠탑에 올라가도 되는지 묻고 허락받는 걸 다음으로 미뤘다. 에펠탑을 보려고 펜스 안으로 들어오는 입구와 나가는 곳이 따로 있어 천만다행이다. 파스칼을 따라 출구를 빠져나온 뒤 우리는 서둘러 쟈크의 노점상으로 향했다.

멀리서 미루가 우리를 알아보고 반갑게 짖었다. 나는 미루를 부르며 달려갔다. 그러자 미루는 목줄이 묶여 있는 제 덩치보다 조금 더 큰 접이식 의자를 질질 끌며 달려왔다. 나는 미루가 어찌나 심하게 꼬리를 흔들던지 그게 떨어져 나갈까 봐 걱정되었다.

 파스칼은 오늘 저녁밥은 식당에서 먹을 거라고 했다. 오늘은 혼쭐이 두 번이나 나는 바람에 나는 배가 무진장 고팠다. 아침에 일어나서 파스칼과 미루가 보이지 않아 간이 한 번 떨어졌고, 에펠탑을 보러 들어가려다가 검색대를 지키는 사람들 때문에 너무 무서워서 심장이 한 번 떨어졌다. 이렇게 간과 심장이 떨어졌다 붙는 통에 아침 겸 점심으로 먹은 것들이 산산이 분해되어 속이 텅 빈 것 같았다.

 우리가 들어간 식당은 좁고 조금 지저분해 보이지만 음식 냄새는 끝내주게 좋았다. 푸짐한 케밥이 나올 때 나는 무척 기뻤다. 이것저것 생각할 겨를도 없이 나는 내 접시에 수북이 담긴 음식을 향해 포크를 푹 찔러 넣었다.

엿샛날 (파스칼)

새벽에 깨어난 나는 다시 잠들지 못했다.

또 꿈을 꿨다. 하루씩 걸러 세 번째다. 그러나 앞서 꿨던 꿈들과 모양새는 비슷하지만, 나는 꿈에서 그게 허무맹랑한 꿈이라는 걸 알아차렸다. 그래서 에펠탑이 무너질 때 나는 내게 말했다. '이건 꿈이니까 도망갈 필요가 없어'라고. 탑이 무너진 뒤에 나는 조심스레 가까이 다가갔다. 죽은 사람과 부상으로 신음하는 사람들이 셀 수 없이 널브러져 있고 부서진 에펠탑 잔해는 사방으로 흩어져 있었다. 나는 철근 조각 하나를 주워 유심히 들여다봤다. 페인트가 벗겨진 움푹 팬 자리가 심하게 녹슬어 있었다.

어딘가에 답이 있을 거라 생각한다. 답만 찾으면 되는데 그게 쉽지 않다. 잠이 싹 달아난 나는 혼란스러운 생각을 떨치고 멀리 보이는 에펠탑을 노려봤다.

뒤에서 곤하게 자고 있는 한울의 숨소리가 낮게 들려왔다. 돌아보니 한울의 발치에서 잠든 미루가 보였다. 만난 지 얼마 되지 않았으나 미루는 한울을 곧잘 따랐고 무척 신뢰하는 게 분명했다. 개는 사람을 알아보는 법이다. 좋은 사람인지 아닌지 인간들보다 파악하는 속도가 빠르다.

어제 쟈크의 노점상에 맡겼던 미루를 데리고 우리 셋은 터키인이 운영하는 작은 식당으로 갔다. 한울은 어제 두 번씩이나 식겁하는 통에 기운을 꽤 빼앗긴 것 같았다. 늦잠을 자는 바람에 나와 미루가 사라진 줄 알았고 에펠탑 검색대 입구에서 보안요원들의 장난질에 곤욕을 치렀다. 그래서인지 녀석은 케밥이 입으로 들어가는지 코로 들어가는지 모르게 먹어 치웠다.

식사를 마친 뒤 한울은 호주머니에서 돈을 꺼내 내게 내밀었다. 자기를 도와주었으니 이번에는 밥값을 꼭 내겠다는 거였다.

"나는 계산서를 원합니다."
"왜? 네가 밥값을 내려고?"
"네, 파스칼은 나를 도와주었습니다."
"어라? 벌써 동사 과거형도 말할 줄 아네. 그새 암기했나 보군."
"공부는 쉽습니다."

"그래, 넌 천재니까. 그런데 말이야, 돈은 다시 넣어둬. 나중에 꼭 필요한 일이 생기면 그때 쓰도록 해. 오늘 고생 많이 했으니까 이건 내가 계산하겠어."

내가 말을 마치자마자 한울은 가타부타 대꾸도 없이 곧바로 돈을 바지 주머니에 넣었다. 도대체가 사양도 양보도 모르는 녀석인가 보다. 어제 우리는 저녁밥을 먹고 식당 화장실을 돌아가며 사용한 뒤에 느지막이 잠자리 벤치로 돌아왔다. 얼마나 곤했던지 녀석은 벤치에 눕자마자 곯아떨어졌다.

나는 오늘도 에펠탑에 가보려던 생각을 접었다. 거기는 백날 가봐야 답이 나올 것 같지 않았다. 내가 풀어야 할 문제는 에펠탑 철근이 얼마나 부식되었는지도 아니고, 그걸 눈가림으로 페인트칠만 주야장천 한다는 것도 아니며, 그게 왜 내 꿈에 자꾸 나타나느냐 하는 거다.

이 문제는 쟈크와 상의해야 할 것 같다. 나는 한울이 깨면 거의 바닥난 물통을 채우러 공중식수대부터 찾아가기로 마음먹었다.

한 시간쯤 지났을까, 한울이 부스스한 꼬락서니로 일어나 앉더니 두 팔을 위로 쫙 올리고 몸을 뒤틀며 요란하게 기지개를 켰다. 벤치를 돌아 내 곁에 온 미루는 주둥이를 내 다리에 문지르며 아침 인사를 했다.

나는 한울에게 오늘의 일정을 알렸다.

저녁에 쟈크가 노점상을 닫을 때쯤 그를 만나러 갈 것이다. 그래서 오늘은 뤽상부르 공원에서 시간을 보낼 생각이다. 거기까지 걸어가는 데 대략 40분이 걸린다. 내 다리 상황에 따라 한 시간 가까이 걸릴 수도 있지만, 요즘은 날씨가 계속 쨍쨍해서 별문제가 없다. 가는 도중에 먹거리를 살 것이고, 공원에 가서 느긋하게 먹을 거라고 설명했다. 거기에는 공중식수대가 있고 무료 화장실이 몇 개 있으며 무엇보다 나무들이 크고 울창하여 그늘이 많다. 물론 의자도 곳곳에 널렸다.

제대로 알아들었는지 어쨌는지 한울은 말없이 고개만 까닥거렸다. 아무래도 녀석은 잠이 덜 깬 것 같았고, 나는 한울이 알아듣든 말든 개의치 않았다. 어차피 녀석은 내 계획을 따를 수밖에 없으니까.

우리는 콩코드 다리를 지나 생제르맹 대로를 따라 내려갔다.

공원까지 가는 도중에 빵을 두 개 사고 아랍인이 운영하는 작은 가게에서 사과 두 개와 저렴하고 작은 사이즈의 와인 한 병을 샀다. 내가 계산을 끝내고 나가려는데 한울은 따라올 생각도 없이 음료수 냉장 진열대 앞에서 계속 서성거렸다. 결국 나는 녀석에게 줄 오렌지 탄산 주스값까지 치렀다.

아무래도 지출 계획을 새로 짜야 할 것 같다. 이대로는 한 달 쓸 돈이 보름이면 바닥날지 모른다. 아니구나, 열흘 만에 내 주머니가 비어버릴 수도 있겠구나. 혹 덩어리를 붙인 건 내 실수이자 내 팔자라 생각하지만, 그래도 혹으로 인해 지출되는 돈이 생각보다 만만치 않다.

뤼상부르 공원에 도착한 우리는 우람한 나무 그늘 아래 벤치를 차지했다. 그러고는 천천히 아침 식사를 즐겼고, 식수대를 찾아 목을 축였다. 한울은 느닷없이 식수대인 월리스 분수를 향해 허리를 90도로 꺾고 고개를 깊이 숙이더니 중얼거렸다.

"고맙습니다. 아름답고 착한 여신들입니다. 물을 공짜로 줍니다."

나는 그 꼴을 보고 터져 나오려는 웃음을 참느라 욕봤다.

월리스 식수대는 네 개의 여성 조각상이 기둥처럼 물탱크를 받치고 있고, 버튼을 누르면 중간에서 물이 흘러나온다. 우리는 며칠 동안 가게에서 물을 사서 마셨던 터라 녀석은 월리스 식수대에서 공짜로 물을 받을 수 있다는 게 신기했던 모양이다. 분수대 조각상은 고대 로마나 그리스 여성의 모습이라 그녀들이 여신이라고 생각했을 게다.

 우리는 각자의 빈 페트병을 가득 채운 뒤 공중화장실을 느긋하게 이용했다. 쟈크를 만나러 가기 전까지는 이곳에서 죽치고 있을 생각이다. 나는 배낭에서 책과 돋보기를 꺼내 독서를 시작했다. 한울은 식수대 근처에서 약간 찌그러진 테니스공 하나를 주워 그걸로 미루와 놀았다.

 시간이 흐르고 배가 출출할 즈음, 나는 아까 먹다 남긴 빵과 음료수들을 꺼냈다. 한울은 오렌지 탄산 주스를 홀짝홀짝 아껴 가며 마셨고, 나는 빵에 곁들여 와인을 마셨다. 주스를 아껴가며 마시는 걸 보니 녀석도 눈치가 영 없는 건 아닌 것 같다.

 내가 디저트로 사과 한 개를 권하자 한울은 그것도 아껴뒀다가 나중에 먹겠다며 제 배낭에 사과를 넣었다. 녀석이 나를 따라다니더니 며칠 만에 철이 들어가는 걸까. 아니면 내가 지출 문제로 고민하는 걸 알아차린 걸까.

 한울은 보통 사람과 다른 점이 많다. 녀석은 천진하고 순수한데다 부족한 구석도 많지만, 반대로 상상을 초월하는 천재성까지 지녔다. 그러니 내가 무슨 생각을 하는지 다 꿰뚫는 재주를 가졌는지도 모를 일이다. 그런 생각을 하니 녀석이 조금 무섭게 느껴졌다.

 나는 소화도 시킬 겸 공원을 거닐기로 했다. 오후로 넘어가면서 오전에 차지한 벤치에 햇빛이 서서히 침범해 들어왔다. 그래서 자리도 옮길 겸 우리는 사람들을 비롯하여 이것저것 구경하며 한가로운 산책을 즐겼다.

한울은 인공 연못이 보이자 달려가서 물에 손을 담갔고, 조르주 상드 조각상 앞에서는 의미심장한 얼굴로 한참을 서 있었다. 나는 그녀가 유명한 작가라는 이야기와 쇼팽이 천재 음악가가 될 수 있도록 물심양면으로 도운 여자라는 이야기를 해줬다. 그러자 한울은 놀라운 말을 했다.

"나는 쇼팽의 녹턴을 쳤습니다."
"뭐라고? 네가 피아노를 칠 줄 안다고? 그것도 쇼팽을?"
"네, 나는 피아노를 쳤습니다. 모차르트도 쳤습니다."
"대단하군. 그러고 보니 넌 못하는 게 없는 것 같구나. 눈으로 보기만 해도 다 암기하고 마니까. 그런데 왜 그 재주를 활용하지 못했나?"
"무대에서 피아노를 칠 수 없었습니다. 나는 사람들이 쳐다보면 무섭습니다. 그래서 소리를 질렀습니다. 엄마 아빠는 나 때문에 부끄럽고 화가 났습니다."

한울의 말에 나는 할 말을 잃었다. 녀석이 살아온 23년 세월이 어땠을지 어렴풋이나마 느껴졌다.

　살아오는 동안 자폐증을 앓는 사람이 내 주위에 별로 없었다. 오래전 친구의 아들에게서 봤고, 한동네 살던 소년을 가끔 만난 게 전부다. 자폐는 증상이지 결코 병이 아니다. 자폐증이 있는 사람은 우리가 소위 일반적이라고 규정한 것들과 다른 각도로 세상을 보고 느끼고 표현하는 사람일 뿐이다. 장애는 인내심과 시간 그리고 주변의 도움이 있다면 극복할 수 있다.

　자폐증이 있는 사람은 어떤 연유로 이 세상과 사회와 사람을 향한 문이 고장 난 것인지도 모른다. 고장 난 채로 자기의 세상을 살아가는 것이다. 그것이 그들에게 전혀 불편하지 않다면, 그런 삶도 있다는 걸 인정하면 된다. 그리고 결함이 있는 문은 고치면 된다. 다만 무리하게 고치려다가 오히려 망가뜨릴 수 있으니 조심스럽게 접근해야 할 것이다. 그러니 고장 났다고 고물 취급해서는 안 된다.

　반대로 자폐증을 지닌 사람들이 정상이고 우리가 심하게 고장 난 것인지도 모른다. 그렇다면 소수에 대한 다수의 폭력인 셈이다. 다름을 인정하지 않으려는 사람들에게는 더욱 그렇다. 나는 자폐증이 있는 사람들이 자극만 없으면 전혀 위험하지 않을뿐더러 아주 조용하다는 걸 봐왔다. 게다가 그들이 가진 재주나 재능이 일반인보다 훨씬 뛰어날 수 있다고 생각한다.

한울만 봐도 그렇다. 녀석의 뇌가 엄청난 속도로 암기를 하고 쇼팽과 모차르트를 연주할 수 있다는 사실만 봐도 우리가 얼마나 지레짐작하여 이들을 환자, 심지어 외계인 취급 하는지를…….

외눈박이 마을에 두 눈을 가진 사람이 들어가면 정상인 취급을 받지 못한다. 말하자면 정상인이라고 생각하는 우리도 어느 순간 비정상인이 될 수 있다는 거다. 어쨌든 장애를 가졌다는 것으로 나는 사람을 판단하고 싶지 않다. 그럴 권리가 내게뿐만 아니라 그 누구에게도 없으니까.

우리는 자유의 여신상이 있는 곳까지 갔다. 그 근처 울창한 나무 아래에서 쉬었다가 쟈크의 노점상으로 갈 생각이다. 자유의 여신상을 보자마자 한울은 환호성을 내질렀다.

한울은 자유의 여신상을 사진과 텔레비전에서 여러 번 봤는데 실제로 보게 되어 무척 반갑다고 했다. 그런데 자기가 상상했던 것보다 너무 작단다. 나는 한울이 사진이나 텔레비전으로 본 건 뉴욕에 있는 것이고, 그것은 프랑스에서 미국 독립 100주년을 기념하여 선물한 거라고 설명했다. 그리고 파리에는 자유의 여신상이 여러 개 있다는 것도 덧붙였다.

기온이 제아무리 높다고 해도 플라타너스가 만들어준 풍성한 그늘에 앉아 책을 읽으면 신선이 된 기분이다. 실컷 놀았는지 제 그릇에 따라준 물을 홀딱 비운 미루는 근처 나무 아래로 가서 뒷다리를 들고 시원하게 오줌을 갈겼다. 그러고는 벤치 근처 풀밭에 엎드려 잠들었고, 한울도 페트병 물을 절반이나 비워낸 뒤 자리에 앉아 사전을 한 장 한 장 넘겼다. 나는 책을 읽다 말고 쟈크에게 내 꿈 얘기를 어떻게 꺼낼지 생각했다. 어쩌면 그가 꿈풀이를 멋들어지게 할지도 모른다는 기대를 하면서.

"똑같은 꿈을 꾸는 게 결코 흔한 일은 아니지. 그것도 세 번씩이라면 말일세."

내가 엿새 동안 하루 걸러서 같은 꿈을 세 번이나 꿨다고 이야기하자 쟈크는 심각한 표정을 지으며 말했다.

이번 달에는 돈을 더 쓸 요량으로 나는 쟈크를 식당으로 데려갔다. 우리 두 사람의 이야기를 듣기나 하는지, 들었어도 이해를 하는지 모르겠다만, 한울은 가끔 고개를 끄덕이며 제 앞에 놓인 고기와 감자튀김을 맛있게 먹었다. 그러다 한 번씩 녀석의 발치에 얌전히 앉아 있는 미루에게 고기 조각과 감자튀김을 나눠줬다.

나보다 덩치가 큰 한울에게 양이 부족할 것 같아 나는 내 몫의 고기 일부를 잘라 녀석의 접시 위에 덜어줬다. 역시 녀석은 사양하는 법이 없다. 고맙다는 말도 당연히 없다.

와인을 한 병 다 비워갈 즈음 쟈크는 꽤 그럴싸한 말을 했다.

"같은 꿈을 몇 번 꿨다고 다 의미심장하게 해석할 일은 아니지만, 그렇다고 터무니없는 일로 치부할 수도 없고……. 더러 계시로 여겨지는 꿈도 있지. 이를테면 성자나 성녀들이 꾸는 꿈 말일세."

"계시라……, 그럴 수도 있겠군. 맞아 그것 같아."

"거참, 계시라면 왜 자네 꿈에 보였지? 자넨 성자가 아닌데?"

"어허, 날 뭘로 보고 그런 말을 하나. 대부분 성자나 성녀는 꿈을 꾸고 계시를 따른 뒤 사후에 받은 칭호 아닌가. 내가 나중에 어떻게 될지 지금으로선 아무도 모를 일일세."

"뭐, 그럴 수도 있겠군. 그렇다면 어쩔 셈인가? 에펠탑이 무너지지 않게 할 방도라도 있는가?"

"그런 게 있을 턱이 없지. 만약 내 꿈이 계시라면 에펠탑이 무너지지 않게 조치를 취해야겠지. 예를 들면, 시청이나 관계 당국에 알려서 눈가림식 보수공사만 할 게 아니라 대대적인 계획을 세워 만일의 재앙을 사전에 막도록 해야지, 안 그래?"

"그건 그래. 안일한 대책과 안전 불감증이 언제나 문제일세."

"맞아, 재난은 방심한 틈에 부지불식간으로 일어나지. 그리고 예고 없이 일어나는 법이 없어. 그전에 반드시 징조가 있거든. 그걸 사람들은 무시해. 자신에게는 해당하지 않는다고 믿거든. 인간의 오만함이 그래서 무서운 걸세."

"오만의 대가는 엄청나기도 하고."

"에펠탑은 아름답습니다. 그러나 에펠탑은 무너집니다. 나도 꿈을 꾸었습니다."

우리 두 사람의 대화에 난데없이 끼어든 한울의 말이 충격적이었다. 나와 쟈크는 동시에 눈을 동그랗게 뜨고 한울을 쳐다봤다. 녀석은 내가 덜어준 고기의 마지막 살점을 포크로 찍어 입에 넣는 중이었다.

"세상에 이런 일이……, 이 청년이 그새 우리말을 배운 건가?"

"자네가 알면 놀랄 일들이 많아. 장은 천재일세. 그냥 천재가 아니라 아인슈타인을 능가하는 천재야. 불행하게도 쓰임이 없어서 그렇지. 게다가 독심술을 쓰는 것 같기도 하고, 예지력도 있는 것 같더군. 아무튼 이 녀석은 연구 대상일세."

잠시 뭔가를 골똘히 생각하다가 잔에 남아 있던 와인을 마저 마신 뒤 쟈크가 한울에게 물었다.

"어이 장, 조금 전에 자네가 에펠탑이 무너진다고 했는데, 그리고 꿈을 꿨다고 했는데, 그게 무슨 뜻인가?"

"쟈크, 그렇게 물으면 녀석이 대답을 안 해. 이렇게 물어야해. 어이 장, 에펠탑이 무너지는 거 맞아?"

그러자 한울은 나와 쟈크 사이에 놓인 테이블 빈 곳으로 시선을 돌리더니 대답했다.

"에펠탑은 무너집니다. 에펠탑을 폭파합니다."
"폭파? 어떻게, 누가 폭파하지?"
"음…… 파스칼."

한울의 대답에 나와 쟈크는 말문이 막혀버렸다.
우리는 긴 대화를 나눴고 천천히 와인과 음식을 먹었으며, 화장실을 돌아가며 사용하고 났더니 밤 열 시가 다 되었다. 그럼에도 파리의 하늘은 어둠에 저항하고 있었다.
나는 고기로 배를 채우고 와인으로 영혼을 채웠더니 졸음이 밀려왔다. 쟈크와 헤어진 뒤 우리 셋은 곧바로 잠자리 벤치로 돌아왔다. 졸음은 쏟아지는 데 왠지 마음이 어수선해서 도무지 잠을 청할 수 없었다. 한울이 식당에서 했던 말이 소화되지 않은 채 가슴에 얹혀 있었기 때문이다.

"장, 왜 에펠탑이 무너질 거라 생각하지?"

"에펠탑은 아픕니다."

"에펠탑이 아프다니, 그게 무슨 뜻인가?"

"여기저기 많이 아픕니다."

"음…… 그러니까 네 말은, 에펠탑이 여러 군데 부식이 되어 위험하다는 거지?"

"네, 위험합니다. 그래서 무너집니다. 파스칼이 폭파합니다."

"무너질 수 있다는 건 알겠는데, 왜 내가 폭파한다는 거야?"

"그건 꿈이 알려줬습니다."

"뭐라고? 넌 내가 꿈을 꾼 것까지 알아?"

"나는 꿈을 꾸었습니다."

"참, 아까 너도 꿈을 꿨다고 했지."

"네, 꿈에서 파스칼이 에펠탑을 폭파합니다."

한울도 나와 비슷한 꿈을 꿨다는 소리다. 그렇다면 내가 세 번에 걸쳐 꾼 꿈은 분명 신의 계시가 틀림없다. 그런 생각을 하니 몸이 오싹해지고 팔뚝에 소름이 돋았다. 그런데 한울이 꿨다는 꿈의 절반은 아무래도 개꿈이지 싶다. 내가 무슨 권한과 재주로 에펠탑을 폭파한다는 건지 원!

어떤 예지력은 틀릴 수도 있다. 무당이 장래 일을 다 맞추는 건 아니거든. 예언가들이 뱉어낸 예언이 빗나간 게 어디 한두 번이던가.

그나저나 내 무릎이 시큰한 걸 보니 내일 비가 한차례 올 것 같다.

이렛날 (한울)

아침부터 하늘은 먹장구름으로 덮여 있다.

다리를 건너자 비가 내리기 시작했다. 빗줄기가 가늘긴 해도 우산 없이 다니기엔 곤란할 것 같았다. 엄마는 산성비를 맞으면 감기에 걸리고 나중에 대머리가 될 확률이 높다며 절대 비를 맞으면 안 된다고 했다. 그런데 파스칼은 이 정도 비는 대수롭지 않다는 듯 비를 피하기는커녕 걸음을 재촉할 생각도 없어 보였다. 평소보다 오히려 걸음이 느렸다. 날씨 때문에 파스칼의 무릎 관절염이 도진 모양이다.

파스칼처럼 천연덕스럽게 비를 맞고 다니는 사람이 많았다. 관절염이나 신경통이 있어 보이지 않는 젊은 사람들도 뛸 생각을 않는다. 나만 안절부절못하여 큰 나무 아래로 건물 처마 밑으로 후다닥 자리를 옮겨 가며 비를 피했다. 미루조차 비가 오건 말건 아랑곳없이 파스칼과 걸음을 맞춰 가로수 아래 자기가 영역 표시를 해뒀던 곳을 빠짐없이 확인하는 데에만 신경을 썼다. 가랑비가 차츰 가늘어지더니 이슬비로 변했다. 가랑비에 옷 젖는 줄 모른다는 한국 속담이 있는데 이걸 불어로 어떻게 표현하는지 모르겠다.

"야 이 녀석아, 정신 사납게 그만 뛰어다녀. 이까짓 비 좀 맞는 게 뭔 대수라고."
"비가 옵니다. 비는 몸에 나쁩니다."
"비도 물이야. 너 식수대 물은 잘만 마시잖아."
"비와 식수대 물은 다릅니다."
"비 많이 맞아도 안 죽어.
"비는 감기를 줍니다. 머리카락을 나쁘게 합니다."
"별일이네. 대꾸도 다 하고. 은근히 고집도 세군."

드디어 단골 빵집에 도착했다. 나는 고소하고 달달한 냄새를 풍기는 실내로 들어오니 기분이 흐뭇했다. 파스칼은 계산대 앞에서 길쭉한 바게트 빵을 주문했다. 나는 파스칼 뒤에 서서 비에 젖은 그의 머리와 빗물 얼룩이 제법 넓게 번진 셔츠를 봤다. 나는 호주머니에서 손수건을 꺼내 파스칼의 머리와 셔츠를 닦아줬다. 파스칼이 고개를 돌려 내 얼굴을 빤히 쳐다보기에 나는 부끄러워서 고개를 왼쪽 어깨에 올리고 눈을 질끈 감았다. 나는 부끄러울 때면 이런 버릇이 나오곤 하는데, 아빠는 그럴 때마다 보기 싫다고 나에게 핀잔을 주었다.

반면에 파스칼은 씩 웃으며 종업원에게 다른 빵을 추가로 주문했다. 초콜릿이 듬뿍 묻은 빵과 달팽이 집처럼 뱅글뱅글 말린 빵 사이에 건포도가 잔뜩 박힌 빵이었다.

빵집을 나오니 하늘은 여전히 칙칙한 구름에 가려 있지만 비는 멎었다. 우리는 마르스 광장으로 가서 벤치에 고인 빗물을 닦고 앉아 빵을 나눠 먹었다. 파스칼은 내게 초콜릿이 묻은 빵과 건포도 빵을 건네고 자신은 바게트 빵만 먹었다.

"너 주려고 샀으니 다 먹어. 나는 단것을 안 좋아해. 오늘만 특별히 사주는 거야. 그 돈이면 바게트를 네 개는 살 수 있거든."

"빵이 아주 맛있습니다. 나는 백 유로가 있습니다."

"알아. 그 소리를 열 번도 더 들었어. 네게 무슨 일이 생기면 써야 할지 모르니까 잘 간직해."

"무슨 일이 생깁니까?"

"그걸 내가 어떻게 알아? 사람은 만약이라는 걸 늘 염두에 두고 살아야지. 무턱대고 돈을 써버리면 나중에 곤란한 일 생겼을 때 어쩔 거야?"

"그러게나 말입니다. 돈은 중요합니다."

"알았으면 됐어. 아침 먹고 똥 누고 지하철 타러 갈 거야. 오늘은 시간을 아껴야 하거든."

"지하철? 와, 나는 지하철을 타고 싶습니다."

"지하철을 안 타봤어? 서울에도 있잖아."

"나는 지하철을 안 탑니다. 엄마가 싫어합니다. 엄마 차와 택시만 탑니다."

"네 부모는 부자야?"

"아빠는 돈이 많습니다. 큰 교회 목사님입니다."

"그렇군, 근데 왜 널 파리에서 잃어버렸는데 찾지를 않지? 부자라면 사람을 풀어서라도 찾아야 할 거 아냐. 거참 이해하기 어려운 사람들이네."

나는 파스칼의 질문에 대답하기가 난처했다. 지금쯤 엄마 아빠가 어디에 있는지조차 모르니 내가 아무리 궁금해한들 소용없는 노릇이다.

내가 루브르 박물관에서 부모님을 잃어버린 게 벌써 일주일째다. 아마도 함께 왔던 여행 팀은 스위스를 거쳐 이탈리아로 건너갔을 거다. 어쩌면 이탈리아까지 관광을 끝내고 다시 파리로 올지 모른다. 그래서 파스칼이 했던 말처럼 사람을 풀지도 모른다. 그런데 나는 사람을 푼다는 것이 정확하게 무슨 뜻인지 모르겠다.

  그렇다고 파스칼에게 묻고 싶지 않다. 사람을 푼다는 것은 내가 부모님에게 돌아가게 된다는 뜻 같다. 나는 지금, 이 생활에 충분히 만족한다. 그래서 한국으로 돌아가기 싫다. 지금 내가 느끼는 것이 행복이라면 나는 이 행복을 멈추고 싶지 않다. 그리고 내가 누리는 것이 자유라면 나는 이 자유를 잃고 싶지 않다.

  교회에 가려고 답답한 정장 옷을 입는 것, 허리띠를 해야 하는 것, 하고 싶고 만지고 싶은 것도 참아야 하는 것, 높은 곳에는 무조건 올라가서도 안 된다는 것, 사람들을 만날 때는 어떻게 해야 하는지, 심지어 그들을 똑바로 바라봐야 한다는 아빠의 길고 긴 설교, 나 때문에 밖에서 창피한 일을 당했다며 집에 오면 엄마의 손에서 하나씩 박살 나는 화분들, 거기에서 잘 살던 화초들이 나 때문에 쓰레기통으로 들어가는 걸 봐야 하는 슬픔, 그런 모든 것이 파리에는 없다. 여기에는 답답하고 슬프고 억지로 해야 하는 것도, 금지된 것도 거의 없다. 그리고 내 옆에는 수호천사 파스칼이 있고, 사랑스러운 미루가 있다.

  내가 한국에서 유일하게 좋아하는 것이 있긴 하다. 그것은 일주일에 한 번 가는 클라이밍 체육관이다. 나는 아빠의 근엄한 설교가 너무 지루해서 화장실에 가는 척하며 밖으로 나가 교회의 높은 지붕 위로 여러 번 올라갔다. 한 번은 십자가 위까지 올라가려고 시도했는데 마침 그걸 목격한 집사님이 기절초풍하고 말았다. 그 뒤로 엄마는 수소문하여 암벽등반 하는 곳을 찾아냈다. 나는 교회 지붕에 두 번 다시 올라가지 않겠다는 철석같은 약속을 하고 클라이밍 체육관에 등록했다. 그것만 빼고 나는 한국으로 돌아갈 마음이 없다.

나는 파리지앵이 되기로 벌써 결심했으니까.

"우리는 지하철을 타고 어디로 갑니까?"

"몽마르트르로 갈 거야. 몽파르나스 빌딩을 제외하고 높은 곳에서 에펠탑을 보려면 거기밖에 없어."

"나는 몽마르트르를 압니다. 나는 그곳에 갔습니다."

"거기까지 가려면 족히 한 시간 반은 더 걸려. 오늘 내 무릎 상태로 봐서는 두 시간 걸릴지도 몰라. 그래서 지하철을 타는 거야. 그러니까 빨리 먹고 움직여야 해."

우리는 아침 식사를 끝내고 무료 공중화장실에서 서둘러 볼일을 봤다. 거기서 10분 정도 걸어 비르 아케임 이라는 지하철역으로 갔다. 우리가 탄 지하철은 6번 선이었고, 파스퇴르 역에서 내려 12번 선으로 갈아탄 뒤 아베스 역에서 내렸다. 시계를 보니 비르 아케임 역에서 아베스 역까지 33분이 걸렸다. 나는 에펠탑을 구경하러 들어가다가 검색대에서 혼이 난 후로 시계를 꼭 손목에 차고 있다. 우리가 다니는 모든 구간을 시간으로 재는 게 흥미로웠다.

생각했던 것보다 지하철은 별로 재미가 없었다. 어두운 편이고 다양한 냄새가 났으며 사람들이 많았다. 환승역 통로를 지나는 사람들은 모두 약속 시간에 늦었는지 걸음들이 무척 빨랐다. 어떤 사람은 거의 뛰다시피 했다. 나는 그들과 닿지 않으려고 파스칼 뒤에 바짝 붙어 그의 셔츠 자락을 잡은 채 뒤통수만 보며 걸었다. 아베스 역을 빠져나오니 숨통이 트여 살 것 같았다.

우리는 몽마르트르로 올라가는 길목에서 '사랑해 벽'을 만났다. 엄마가 나를 세워놓고 사진을 찍었던 곳이다. 나는 거기에서 한글로 된 '사랑해', '나는 당신을 사랑합니다', '나 너 사랑해'를 찾아 손가락으로 가리키며 파스칼에게 자랑스럽게 말했다.

"저것이 한글입니다."

파스칼은 물끄러미 쳐다보다가 고개를 90도로 꺾어서 보다가 다시 실눈을 뜨고 보기를 반복하더니 이렇게 말했다.

"글씨가 참 희한하게 생겼네. 한국어 알파벳 모양은 좀 딱딱한 느낌이 드는군. 한국인 아이돌들이 노래하는 걸 우연히 봤는데, 걔들은 영어를 너무 많이 쓰는 것 같더라고. 그러니 한국어가 어떤 느낌인지 제대로 알 턱이 없지."

"한글은 세종임금님이 만들었습니다."

"진짜? 누가 만들었는지를 알다니 대단한걸. 프랑스어는 누가 만들었는지 몰라. 그리스어나 로마어에서 유래된 것이 워낙 많으니 뭐. 어쩌면 일 드 프랑스 지방에서 사용되던 오일어와 섞여 하나의 언어로 정착했지 싶어. 그건 그렇고, 여기서 노닥거릴 시간이 없어. 오후에는 몇 군데 더 들를 데가 있거든."

우리는 사크레쾨르 대성당 앞 널찍한 계단 맨 위에 피곤한 다리를 뻗고 앉은 채 파리 시가지를 내려다봤다. 지난번 여행 팀과 왔을 때는 전혀 감흥이 없었는데, 오늘 본 파리는 무척 아름답고 고풍스러우며 단정해 보였다. 고층 빌딩이 숲을 이룬 서울과 천지 차이였다. 무엇보다 굴뚝이 엄청 많은 게 신기했다. 시간이 허락하면 전부 다 세고 싶었.

파리 시가지를 둘러보았지만 내 눈에 에펠탑이 들어오지 않았다. 그건 파스칼도 마찬가지였다. 실망이 가득 찬 목소리로 파스칼이 말했다.

"내가 파리에 오래 살았지만, 몽마르트르에 올라온 건 몇 번 안 돼. 마지막으로 왔던 게……, 이십 년은 더 됐지 싶군. 저 아래엔 여러 번 지나다녔지만 말이야. 여기서 에펠탑이 잘 보일 거라 생각했는데 착각이었어. 내가 늙긴 늙었나 보네."
"저기에서 볼 수 있습니다."

나는 손을 들어 오른쪽을 가리키며 말했다. 지난번에 여행 팀과 몽마르트르로 올라왔을 때 좁은 골목 사이 긴 계단 위에서 에펠탑을 얼핏 봤던 기억이 났다.

"그렇다 해도 거리가 너무 멀어서 내가 원했던 걸 보긴 글렀어. 오늘 일정을 수정해야겠군. 여기서 점심을 해결하려 했는데 시간이 이르니까 우선 시청으로 가자고."
"질문이 있습니다."
"질문이 있다고? 질문까지 하다니 많이 발전했군. 해봐, 그게 뭔지 궁금하네."
"내가 에펠탑에 올라가도 됩니까?"
"겨우 그게 궁금해?"
"이것은 굉장히 중요합니다."
"왜 중요한지는 모르겠다만, 당연히 올라가도 돼. 대신 올라가려면 비싼 요금을 내야 해."

"나는 엄마 아빠와 같이 엘리베이터를 타고 올라갔습니다."

"그런데 또 올라가고 싶어? 언제 무너질지도 모르는데?"

"그것이 아닙니다. 기어서 올라가도 됩니까?"

"얘가 지금 무슨 소릴 하는 거야? 거길 왜 기어서 올라가? 그랬다가 떨어지면 죽어 이놈아. 올라가기도 전에 경찰한테 잡혀갈 거다."

"나는 잘할 수 있습니다."

"됐어, 이 녀석아. 뭐 대단한 질문이 있나 했네. 얼른 일어나서 시청으로 가자고. 가서 에펠탑이 위험하다는 걸 알려야지."

우리는 아베스 역에서 표를 두 장 산 뒤 지하철을 타고 콩코드 역에서 내렸다. 거기서 다시 1번 선으로 갈아타고 시청역에 내렸다. 파리 지하철은 답답하고 지겨웠다. 볼만한 것이라곤 벽을 도배한 광고 외에 없었다. 가능하다면 두 번 다시 안 타고 싶다. 그래도 좋은 점이 딱 하나 있긴 한데, 미루에게는 지하철이 공짜라는 거다.

우리는 시청사 광장에 있는 분수대 앞에 앉아 몽마르트르를 내려올 때 샀던 크레이프를 꺼내 먹었다. 잠시 후 파스칼은 혼자 시청으로 들어가 일을 보고 온다고 했다. 그러면서 나와 미루는 꼼작하지 말고 기다리라 했다.

　나와 미루는 거의 한 시간을 앉은자리에서 꼼짝 않고 파스칼이 나오기를 기다렸다. 날씨가 잔뜩 흐렸기에 망정이지 어제처럼 태양이 쨍쨍하고 더웠더라면 아마 나와 미루는 갈색으로 익어버렸을 거다.

　나는 엉덩이가 얼얼해서 잠깐만 일어났다 앉을까, 그런 생각을 하며 몸을 비비 꼬다가 시청사에서 나오는 파스칼을 보았다. 오히려 그의 얼굴이 시뻘겋게 익어 있었다. 그는 화를 삭이지 못해 큰소리로 혼잣말을 했다.

　"천하에 못된 놈들 같으니라고. 공무원이라는 것들이 하나같이 안일에 빠져서 큰일이야. 에펠탑이 무너지든 사람이 죽어 나가든 제 소관이 아니면 아무래도 상관이 없다 이거지. 이렇게 중요한 일을 두고 담당자를 못 만나게 하는 경우가 어디 있어? 세금으로 먹고사는 주제에 어디서 상전 노릇이야."

　파스칼의 말이 어찌나 빠르던지 내가 알아들은 단어는 몇 개 되지 않았다. 예를 들면 못된 놈, 공무원, 에펠탑, 사람, 죽다, 세금 정도였다. 공무원이라면 생각나는 우리말이 있었다. 사람들은 공무원을 가리켜 '철밥통'이라고 했다. 철밥통을 프랑스어로 어떻게 표현하는지 몰라 나는 '공무원은 철밥통입니다.'에서 철밥통을 우리말로 했다. 그러자 파스칼은 분을 다 삭이지 못한 목소리로 내게 물었다.

"그건 무슨 뜻이야?"
"한국말로 공무원을 철, 밥, 통이라고 합니다."
"철빠똥?"
"철, 밥, 통. 철로 만든 그릇이라 깨어지지 않습니다."
"아하, 무슨 뜻인지 대충 알겠네. 공무원에 대한 인식이 나라마다 비슷하군. 철빠똥들은 정신 상태가 글렀어. 에라 이 철빠똥들아."

철빠똥이 아니라 철밥통이라고 두 번 더 발음을 고쳐줬지만, 파스칼은 아무래도 한국어에 소질이 없는 것 같아 가르치기를 단념하고 말았다.

"나를 치매 걸린 노인 취급이나 하다니 무식한 철빠똥들 같으니라고. 저놈들은 벽창호라 말해봤자 소용없어. 이제 갈 곳은 신문사야. 그렇다고 아무 곳이나 갈 수는 없는 노릇이고, 어디가 좋을까?"

"르 몽드에 파스칼 바르탱이 있습니다. 좋은 거짓말이 있습니다."

내 말에 파스칼은 배를 잡고 웃었다. 나도 따라 웃었다. 그러자 미루까지 꼬리를 흔들며 제자리에서 한 바퀴 돌고는 우우 하면서 웃었다. 나는 개가 웃는 걸 처음 보았다.

"너도 농담을 할 줄 아는구나. 역시 넌 기억력이 너무 좋아."
"빨리 갑시다."
"르 몽드는 아니야. 거기도 내 말을 귓등으로도 안 들을 거야. 날 치매 노인 취급 안 하는 것만도 감사해야 할 걸. 전에 우연히 쓰레기통에서 주워 봤던 기사가 있어. 그 언론사가 기억이 안 나네. 혹시 쟈크가 알고 있을지도 모르겠군."

우리는 시청사에서 쟈크의 노점상까지 약 1.7km 되는 거리를 걸어서 갔다. 우중충했던 구름이 걷히고 해가 나기 시작하자 다시 더위가 느껴졌다. 시청사로 들어갈 때까지만 해도 파스칼은 무릎이 불편하다며 자주 걸음을 멈추곤 했다. 그런데 해가 나와서인지 아니면 쟈크에게 가는 길이 급해서인지 그의 걸음이 나보다 더 빨랐다.

우리가 노점상에 도착했을 때 쟈크는 접이식 의자에 앉아 졸고 있었다. 파스칼은 쟈크를 보자마자 시청사에서 겪었던 불쾌한 일로 다시 부아가 치밀어 흥분하기 시작했다. 그러고는 빠르고 큰 목소리로 자초지종을 설명했다. 그가 이야기를 끝나자 쟈크는 말했다.

"안 봐도 어땠을지 뻔하군. 그런데 말이야, 그들만 탓할 수는 없을 것 같네. 어떤 노인이 불쑥 찾아와 에펠탑이 무너지는 꿈을 꿨다면서 에펠탑을 폐쇄하고 철거하거나 대대적인 수리를 하라며 다짜고짜 의장을 만나겠다면 뭐라고 하겠나."

"아무리 그렇기로서니 그 무식한 수위가 나를 치매 환자 취급하고 나중에는 청원경찰이 와서 나가라고 떠민 건 도저히 용납할 수 없는 일일세."

"맞아, 그건 좀 심한 처사였다고 생각해. 민원인을 대하는 태도가 틀려먹었어."

"참, 내가 자넬 찾아온 건 궁금한 게 있어서야. 예전에 에펠탑이 구조적 결함이 있고 부식이 심각한 수준이라고 했던 어떤 언론사의 기사를 봤어. 그때 자네랑 얘기했던 거 기억나는가? 그게 어떤 언론사였는지 기억하나?"

"그럼, 기억하고말고. 그 잡지사에 크리스의 친구가 근무하고 있거든."

"크리스? 아, 자네 아들 이름이 크리스티앙이지. 그럼 내가 거기 찾아가고 싶은데 알려주겠나?"

"찾아가 봤자 문전박대하는 건 마찬가지일 거야. 차라리 거기서 인터뷰했던 전문가들이 있으니 그들 중 한 사람을 만나는 게 낫지 않을까? 그러면 아마도 기사화해 줄지도 모르지."

그리하여 쟈크는 휴대폰으로 아들 크리스에게 전화하고, 크리스는 잡지사 친구에게 전화하고, 크리스의 잡지사 친구는 어렵사리 연락된 전문가 중 한 사람과 통화했다. 그 결과 겨우 연락된 전문가는 오늘 캐나다로 장기 출장을 떠난단다. 그래서 다섯 시에 출발하는 에어프랑스 리무진을 타기 위해 곧 개선문으로 갈 거라는 말을 전했다. 유감스럽지만 다녀와서 이야기하자는 말과 함께.

"정확한 건 가봐야 알겠지만 아마 육 개월은 걸릴 거라 하는군."
"육 개월이나? 그 사이에 에펠탑이 무너지면 어쩌라고."
"자네의 마음은 알겠는데, 그렇다고 달리 방법이 없잖은가."
"이봐 쟝, 지금 몇 시야?"

파스칼은 쟈크와 심각하게 대화하던 중 뜬금없이 내게 시간을 물었다. 나는 시계를 보며 네 시 이십사 분이라고 대답했다.

"장, 네 시계를 잠시 빌려줘. 내 노숙 생활 중에 오늘처럼 시간을 다투는 일이 생길 줄 꿈에도 몰랐네."
"이보게 파스칼, 어쩌려고 그러나?"
"시간이 빠듯하니까 택시를 타고 개선문에 가서 그 전문가를 만날 걸세."

나는 택시를 탄다는 말에 기분이 좋아서 손목시계를 얼른 풀어 파스칼에게 건넸다. 파리에서 택시를 타면 어떤 기분일지 엄청 기대되었다. 파스칼은 내가 건넨 시계를 그의 손목에 차자마자 가까이 다가온 빈 택시를 불러 세웠다. 그러고는 냉큼 택시에 올라탔다. 나와 미루도 서둘러 택시에 타려는 순간 파스칼이 쟈크에게 큰 소리로 말했다.

"이봐 친구, 우리 애들을 잠깐 맡아주게. 돌아와서 사례하겠네."

그 말이 끝나자마자 택시 문이 쾅 닫히고 출발해 버렸다. 나는 너무 허탈해서 함박웃음을 짓던 얼굴 그대로 망부석이 되었다. 미루도 신나게 흔들던 꼬리를 멈추고 저만치 멀어져 가는 택시를 향해 신경질적으로 서너 번 짖었다.

"저 친구 옛날 성격이 다시 나왔군. 저렇게 성질 급하게 구는 거, 참 오랜만에 보네. 택시 타는 노숙자라니……, 누가 저런 사람을 노숙자라고 하겠나. 하긴 한뎃잠을 자니 노숙자이긴 하지."

쟈크는 혼잣말을 한 뒤 내 어깨를 툭 치며 접이식 의자에 앉아 파스칼이 올 때까지 기다리라고 했다. 미루도 갑작스러운 일에 어리둥절했던지 나처럼 택시가 사라져 간 곳을 쳐다보며 한참을 그렇게 서 있었다.

나는 시계가 없으니 시간이 얼마만큼 흘렀는지 알 수 없었다. 어쨌든 두 시간은 족히 걸린 것 같다. 파스칼은 택시를 타고 갔다가 걸어서 돌아왔다. 오늘은 노숙자 생활 12년 만에 이동 거리가 최고로 많았으며 무진장 피곤하다고 말했다. 그리고 피 같은 지출이 너무 많아 당분간 허리띠를 졸라맬 거라는 말도 했다. 도저히 밥 먹을 기운도 없다며 쟈크에게 사례는 다음으로 하겠다는 말을 남긴 뒤, 우리는 노점상을 떠났다.

저녁은 바게트 빵이 전부였다. 렌느 광장 근처 지저분한 공중화장실을 다녀온 후, 파스칼은 벤치에 눕더니 이내 무시무시하게 코 고는 소리를 냈다. 서쪽 하늘 끄트머리에는 아직 석양이 남아 있었다. 나는 억지로 잠을 청할 수밖에 없었다. 별로 재미없는 하루였다. 냄새나고 칙칙한 지하철만 두 번 탔다. 택시를 탈 수 있었다면 굉장히 멋진 날이 될 수 있었는데…….

여드렛날 (파스칼)

"그때 나 외에도 한목소리로 말하던 전문가들이 많았습니다. 그중에서 이런 말을 한 사람이 있지요. 구스타프 에펠이 무덤에서 나와 현재의 에펠탑을 본다면 아마 심장마비 걸릴지도 모른다고요. 그러면 당장 에펠탑을 철거했을 거라고……. 거기에 내 소견을 덧붙이자면, 지금 당장 에펠탑이 무너진다 한들 이상할 것이 없습니다."

전문가가 했던 이 말이 계속 내 머릿속을 떠나지 않는다. 지금 당장 에펠탑이 무너진다 한들 이상할 것이 없다니…….

나는 어제 부랴부랴 택시를 타고 개선문 근처 에어프랑스 리무진 버스 탑승 장소에 도착했다. 나보다 먼저 와있던 전문가는 버스가 도착하기를 기다리고 있었다. 버스가 도착하기까지 시간이 얼마 없었다. 겨우 5분 정도 할애된 시간에 나는 속사포처럼 내 꿈 이야기를 했고, 그는 가만히 내 이야기를 들었다. 그러고는 호주머니에서 종이 한 장을 꺼내 내게 내밀며 말했다.

"당시 제가 작성했던 조사서 일부인데, 집에서 나오기 전에 급히 복사한 겁니다. 지금으로서는 제가 할 수 있는 일이 없군요. 파리 시의회 소속인 에펠탑 운영공사는 탑을 이루고 있는 철의 가장 큰 적은 산화로 인한 부식이라며 에펠탑의 금속을 보호하는 페인트층을 주기적으로 교체만 하고 있지요. 도색만 다시 한다면 에펠탑은 영원히 지속될 수 있다고 생각하는 머저리들이라 말이 통하지 않습니다. 제가 별 도움을 못 드려서 유감입니다."

그는 이렇게 말한 뒤 리무진 버스를 타고 떠났다. 전문가의 말을 듣고 그가 준 복사지를 읽은 뒤, 나는 내가 꾼 꿈이 하늘의 계시임을 굳게 믿었다.
그 종이에는 이렇게 적혀 있었다.

『부식 방지 전문 회사의 보고서에 따르면, 에펠탑 표면의 전체 페인트층 가운데 단 10%만이 견고한 상태를 유지하고 있다. 나머지 부분에서는 페인트층이 벗겨져 6천300톤의 철이 그대로 외부에 노출돼 있다고 지적했다. 또 다른 보고서는 에펠탑에서 884개의 결함이 발견됐고, 그중 68개는 구조적 결함에 해당한다는 내용을 담고 있다.

에펠탑 관련 보고서를 작성한 인물인 베르나르 지오반노니는 한 언론기관과의 인터뷰에서 '나는 이 탑과 관련해 수년째 작업을 하고 있다. 2014년에 이미 부식을 해결하는 게 극도로 심각하다고 판단했다'고 말했다.

전문가들은 기존 페인트층을 완전히 제거한 뒤 부식을 보수하고 다시 도색하는 등 전면적인 수리에 나설 것을 권고했으나, 에펠탑운영공사를 소유한 파리 시의회는 그저 페인트를 덧칠한다는 결론을 내렸다.

2024년 파리 하계 올림픽을 앞두고 에펠탑은 6천만 유로의 비용이 드는 페인트칠만 했다. 에펠탑이 설계된 후 20번째 덧칠이다.

일부 전문가들은 기존의 페인트층을 남겨둔 채 진행하는 덧칠은 돈과 시간 낭비라고 주장한다. 이와 관련해 언론사는 에펠탑을 폐쇄할 경우 초래될 관광 수입 감소를 우려해 전면 보수를 선택하지 않은 것일 수 있다는 의혹을 제기했다.

파리 시의회는 신종 코로나바이러스 감염증 확산 여파로 에펠탑 출입이 8개월 동안 중단되었을 때도 에펠탑 보수에 착수하지 않았다.

에펠탑 홈페이지는 공기와 습기에 노출되지 않는 한 부식이 진행되지 않는 만큼 페인트 덧칠만으로도 충분하다는 유명 건축가의 관점을 소개하고 있을 뿐이다.

에펠탑운영공사 등은 보수 작업 시 관광객 수익이 줄어들 것을 우려해 에펠탑 폐쇄를 꺼리는 것으로 전해졌다. 보통 에펠탑에는 1년에 700만 명 이상의 관광객이 방문한다.

에펠탑 공식 사이트에는 '철의 가장 큰 적은 산화로 인한 부식'이라며 '에펠탑의 금속을 보호하는 페인트층을 주기적으로 교체해야 한다. 도색만 다시 한다면 에펠탑은 영원히 지속될 수 있다'고 적혀 있다.』

내가 어제 전문가가 복사해 준 조사서 일부를 읽자 한울이 대뜸 이런 말을 했다.

"우리는 에펠탑을 폭파합니다."
"우리가? 아니, 우리가 어떻게 폭파하지?"
"다이너마이트로 폭파합니다."

내 머릿속에는 전문가의 말이 가슴에는 한울의 말이 얹혀 소화되지 않는 아침을 맞았다. 문제를 어떻게 풀어나가야 할지 고민하던 가운데 죽마고우였던 테오의 얼굴이 떠올랐다. 어쩌면 그에게서 답을 얻을지 모른다는 느낌이 들었다.

뒤에서 한울이 일어나는 기척이 들렸다. 미루는 내 발치로 다가와 꼬리를 흔들며 아침 인사를 했다. 오늘도 꽤나 바쁜 하루가 될 것 같다.

"장, 나는 트루빌에 갈 생각이야. 캉 노르망디 대학원에서 화학을 가르치던 내 어릴 적 친구가 있는데, 지금은 은퇴를 했겠지. 은퇴하면 고향으로 돌아가서 살겠다고 입버릇처럼 말했으니 아마 트루빌로 돌아갔을 거야. 안 죽고 살아 있다면 말이야. 그래서 확인을 해야 해. 그곳에 살고 있다면 찾아가서 만날 거야. 그런데 그 친구 전화번호가 기억 안 나. 집에 가서 수첩을 찾아야겠어."

"집? 파스칼은 집이 있습니까?"

"암, 있지. 십이 년 전에 집을 나오긴 했으나 일 년에 몇 번은 가. 가서 책을 찾거나 청소 외에 특별히 하는 건 없지만……. 얼마 전에는 네게 준 그 사전을 가지러 갔었지. 내 딸 엠마가 사용하던 거야."

"파스칼은 고향이 트루빌입니까?"

"난 트루빌에서 태어났고 대학교를 파리에서 다녔어. 그 뒤로 지금까지 파리에서 쭉 살았고."

"파스칼은 딸이 있습니다. 이름이 엠마입니다."

"그래, 하나밖에 없는 딸이지. 엠마, 엠마누엘 바르탱이야. 지금은 결혼해서 성이 바뀌었는지도 모르겠군."

"파스칼은 집으로 갑니다. 그리고 트루빌에 갑니다. 나와 미루도 같이 갑니다."

"글쎄……, 같이 움직이려니 꽤 번거로울 것 같군. 경비도 많이 들 거야. 그렇다고 너희 둘을 쟈크에게 맡길 수도 없고 말이야."

"나와 미루도 같이 가고 싶습니다. 나도 경비를 내겠습니다."

"그건 다시 생각하고, 일단 집으로 가서 테오의 전화번호부터 찾아야 해."

"테오는 누구입니까?"

"캉 노르망디 대학원에서 화학을 가르쳤던 내 친구 이름이야."

나는 늘 하던 대로 무료 공중화장실을 거쳐 마르스 광장에서 아침을 먹고 14구 알레시아에 있는 내 아파트로 갔다. 어제의 피로 때문이지 싶다. 우리는 중간에 세 번을 쉬었고, 한 시간 십 분 만에 도착했다. 그렇다고 집에서 편안하게 쉬고 싶지는 않앉다. 테오의 연락처를 찾으면 바로 나올 생각이었다.

나는 내가 연락처를 찾는 동안 한울에게 아무것도 손대지 말고 얌전히 있으라고 단호하게 일러두었다. 한울은 지레 겁먹은 얼굴로 고개를 크게 끄덕거렸다. 미루는 늘 그렇듯 여기저기 돌아다니며 옛 주인의 체취를 찾아 꼬리를 세우고 코를 킁킁댔다.

나는 서재로 가서 책상 서랍을 열어 꼼꼼히 확인했으나 수첩을 찾지 못했다. 그래서 책장 위 높은 곳에 올려둔 상자들을 내리려고 의자를 끌어당겼다. 그러자 뒷짐을 진 채 어슬렁거리며 구경하던 한울이 후다닥 와서는 자기가 대신 올라가겠다고 했다. 이렇게 기특한 구석이 있다니, 갈수록 마음에 드는 녀석이다.

한울이 두 번째로 내려 준 상자에서 나는 가죽 커버를 입힌 수첩을 발견했다. 거기에서 테오의 근무지였던 캉에 있는 집과 트루빌 고향 집 전화번호를 찾았고, 책상 위에 있는 메모지에 그의 연락처를 옮겨 적었다.

나는 아쉬워하는 한울과 미루를 다그쳐 거리로 나왔다. 그 길로 우리는 쟈크에게로 향했다. 쟈크의 노점상에 도착하자마자 나는 그의 접이식 의자에 철퍼덕 앉고 말았다.

나는 쟈크에게 휴대폰을 빌려 트루빌에 있는 테오의 고향 집 전화부터 눌렀다. 신호가 여러 번 간 뒤에 전화를 받은 사람은 테오의 아내, 카트린이었다. 말하자면 내 친구의 입버릇이 현실이 되었던 셈이다. 카트린의 수다는 이게 얼마 만이냐는 인사에서부터 시작해서 끝없이 이어졌다. 그녀는 맨 나중에야 남편이 개를 데리고 산책을 나갔다고 말했다. 마침내 나는 그들을 만나러 트루빌에 가겠다는 약속을 남기고 전화를 끊을 수 있었다.

문제는 어떻게 갈 것인가, 그것이었다. 혼자 가자니 한울과 미루가 걱정이고, 데려가자니 그것도 꽤 골치 아픈 일이다. 솔직하게 말하면, 짐 덩어리다. 그 둘은 내 입에서 떨어질 말을 기다리는지 내 얼굴만 뚫어져라 쳐다보고 있었다.

그때 쟈크가 기막힌 제안을 했다.

"자네가 원하면 내 차를 써도 돼. 주차장에 세워둔 지 좀 됐지만 굴러는 갈 걸세. 잘 구르는지 어떤지는 다시 굴려봐야 알겠지만."

"자네 차? 팔지 않았나?"

"이십삼 년 된 차를 살 사람이 있겠어? 그렇다고 폐차시키자니 아쉽고. 이 나이에 새 차를 사는 것도 좀 그렇잖아. 어디 보자, 지난봄 아내 생일 때 내 차로 보르도에 다녀왔으니……, 사 개월을 세워둔 셈이군. 그때 엔진오일도 갈았으니 아마 큰 문제는 없을 걸세."

"길이 안 막힌다면 트루빌까지 두 시간 남짓 거리니까 왕복 네 시간 조금 더 걸리겠지. 중간에 한 번씩 쉰다고 쳐도 다섯 시간이면 충분하겠군. 그 정도는 탈 없이 달리겠지?"

"기름은 좀 넣어야 할 걸세."

"알겠네. 차를 빌려줘서 고마워. 자네 덕분에 걱정 하나는 덜었네 그려."

이리하여 한울과 미루에 대한 내 고민은 간단하게 해결되었다. 쟈크가 내게 노점상을 맡기고 그의 차를 가지러 간 사이 나는 헌책 한 권을 팔았다. 차를 빌리는 대가로 어떤 사례를 할지 고민하다가 나는 노점상에서 제일 안 팔릴 것 같은 헌책 세 권을 찾아냈다. 나는 헌책 세 권을 내 배낭보다 가벼운 한울의 배낭에 넣고 돈을 셈하여 쟈크가 돈통으로 사용하는 오래된 입담배 깡통에 넣었다.

쟈크를 기다리며 우리는 점심으로 샌드위치를 먹었다. 나는 테오를 만나면 그가 이해할 수 있도록 가장 적당한 말을 찾아야 했다. 테오라면 나를 도와줄 것이란 확신이 들었다. 문제는 서둘러 가도 오늘 중으로 돌아오기가 어려울 것 같다는 거다. 아무래도 그곳에서 하루를 자야 할 확률이 높다. 한울과 미루까지 달고 가서 신세 질 수는 없는 노릇, 그렇다고 거기에서 노숙을 하고 싶지는 않다. 트루빌은 테오의 고향이기도 하지만, 내 고향이기도 하다. 자칫 옛 지인이나 친구, 이웃을 만나면 체면이 말이 아닐 것이다.

여름철 관광지라 호텔 방 얻기가 쉽지는 않을 거다. 정 안 되면 차 안에서 자는 수밖에 없다. 이런저런 고민을 하고 있자니 어느덧 한 시간 반이나 흘렀다. 차를 가지러 간 쟈크가 도착할 시간이 훨씬 지났다.

드디어 그는 은회색 중소형 차인 르노 클리오를 몰고 와서 노점상 앞 도로변에 세웠다. 23년을 탄 차 치고는 관리를 잘했던지 눈에 띄는 흠집이 별로 없었고, 단지 차종과 시리즈로 오래된 것을 알 수 있을 뿐이었다. 차 주인의 성격이 엿보였다.

차에서 내린 쟈크는 자동차 열쇠를 내게 건네줬다. 오랜만에 손바닥에 올려보는 차 키의 느낌이 낯설었다. 그제야 내가 12년 동안 운전하지 않았다는 걸 깨달았다. 갑자기 내가 운전을 제대로 할 수 있을는지 미심쩍었다.

"오는 길에 단골 정비소에서 타이어 바람을 넣었네. 세차하고 기름도 조금 넣었어. 트루빌까지 가는 데에는 문제없겠지만 올 때는 적당히 넣어야 할 걸세."

"고맙네. 내 깨끗이 쓰고 돌려줄 테니 걱정하지 말게. 그나저나 너무 오래 운전을 안 해서 긴장이 좀 되는군."

"운전대 잡으면 다 하게 돼 있어. 머리로 기억하는 것보다 몸으로 기억하는 것이 더 정확할 때가 있지."

"나도 그러길 바라네. 참, 책 네 권을 팔았어. 돈은 깡통에 넣어뒀고."

"그래? 대단하군. 나보다 수완이 좋구먼. 돌아오면 자네가 장사를 해야겠어."

쟈크는 휘파람을 불며 눈을 커다랗게 뜨고는 기분 좋게 웃었고, 나도 그를 따라 웃었다. 뭐, 양심이 조금 찔리긴 했지만 말이다. 그런데 눈치코치 없는 한울이 제 배낭에서 내가 넣어놓은 헌책 세 권을 꺼내 보이며 저도 좋다고 웃는 게 아닌가.

"파스칼이 책을 샀습니다."

눈이 휘둥그레진 쟈크가 나를 쳐다봤다. 멋쩍어진 나는 입을 삐죽 내밀고 어깨를 으쓱 올리며 말했다.

"내가 필요한 책이니까 내가 샀지. 그러니까 자네 쪽에서 보면 판 거나 마찬가지 아닌가."

쟈크는 고개를 설레설레 흔들며 한울의 손에 들린 헌책 세 권을 빼내 가판대 위에 올려놓고는 담배통에서 내가 넣었던 돈을 꺼냈다.

"이러지 않아도 되네. 여행하다 보면 생각지도 못한 일이 생길 수 있으니까 도로 넣어둬."
"여행은 무슨……, 가서 내 친구 테오만 잠깐 만나고 돌아올 걸세."
"어쨌든 돈은 넣어 둬. 책은 다녀와서 사도 충분해. 무겁게 뭐 하러 미리 사서 짐을 만드나?"
"요즘 내가 자네한테 이래저래 신세를 많이 지는군. 나중에 다 갚음세."

 나는 머리를 긁적이며 그가 내민 돈을 받아 낡은 지갑에 넣었다. 쟈크는 어서 출발하라며 내 어깨를 툭 쳤다. 나는 한울과 미루를 뒷좌석으로 보내고 운전석에 앉았다. 한울은 등에 지고 있던 배낭을 가슴 앞쪽으로 바꿔 멨다. 내가 배낭을 내려두라고 해도 말을 듣지 않았다. 불편하면 알아서 내려놓겠지 싶어 더는 간섭하지 않기로 했다.
 키를 꽂고 시동을 걸자 요란한 엔진 떨림이 내 엉덩이로 전해졌다.

돈을 절약하려면 무료 도로를 이용해야겠지만, 그랬다가는 어느 세월에 도착할지 모른다. 그뿐만 아니라 길눈이 어두운 내가 실수 없이 잘 찾아갈 거라는 보장도 없기에 나는 오래전에 그랬던 것처럼 유료 고속도로를 타기로 했다.

먼저 센 강을 따라가다가 개선문을 통과하여 N13 도로를 탈 것이고, 직진하다 보면 N13이 끝나는 곳에서 A14 도로가 시작된다. 그 도로를 따라 쭉 가다가 루앙 쪽으로 방향을 잡으면 A13과 합류하는 지점이 나온다. 거기서부터 쉬르빌이 나올 때까지 무조건 A13 도로만 타면 된다. 그다음 도빌이나 트루빌로 방향을 틀면 목적지 찾는 건 식은 죽 먹기다.

이것은 몸이 아니라 머리가 기억하고 있는 도로 지도였다. 부모님이 살아계셨을 때, 여름 휴가철이면 아내와 엠마를 데리고 고향 바닷가로 갔다. 그러니 오랫동안 발걸음을 하지 않았어도 가는 길이 훤하다.

이제 나는 몸의 기억에 의지하여 도로를 달릴 준비가 완료되었다. 먼저 브레이크 페달과 클러치를 밟고 기어를 1단으로 넣었다. 클러치에서 천천히 발을 떼며 브레이크에 올려둔 발을 가속 페달로 옮겼다. 진저리를 치듯 차가 몸을 떨더니 움직이기 시작했다. 도로 가장자리를 따라 서서히 속도를 올리는데 뒤에서 빵빵거리며 경적을 울려대는 통에 나는 엔간히 긴장되었다. 게다가 내가 모는 차 옆으로 바짝 붙어 추월하면서 손가락질하는 젊은 놈 때문에 열까지 받았다. 이마에서 귀 쪽으로 식은땀이 흘러내렸다.

미루가 낑낑거리는 소리가 들려왔다. 녀석도 12년 만에 타는 차라 두려운가 보다. 달리다 보면 적응되겠지 싶어 운전에만 집중하기로 했다. 복잡한 파리만 벗어나면 조금은 여유롭게 달릴 수 있을 것 같았다.

드디어 파리 시내를 빠져나와 고속도로 초입에 도착하자 나는 갓길에 차를 세웠다. 얼마나 긴장했던지 이 더운 날씨에 에어컨 가동은 고사하고 차 창문을 열지도 않은 채 운전을 했던 거다. 땀으로 목욕한 기분이었다. 뒤를 돌아보니 두 녀석도 꼴이 말이 아니었다. 미루는 혀가 있는 대로 다 빠져나와 끈적한 침을 달고 있었고, 여전히 배낭을 앞으로 메고 앉은 한울도 흠뻑 젖어 있었다.

나는 우선 창문을 모조리 다 내리고 차에서 내렸다. 그런 뒤에 차 문 네 개도 활짝 열었다. 조수석에 둔 배낭에서 페트병과 물그릇을 꺼내 미루부터 목을 축이게 한 뒤 나도 미적지근한 물을 마셨다. 한울도 제 배낭에서 꺼낸 2리터짜리 페트병에 입을 대고 벌컥거리며 물을 마셨다. 미련한 나 때문에 둘이 생고

생을 했다.

목을 축이고 땀을 닦은 뒤 몸풀기 체조까지 했더니 몸도 마음도 한결 가뿐해졌다. 오후 세 시가 지나자 더위는 최고조에 달했다. 연료를 아끼는 것도 중요하지만 자칫 더위 먹어 쓸데없는 돈을 쓸 일이 생기면 곤란하다. 나는 에어컨을 가동해 차 내부 온도를 낮춘 뒤에 차를 출발시켰다.

휴가철이지만 평일 낮 고속도로는 생각보다 한산했다. 아마도 파리지앵들이 일찌감치 휴가를 떠난 까닭이리라. 역시 몸의 기억은 정확했다. 땀을 식히고 갈증까지 해결했더니 운전에 자신감이 붙었다. 슬그머니 속도를 내보고 싶은 마음에 나는 기어를 4단까지 올리고 가속 페달을 꾹 밟았다. 시야가 탁 트인 고속도로를 싱싱 달리는 기분이 꽤 좋았다. 가슴 깊숙이 막혀 있던 구멍이 뚫리는 상쾌함이랄까, 어쨌든 이런 기분을 얼마 만에 느끼는지 모르겠다.

출발 전에 에어컨을 틀어 충분히 식혔던 차 내부가 차츰 데워지기 시작했다. 연료를 아껴야 하므로 나는 에어컨을 다시 가동하는 대신 차창을 죄다 내렸다. 뒷좌석 왼쪽 창문은 미루가 오른쪽은 한울이 차지하여 밖으로 고개를 내밀고 경치와 바람을 즐겼다.

한참을 달려왔더니 루앙으로 갈라지는 이정표가 나오고,

2km 더 가면 휴게소가 있다는 표지판도 보였다. 쉬어갈지 그대로 지나쳐 목적지까지 갈지 잠깐 고민하는 사이에 뭔가 이상한 느낌이 전해졌다.

차가 천식에 걸린 환자처럼 쿨럭거리기 시작했다. 그러더니 앞쪽 보닛 틈에서 연기가 피어올랐다. 연기는 점점 색이 짙어지면서 내 시야를 가렸다. 뒤에서 한울이 비명을 질러댔고, 타는 냄새가 실내를 채웠다.

나는 갓길에 차를 세운 뒤 먼저 시동부터 껐다. 내가 뒷문을 열자마자 한울은 밖으로 튀어나와 제자리에서 마구 뜀박질하며 소리를 질렀다. 그러자 미루도 불안했던지 꼬리를 내리고 낑낑거렸다.

"장, 시끄러워. 내가 생각 좀 하게 조용히 하라고."

내 고함소리에 입을 꾹 다문 한울은 갓길 너머에 있는 커다란 나무 그늘 아래로 가서 철퍼덕 주저앉았다. 그러고는 제 배낭에서 페트병을 꺼내 입으로 가져갔다.

"잠깐, 혹시 모르니까 물을 마시지 마."

상황 파악이야 못했겠지만 저도 위기를 느꼈던지 한울은 내 말이 떨어지기 무섭게 페트병 뚜껑을 닫았다. 나는 운전석 아래에 있는 보닛 룸 레버를 당겼다. 철컹 소리를 내며 빼꼼 열린 보닛 사이로 연기가 울컥 새어 나왔다. 시간이 지나자 연기가 차츰 줄어들기 시작했다.

나는 조금 더 기다렸다가 보닛을 들어 올렸다. 엔진과 여러 부속이 과열되어 있을 게 뻔하다. 지금 손을 댔다가는 큰 화상을 입을 수도 있다. 어쩌면 냉각수 쪽에 이상이 있을지도 모른다는 생각이 들었다. 이것은 몸과 머리가 동시에 기억하는 내용이다. 세월이 흐르다 보면 쓸모없을 것 같은 기억도 때에 따라 필요해지는 법이다.

나는 조금 더 기다린 뒤 내부가 어느 정도 식은 것 같아 안쪽을 훑어봤다. 역시 예감했던 대로 냉각수 탱크가 거의 바닥을 보이고 있었다. 나는 임시방편으로 수돗물을 사용하기로 했다.

나는 내 페트병에 든 물과 한울의 것을 냉각수 탱크에 몽땅 들이부었다. 그러자 한울이 다가와 빈 페트병을 입으로 가져가 거꾸로 기울이니 겨우 한 방울이 그의 혀끝에 똑 떨어졌다.

"미안하군. 조금만 더 가면 휴게소가 나오니까 거기서 물 한 병 사도록 하자."

"이 킬로미터 가면 휴게소가 있습니다."

"맞아, 너도 표지판을 봤구나."

"나는 걸어서 갑니다."

"걸어서 가다니? 거길 왜 걸어서 가? 차를 타고 가야지."

"차는 무섭습니다. 폭발하면 죽습니다."

차를 안 타겠다는 한울을 달래고 안심시키느라 진땀을 좀 뺐다. 녀석은 목이 많이 탔던지 차를 타야 물을 빨리 마실 수 있다는 소리에 더 이상 군말 않고 냉큼 차에 올라탔다. 나는 다시 시동을 걸었다. 별다른 이상이 느껴지지 않았다. 다만 속도를 내지 않고 바깥 차선을 따라 천천히 달리기로 했다.

우리는 휴게소에 도착하자마자 생수부터 사서 갈증을 해소했다. 그런 뒤 한울과 화장실로 가서 시원하게 볼일을 봤다. 만일의 경우를 대비하여 한울의 빈 페트병과 내 것에 수돗물도 채웠다. 휴게소 뒤편에 난 숲으로 미루를 데리고 가니 녀석도 창자와 방광을 가볍게 비워냈다.

혹시나 싶어 보닛을 다시 열어 냉각수 탱크 주변을 확인했다. 다행히 새는 흔적이 보이지 않았다. 그렇다면 임시방편으로 채운 수돗물 덕분에 트루빌까지 가는 데 문제는 없을 듯했다. 아니다, 최종 목적지는 트루빌이 아니라 파리라는 걸 깨달았다.

테오를 만나고 파리로 돌아갈 때까지 절대 다른 문제가 없어야 한다.

 차라리 기차를 타는 게 나았겠다는 생각이 잠깐 들었지만 이내 멈췄다. 이미 결정해서 진행 중인 일에 지나버린 가능성은 무의미하다. 다른 말로 하면 후회라는 것이다. 이런 상태에서 후회는 어리석은 짓이다. 궁하면 통하는 게 세상 이치다. 그러니 계속 직진하는 거다.

 그래서 직진했고, 드디어 우리는 트루빌에 도착했다. 큰 변화는 없었지만 허물고 새로 짓거나 칠을 했거나 없던 집이 몇 채 더 생긴 정도의 변화를 느꼈다.

 테오의 집도 칠을 했던지 깔끔하게 변해 있다. 그의 집 근처에 차를 세우고 내려서 주변을 둘러보는데, 멀리서 테오가 내 이름을 부르며 다가왔다. 그의 곁에는 당나귀만큼 덩치가 큰 개 두 마리가 있었다. 나는 다가온 테오를 덥석 안았다.

아흐렛날 (한울)

어제는 냉각수 부족으로 엔진이 과열되어 차가 폭발하는 줄 알았다. 얼마나 무섭고 조마조마하든지 멀리 도망치고 싶었지만, 파스칼과 미루를 두고 혼자 도망갈 수는 없었다. 우리가 마실 물로 파스칼이 차를 고쳤으나 불안감이 쉽게 풀어지지 않았다. 차는 기름만 먹는 게 아니라 물도 마신다는 걸 처음 알았다.

게다가 파스칼의 친구인 테오를 만나는 바람에 더 긴장하고 말았다. 그는 산타클로스 같은 쟈크보다 몸집이 크고 마치 바이킹의 후예같이 무섭게 생겼다. 덥수룩한 수염 때문에 더 그런 느낌을 받았다. 다행히 생김새와 달리 그는 친절하고 말도 느렸다. 테오의 아내 카트린은 통통하고 귀여운 할머니 같은 외모와는 달리 쫑알쫑알 말이 많고 빨라서 도무지 알아듣기 어려웠다. 그래서 그녀가 말을 하면 나는 시종일관 고개를 숙이고 미루를 쓰다듬거나 손톱 사이에 낀 때를 긁는다거나 하면서 딴전을 피웠다.

파스칼은 테오와 오랫동안 이야기를 나눴다. 그는 오전에 먼 거리를 걸어서 이동했고 또 차를 운전하느라 힘들었을 텐데 친구를 만나서인지 기운이 남아도는 것 같았다. 나는 그들의 대화 속에 내 이야기가 간간이 섞이는 걸 눈치챘지만, 진득하게 귀를 기울일 수 없었다. 왜냐하면 테오와 함께 사는 집채만큼 큰 개 두 마리가 수시로 나를 쳐다보는 게 무서웠기 때문이다. 테오는 개들이 보기와는 다르게 훈련이 잘된 굉장히 온순한 녀석들이라 겁낼 필요가 없다고 했다. 그러나 내 마음은 그렇지가 않았다. 미루도 두 마리의 덩치에 기가 죽었던지 꼬랑지를 내리고 내 발밑에 엎드려 줄곧 자는 척했다.

근사한 저녁을 얻어먹고 밤 열 시가 지나자 파스칼은 일어났다. 그러고는 근처 호텔을 잡아서 자고 내일 다시 보자는 말을 했다. 그랬더니 테오는 정색을 하며 말렸다. 부부만 사는 집에 남아도는 게 방이라며 여기서 자야 한다고 했다. 그리고 바쁠 것 하나 없는 파리에는 천천히 돌아가라며 있고 싶은 만큼 그의 집에서 지내도 된다고 했다. 파스칼은 방 한 개면 충분하다며 테오에게 고맙다고 인사했다.

나는 테오의 제안이 무척 마음에 들었다. 큰 개 두 마리만 제외하면 모든 것이 완벽했다. 집은 넓고 쾌적했으며 인테리어가 아주 멋스럽고 정원에는 꽃도 많았다. 무엇보다 집 가까운 곳에 바다가 있다는 게 큰 매력이었다. 북쪽만 빼고 삼면이 바다인 한국에서 23년을 살았지만, 바다는 어릴 때 몇 번 본 것이 전부였다.

카트린은 우리를 이층 방으로 안내했다. 나는 오랜만에 욕실에서 따듯한 물로 몸을 씻었다. 때가 엄청 밀려 나왔다. 파스칼이 빨리 씻고 나오라고 채근하지 않았더라면 아마 나는 물에 팅팅 불은 피부를 몽땅 다 벗겨냈을지도 모른다. 욕실에서 나와 길어진 손톱과 발톱까지 말끔히 잘랐더니 새사람이 된 느낌이었다.

나와 파스칼은 누가 먼저랄 것도 없이 베개에 머리를 대자마자 곯아떨어졌다.

커튼 사이로 부드러운 아침 햇살과 희미한 바람이 들어와 나를 깨웠다. 내 옆에서 코를 골며 자던 파스칼이 보이지 않았다. 대신 아래층에서 테오와 파스칼의 호탕한 웃음소리가 들려왔다. 침대 발치에서 잤던지 미루가 다가와 내 얼굴에 침을 발랐다. 나는 개들이 이런 행동을 하는 것은 친근감의 표시라는 걸 책에서 읽었기 때문에 미루의 머리를 쓰다듬어줬다.

오랜만에 키대로 기지개를 켰더니 여기저기 뼈들이 우두둑 소리를 질러댔다. 나는 창가로 가서 커튼을 젖혔다. 멀리 드넓은 바다가 보였다. 파리지앵이 되는 것보다 여기서 사는 게 더 좋을 것 같다는 생각이 들었다. 나중에 파스칼에게 내 생각을 들려주기로 하고 바지를 찾아 입었다. 미루는 빨리 나가고 싶은지 방문 아래 틈으로 코를 바짝 붙인 채 킁킁거렸다.

나는 파스칼이 있는 아래층으로 가려고 방문을 활짝 열었다가 얼마나 놀랐는지 말로 다 할 수 없다. 문밖 복도에 덩치가 산만 한 개 두 마리가 떡하니 앉아 있었다. 나는 너무 놀라 비명을 지르며 다시 문을 닫아버렸다. 그 뒤로는 아무 생각도 안 난다. 얼마의 시간이 지난 뒤, 내 귀에 파스칼의 목소리가 들어왔다.

"장, 이제 괜찮아? 진정이 좀 됐나?"

정신이 돌아왔을 때 나는 침대에 걸터앉아 있었고, 파스칼은 엉거주춤 선 채로 내 양팔을 잡고 있었다. 파스칼 뒤로 바이킹 같은 테오가 기둥처럼 서 있고, 또 그 옆에는 미루가 걱정스러운 얼굴로 나를 보고 있었다. 미루 옆으로 눈을 돌리자 어마무시하게 큰 개 두 마리가 있었는데, 나는 그제야 그 두 마리가 테오의 개들, 즉 '쿠키'와 '봉봉'이라는 것이 떠올랐다. 너무도 어울리지 않는 이름을 가진 두 녀석은 그레이트데인 종으로 프랑스 사람들은 큰 덴마크 개를 뜻하는 '그랑 다누와'라고 했다.

나는 파스칼의 지시에 따라 심호흡을 몇 번 한 뒤 일어나 팔을 몸에 딱 붙인 채 다리만 재바르게 놀려 아래층으로 내려갔다. 식탁에 얌전히 앉아 양손을 무릎 위에 얹고 내 앞에 놓일 음식을 기다렸다. 식탁 아래로 쿠키인지 봉봉인지 모를 두 녀석 중 하나가 들어와 자리를 잡고 엎드렸다. 나는 긴장을 풀려고 양손을 꼼지락거렸다. 그랬더니 쿠키인지 봉봉인지 모를 그 녀석이 식탁 아래에서 내 왼쪽 손등을 핥았다. 나는 기절할 것 같았지만 꾹 참았다. 파리지앵을 포기하고 트루빌에서 살려면 통과해야 하는 관문이기 때문이다. 그런데 기분이 묘했다. 미루가 핥을 때와 다른 느낌이 전해졌던 것이다. 촉촉하지만 따듯하고 약간 깔끄러운 듯하면서 부드러운 큰 혓바닥의 감촉이 나쁘지 않았다.

나는 개가 핥은 왼손을 바지에 닦은 뒤 쥐었다 폈다 두 번 반복했다. 그랬더니 식탁 아래 엎드린 개가 다시 내 손등을 핥았다. 나는 오른손을 움직여보았다. 그러자 개는 오른쪽 손등을 핥는 것이 아닌가. 나는 손을 바꿔가며 그 행동을 몇 번 반복했다. 그러다 보니 어느새 두려움은 사라졌고 우리의 행동은 마치 놀이처럼 여겨졌다. 이것으로 쿠키인지 봉봉인지 알 수 없는 개와 나는 친구가 된 셈이다.

"뭐해, 밥 안 먹고."

나는 파스칼의 말에 정신이 번쩍 들었다. 언제 차려졌는지 내 앞에 우유를 듬뿍 넣은 커피가 마치 대접 같은 그릇에 담겨 있었다. 버터와 잼 그리고 여러 종류의 빵이 가득 든 쟁반도 놓여 있었다. 이제 커다란 개 두 마리와 친해지는 건 시간문제다. 그렇게만 되면 트루빌에서 사는 데 아무런 지장이 없을 거다. 나는 기분이 좋아져서 내 앞에 놓인 음식을 맛있게 양껏 먹었다.
내가 파스칼에게 파리보다 트루빌에서 살고 싶다는 이야기를 하려는 찰나, 테오가 먼저 말을 꺼냈다. 아마도 어제 파스칼과 나눈 이야기의 연장인 듯했다.

"자네가 궁금해하는 걸 보여줄 테니 아침 먹고 내 연구실로 같이 가자고."
"자네 연구실이 어디에 있는데?"
"어디긴 어디야, 우리 집 마당 구석에 보이는 오두막이지."
"그렇게 위험한 화학 물질들을 집에 두었단 말인가?"
"관리만 잘하면 괜찮아. 물질은 그 자체만으로 위험하진 않

아. 주로 둘 이상 조합이 이루어질 때 위험해지는 거니까. 다이너마이트는 몇 가지 물질들을 합성해서 만들어지는 것이지, 단독으로 존재하는 물질이 아니잖나."

어젯밤 파스칼은 자신이 세 번이나 꾼 꿈에 대해, 페인트 덧칠만 반복하는 부실한 에펠탑과 안일한 당국에 대해 낱낱이 이야기했다. 아울러 그가 만난 전문가와 나눈 짧은 대화뿐만 아니라 전문가가 준 복사물 내용에 대해서도 말했다. 그리고 파리 시청사에서 그가 겪은 수모를 테오에게 죄다 알렸다.

그러자 테오는 언론에 보도된 내용과 전문가의 의견에 전적으로 동의했다. 그는 눈에 드러나진 않지만, 에펠탑의 페인트 층 안쪽에서도 서서히 부식이 진행되고 있을 거라는 자신의 견해도 덧붙였다. 에펠이 탑을 건설한 이후 현재까지 부식된 부분이 엄청날 것이다. 그런데 발견된 부분만 땜질로 메꾸거나 전체를 페인트로 여러 겹 덧칠하는 것은 눈속임에 불과하다. 그런 일의 반복은 위험을 가중시키는 일이라고 열변을 토했다. 에펠탑을 보수 공사하는 것보다 아예 허물고 새로운 에펠탑을 만드는 것이 낫다고도 했다. 보수공사에 드는 비용이나 기간을 비교할 때 새로 만드는 쪽이 더 이득이라 했다. 미래를 내다보는 긴 안목이 필요하다면서.

다만 에펠탑을 파스칼이 직접 폭파하는 것은 상상조차 할 수 없고, 설령 시도한다 해도 다이너마이트를 가지고 거기에 올라가는 것 자체가 불가능하다고 했다. 자칫 실행에 옮기다가 발각되면 죄목이 테러범이 되어 재판에서 엄청난 형량을 받고 교도소에 수감될지도 모른다는 무시무시한 말까지 했다.

그런데도 파스칼은 테오에게 다이너마이트 제조 과정이 궁금하니 그걸 가르쳐주거나 보여달라며 떼를 썼다. 거기에 테오는 아무런 대답도 하지 않았는데, 마침내 아침을 먹고 나면 그의 연구실에서 보여주기로 한 것이다.

나는 마지막 빵조각을 입에 넣고 찬찬히 생각해 봤다.

나는 에펠탑을 폭파해야 한다고 생각만 했지, 그 이후 어떤 일이 벌어질 수 있는지는 생각하지 않았다. 내 머리에서 멋진 아이디어가 나올 리도 없지만 말이다. 혹시 파스칼이 다이너마이트 제조 과정을 배워 그걸 만들고 에펠탑을 폭파하려다 경찰에 끌려가면 어쩌지?

그런 일은 절대 일어나면 안 된다. 파스칼이 감옥에 가면 나도 가게 될 것이고, 감옥은 아주 무서운 곳이라는 것쯤은 나도 안다. 나와 파스칼이 감옥에 가면 미루는 고아가 되어 혼자 거리를 떠도는 유기견이 될 것이다. 아무도 먹을 것을 주지 않으면 미루는 굶어 죽을지도 모른다. 그건 너무 끔찍한 일이다. 여기까지가 내 생각의 한계다. 내 사고는 더 이상 전진하지 못하고 멈춰버렸다.

테오와 파스칼은 마당 끝에 있는 오두막 연구실로 가고, 나는 카트린을 따라 널찍한 거실로 자리를 옮겼다. 개 세 마리가 내 주위에 진을 치고 앉거나 엎드렸다. 이쯤 되니 큰 개들이 무섭지는 않지만 그래도 늘 조심하는 게 나을 것 같아서 녀석들과 눈이 마주치지 않도록 피했다.

식탁 아래에서 내 손등을 핥은 개는 암컷 봉봉이라고 카트린이 알려줬다. 자세히 보니 쿠키가 몸집이 더 컸다. 귀도 쿠키가 더 넓적하니 컸다. 이로써 나는 어떤 개가 봉봉이고 쿠키인지 구별할 수 있게 되었다.

카트린은 재밌는 것을 보여주겠다며 일어나 앞치마 주머니에서 길쭉한 소시지 하나를 꺼냈다. 그러고는 소시지를 쥔 손을 머리 위로 높이 올렸다.

"쿠키, 소시지 먹어."

카트린이 명령을 내리자 엎드려 있던 쿠키가 벌떡 일어나 두 앞발을 카트린의 어깨에 올리고 소시지를 날름 먹었다. 나는 소파 아래로 나동그라질 뻔했다. 두 발로 선 쿠키의 키가 2미터는 족히 넘었다. 그러자 봉봉도 일어났다. 카트린은 다시 소시지 하나를 집어 머리 위로 팔을 올리고는 명령을 내렸다.

"봉봉, 소시지 먹어."

봉봉 역시 쿠키와 똑같은 자세로 소시지를 먹었다. 나는 입을 다물지 못한 채 구경했다. 봉봉은 소시지를 씹어 삼킨 뒤 내 옆에 바짝 붙어 앉아서는 내 손등을 또 핥았다. 소시지 냄새가 나는 내 손등에 코를 대고 킁킁거리던 미루가 갑자기 발딱 일어섰다. 그러고는 쿠키와 봉봉이 했던 것처럼 자기도 앞발을 들고 꼬리를 흔들며 카트린의 앞치마에 매달렸다. 카트린은 주머니에서 소시지를 꺼내 반 토막을 낸 뒤 미루의 입에 물려줬다. 큰 개 두 마리에 비하니 미루가 무척 앙증맞았다.

"장, 조금 있다가 테오와 파스칼이 오면 개들을 데리고 해변으로 산책을 가도록 해. 훨씬 즐거울 거야."
"개가 해변에 가도 됩니까?"
"물론이지. 대신 사람들이 많을 땐 목줄을 매는 게 좋아. 무서워하는 사람도 있으니까."
"프랑스는 개들에게 참 친절한 나라입니다."

"뭐, 그렇긴 하지. 한국은 안 그래?"

"한국은 개가 살기 힘든 나라입니다."

"한국에 살 때 개를 키웠니?"

"아빠 엄마는 개를 싫어합니다."

"그것참 안됐구나. 훈련만 잘 시키면 온순하고 가족을 행복하게 해주는데……"

카트린은 설거지를 할 거라며 주방으로 가고, 나와 개 세 마리만 남은 거실은 적막강산으로 변했다. 아무것도 하지 않고 있자니 너무 심심했다. 심심풀이가 없을까 주위를 둘러보다가 선반 위에 있는 반려견용 소시지 봉지를 발견했다. 갑자기 호기심이 생긴 나는 슬그머니 자리에서 일어나 선반에서 소시지 하나를 꺼내 쿠키 앞에 섰다.

그러고는 카트린이 한 것처럼 소시지 든 손을 올리고 말했다.

"쿠키, 소시지 먹어."

쿠키가 마지못해 일어나는가 싶더니 잽싸게 두 발로 서서 앞발을 내 어깨에 척 올리고 내 손에 들린 소시지를 낚아챘다. 그 힘이 어찌나 세던지 나는 '으악' 소리를 지르며 엉덩방아를 찧고 말았다.

내 소리에 놀란 카트린이 달려왔다. 나는 일어나 앉으며 쿠키에게 소시지를 주었다고 말했다. 그랬더니 카트린은 배를 잡고 웃었다.

"이 아이들은 힘이 어마어마해. 특히 서서 간식을 줄 때는 다리에 힘을 줘야 돼."

카트린은 그 말을 하고는 내게 시범을 보여줬다. 한쪽 다리를 뒤로 조금 빼서 힘을 잔뜩 주고 앞에 있는 다리는 무릎을 조금 구부려 힘을 주는 자세였다. 그러고 보니 아까 카트린이 취했던 자세가 기억났다. 나처럼 무방비 상태로 뻣뻣하게 서서 간식을 주면 십중팔구 넘어지는 건 당연했다.

카트린은 선반에서 소시지 하나를 꺼내 내게 줬다. 나는 카트린이 시범을 보인 자세를 취한 뒤 봉봉을 쳐다보며 말했다.

"봉봉, 소시지 먹어."

그러자 봉봉이 일어나 다가오더니 벌떡 서서 소시지를 입에 물었다. 이번에는 내 몸이 약간 흔들리긴 했으나 넘어지지 않앉다. 테오가 박수를 치며 거실로 들어왔다. 그의 박수에 기분이 한껏 고조되어 나는 우쭐거렸다.

"참 잘했어. 어이 장, 좀 있다가 나랑 같이 해변으로 가겠나?"
"네, 갑시다. 그런데 파스칼은 어디에 있습니까?"
"글쎄, 연구실에 있거나 방에 갔을 거야. 금방 올 테니 걱정 말게. 그나저나 자네, 수영복은 있나?"
"나는 수영을 못합니다."
"그래? 그래도 긴 바지를 입고 해변에 가는 건 불편할 거야. 내 반바지는 너무 커서 입기가 곤란할 텐데……"
"입고 있는 바지를 자르면 되지."

파스칼이 거실로 들어오며 지혜로운 의견을 내놓았다. 그러나 나는 쟈크 집에서 얻어 입은 근사한 바지를 자르고 싶지 않았다. 내가 그렇게 말했더니 카트린이 좋은 생각이 났다면서 그녀의 반바지를 가져왔다. 세상에나, 그것은 알록달록한 꽃무늬 반바지였다. 그녀가 살이 덜 쪘을 때 입던 반바지인데 내 몸에 맞을 거라고 했다. 그렇기로서니 나는 꽃무늬 여자 옷을 입는다는 게 쑥스러웠다. 하지만 나를 쳐다보고 있는 세 사람이 이구동성으로 멋있다며 추켜세우는 바람에 입어보기로 했다.

내가 반바지를 갈아입으려고 위층으로 가려 하자 또다시 모두가 하나같이 나를 말렸다. 자기들은 할머니 할아버지들인데 뭐가 부끄럽냐며 그 자리에서 갈아입으라는 거였다. 나는 잠시 머뭇거리다 돌아서서 바지를 갈아입었다.

카트린의 말대로 내 몸에 꼭 맞았다. 파스칼은 알록달록한 꽃무늬 반바지가 마치 수영복 같다고 했다. 나는 여자 옷을 입는 게 부끄러웠으나, 나를 에워싼 모두가 무척 즐거운 표정이라 까탈 부리지 않고 입기로 했다.

파스칼은 반바지 하나를 더 찾아오겠다는 카트린에게 자기는 꽃무늬를 안 좋아하므로 사양한다고 말했다. 대신 그는 낡은 바지를 잘라 반바지로 만들어 입은 뒤, 현관이며 정원 여기저기에 쿠키와 봉봉이 장난으로 흩어놓았던 슬리퍼들을 수거해 왔다. 우리는 짝이 맞는 슬리퍼를 찾아 발에 꿰차고 해변으로 갔다.

바닷가 모래사장이 무척 넓었다. 저만치 왼쪽으로 등대 두 개가 보였다. 우리 쪽에서 가까운 등대 지붕은 빨간색이고 건너편 등대 지붕은 초록색이다. 너른 해변과 하얀 뭉게구름 몇 점이 떠 있는 탁 트인 바다와 등대의 풍경이 너무도 아름답다. 넘실대는 파도처럼 딱히 표현하기 어려운 물결이 내 가슴에 일렁거렸다. 이런 느낌이 분명 평화이자 행복일 거다.

나는 테오가 가져온 커다란 비치타월에 앉아 아이스박스에서 꺼낸 시원한 음료수를 마시며 영국해협에서 밀려오는 파도를 눈으로 즐겼다. 쿠키와 봉봉도 느긋하게 모래사장에 앉아서 바다를 구경했다. 그런데 미루는 계속 코를 킁킁거리며 모래 냄새를 맡았다가 바다를 봤다가 파도가 밀려오면 두려운지 안절부절못했다. 파스칼은 미루가 태어나서 처음으로 바다에 왔기 때문이라고 말했다. 미루 나이가 열세 살이라고도 했다. 사람으로 치면 파스칼과 비슷한 나이란다. 미루가 아직 어린 강아지라고 생각했는데, 나는 앞으로 미루를 더 존중하고 잘 보살펴주기로 마음먹었다.

해변을 찾는 사람들이 점점 늘어났다.

우리 옆으로 젊은 남녀가 다가와서 파라솔을 모래에 꽂고 비치타월을 깔았다. 그러고는 옷을 훌렁훌렁 벗기 시작했다. 겉옷 안에 수영복을 입고 온 것 같았다. 그런데 젊은 여자가 엉덩이만 살짝 가린 비키니 팬티를 입은 것도 남사스러운데 속옷도 입지 않은 상체를 다 드러냈다. 멜론 두 덩어리를 매단 것 같은 젖가슴을 그대로 노출하는 게 아닌가. 나는 입을 헤벌린 채 그 광경을 보고 말았고, 한참동안 숨을 쉬지 못했다. 그랬더니 머리가 띵해졌고, 그 뒤로 기억이 없다. 아마 내가 잠시 기절했던 것 같다.

파스칼이 내 눈꺼풀을 뒤집는 바람에 정신이 돌아왔다. 고개만 살짝 돌려 옆을 보니 젊은 여자는 젊은 남자 옆에 길게 엎드려 누워 있다. 나는 그들과 반대 방향으로 머리를 돌렸다. 그곳에는 등대 두 개가 나란히 바다를 지키고 있었다. 파스칼이 내게 물었다. 그는 수호천사답게 내 마음을 읽은 게 분명하다.

"장, 우리 등대까지 갔다 올까?"
"네, 그게 좋겠습니다."
"저기 보이는 빨간 등대는 트루빌에 속하고, 초록색 등대가 있는 곳은 도빌이야. 저 둘 사이에 있는 좁은 운하가 두 동네의 경계인 셈이지."
"나는 빨간 등대에 가고 싶습니다."
"잘 선택했네. 빨간 등대로 가자고. 초록색 등대로 가려면 제법 걸어야 하는데, 슬리퍼를 끌고 가기엔 좀 멀지."

나와 파스칼은 옆에 벗어둔 슬리퍼에 잔뜩 든 모래를 털었다. 테오는 일어날 생각도 없이 아이스박스에서 캔맥주 하나를 꺼내 따면서 말했다.

"둘이 다녀와. 난 자리를 지키고 있을 테니까. 참, 장에게 한

가지 알려줄 게 있어. 저 초록색 등대는 옛날에 유명한 영화를 촬영한 곳이야. 남과 여라는 제목인데, 아마 장은 모를 것 같군. 이보게 파스칼, 그때 기억나지?"

"암, 기억하고말고. 그때 우린 중학생이었어. 도빌에서 촬영한다고 우르르 몰려가서 구경했었잖아."

"고등학교 진학을 앞두고 성적 경쟁을 하던 때였지."

"멀리서 슬쩍 봤지만, 아누크 에메는 정말 아름다웠어."

"맞아, 모든 남학생의 로망이었지."

파스칼과 테오는 잠시 추억에 잠기는 듯했지만 미루가 빨리 가자고 낑낑거리며 보채는 바람에 상념은 금방 깨어지고 말았다.

나무로 만든 약 2백 미터 길이의 긴 다리 끝에 지붕이 빨간 등대가 서 있었다. 거기까지 가는 동안 여성 몇몇이 내가 입은 꽃무늬 반바지를 힐긋거렸다. 그중에 할머니 한 사람은 내게 바지가 예쁘다고 말했다.

운하를 사이에 두고 건너편에는 초록색 등대가 있는데, 그 등대는 빨간 등대보다 조금 더 바다 쪽으로 나 있었다. 멋진 요트와 고깃배들이 운하를 들락거렸고, 고깃배들 위로는 갈매기 떼가 모여들었다. 내 눈에 들어온 풍경 전부가 그림 같았다. 미루에게도 이 모든 것이 낯설고 신기했던지 수시로 코를 킁킁거리고 꼬리를 흔들며 배와 갈매기들을 구경했다.

나는 침묵을 깨고 파스칼에게 먼저 말을 걸었다.

"파스칼, 나는 트루빌이 좋습니다. 아주 많이 좋습니다. 여기서 살고 싶습니다."

"여긴 평화롭고 좋은 곳이지. 내가 태어나서 자란 곳이기도 하고. 하지만 여기서 살 수는 없어. 부모님이 돌아가신 후 집도 팔았거든."

"테오의 집에는 방이 많이 있습니다. 거기에서 우리가 살면 안 됩니까?"

"그건 무리야. 아무리 친한 친구라도 오래 머무는 건 예의가 아니지. 그리고 무엇보다 난 오십 년 넘게 파리에서 살았고 내 모든 것이 거기에 있어."

"그러면 나도 파리에 가야 합니까?"

"당연하지. 넌 신분증이 없잖아. 신분증이 없으면 프랑스 어디에서도 살 수 없어. 발각되는 순간 불법체류자로 강제 출국 당하는 거지. 파리는 넓으니까 발각될 확률도 낮지만 여긴 좁아서 금방 들통날 거야."

"너무 무섭습니다. 나는 파리에 가겠습니다."

"무섭지. 하지만 언젠가는 한국으로 돌아가야 하지 않겠나."

"싫습니다. 나는 파리에서 살 겁니다."

"글쎄, 그게 가능할지 모르겠군. 넌 돈도 없고 또 내가 너를 마냥 데리고 있다가 곤란한 상황이 생길지도 몰라. 지금까진 별문제가 없지만 말이야."

나는 마음속으로 파스칼의 말을 정리해 보았다. 하지만 길게 정리할 것도 없었다. 간단하게 말하면, 나는 파리로 돌아가야 하고 나중에는 무슨 사정으로 파스칼과 헤어질지도 모른다는 얘기였다. 누군가에게 발각되면 프랑스에서 강제로 쫓겨나는 무서운 일도 겪을 수 있다는 거다. 갑자기 우울감이 밀려들었다.

하는 수 없이 나는 며칠만이라도 테오 부부를 비롯하여 봉봉과 쿠키와도 즐거운 시간을 보내기로 마음먹었다. 그런데, 연이어 파스칼이 한 말로 더 우울해졌다.

"내일 아침밥을 먹고 나서 파리로 출발할 거야."

열흘 (파스칼)

 어제 테오는 그의 연구실에서 다이너마이트 제조법을 설명하며 시범을 보였다. 원리는 아주 간단했다. 내가 듣고 본 것을 정리하자면 대충 이렇다.
 질산과 황산을 약 7 대 3 비율로 섞은 후 드라이아이스를 이용한 냉매제에 넣고 둘이 물과 니트릴이온으로 분리되지 않도록 빠르게 휘저어 섞는다. 그 상태에서 글리세린을 천천히 혼합하여 합성시키면 액체 상태의 다이너마이트라고 할 수 있는 니트로글리세린이 생성된다.
 그런데 이 니트로글리세린이 다른 폭약들에 비해 충격이나 발화 또는 정전기 등에 엄청 민감하다. 특히 순간적인 가열은 굉장히 위험하고, 지속적으로 흔들리면 열이 축적되어 발화 및 폭발 가능성이 무척 높다. 가만히 놔둬도 시간이 흐르면 저절로 터지는 경우가 다반사다. 이는 순수한 니트로글리세린에서는 일어나지 않지만, 극소량이라도 불순물이 들어가면 열이 발생하게 된다. 이걸 방치하면 축적된 열이 착화점을 넘어 자연 발화로 이어지고 마침내 스스로 폭발한다. 따라서 니트로글리세린을 안전하게 용기에 담아 잘 보관했다고 생각했다가 며칠에서 몇 개월 후에 갑자기 터지는 사태가 발생할 수 있다.

금속 용기에 니트로글리세린과 니트로글리콜 등을 조금씩 넣고 천천히 휘저어 혼합물을 만든 다음, 질산암모늄이나 녹말 등을 섞어 굳힌다. 경우에 따라 규조토를 사용하기도 한다.

설명을 마친 테오는 금속 통에 든 규조토에 액체 상태가 된 다이너마이트, 즉 니트로글리세린을 천천히 부어 찰진 덩어리를 만들었다. 그러고는 아이들이 미술 시간에 조몰락거리는 점토처럼 생긴 다이너마이트를 마분지 통 네 개에 나누어 넣었다. 그다음 한쪽 입구에 마분지를 잘라 막고 다른 한쪽에는 송곳처럼 생긴 굵은 쇠꼬챙이로 꾹 눌렀다. 그곳은 뇌관이나 신관 등을 넣는 구멍이었다. 지름 3.5센티미터에 길이가 대충 20센티미터쯤 되는 마분지 통 속에 찰진 덩어리를 넣고 보니 영락없이 영화에서 보던 다이너마이트와 똑같았다.

테오는 완성된 다이너마이트를 테이블 위에 나란히 놓고 말했다.

"자, 이게 다야. 자네가 알고 싶어 했던 게 이렇게 간단하게 만들어졌네. 간단하지만 위력은 엄청나지."

"이게 진짜 효력이 있을까? 그러니까 내 말은, 불을 붙이면 진짜로 터지는 거야?"

"당연하지. 단, 뇌관 또는 신관 같은 기폭장치나 도화선 같은 게 있다면 이 물건을 쉽게 터뜨릴 수 있어. 아쉽게도 그런 것들이 내겐 없네."

"시범 삼아 만든 이 물건들을 어떻게 할 건가? 자넨 필요 없잖은가."

"이동하거나 보관 중엔 온도와 습도 그리고 마찰을 극도로 조심해야 해. 조심해야 할 것은 그것 외에도 사람들 눈에 띄면 절대 안 되지. 어찌 보면 그게 더 위험해."

"오늘 자네 연구실에서 있었던 일은 없던 걸로 하자고."

"우리가 무슨 일을 했는데?"

"그야……, 아무것도 안 했지. 안 그런가?"

"이 물건들이 필요 없을 것 같으면 최대한 빨리 내게 가지고 오게. 그것만 약속하면 돼."

테오는 테이블 위에 물건들을 올려놓은 채 나보다 먼저 일어나 밖으로 나갔다. 나는 테오가 만든 물건 네 개를 신문지에 싼 다음 한울과 함께 갔던 방으로 올라가 내 배낭 맨 아래에 넣었다.

트루빌에서 이틀을 보내고 아침 식사를 마친 뒤 우리 일행은 테오 부부와 아쉬운 작별을 하느라 시간이 제법 걸렸다. 훌쩍거리는 한울 때문이었다.

쿠키와 봉봉을 돌아가며 껴안고 석별의 정을 나누었으며, 뒤이어 선 채로 소시지 먹이기 공연까지 했다. 하지만 큰 발전이 있긴 했다. 사람과 몸이 조금이라도 닿으면 경기를 하듯 반응하던 녀석이었는데, 카트린이 한울을 안고 양쪽 볼에 입을 맞춰도 별다른 반응이 없었다. 오히려 녀석도 카트린을 껴안으며 트루빌에 다시 오고 싶다는 말을 남길 정도였다. 아무리 봐도 한울은 프랑스가 체질에 맞는 듯했다.

이런 걸 보면, 자폐란 당사자가 처한 환경이나 심리적 상황에 따라 최악의 상태가 될 수도 있고, 반대로 안정적인 환경에서는 사람들이 소위 정상이라고 하는 삶을 순조롭게 살 수도 있다. 정상이라는 사람들도 마찬가지 아닌가. 상황에 따라 감정 기복이 심하거나 주체할 수 없는 분노로 폭발했다가 다시 평화를 되찾는다. 자폐로 진단받은 사람들은 그들의 방식으로 감정과 행동을 보여줄 뿐인데 환자 취급하는 건 정상이라고 생각하는 사람들의 지나친 결례다.

카트린은 떠나는 우리에게 먹을 것을 바리바리 싸준 것도 모자라 나와 한울의 찌든 옷가지를 깨끗이 세탁해서 반듯하게 개어주었다. 심지어 한울의 운동화까지 말끔하게 씻어 뽀송하게 말려놓았다. 역시 불알친구는 세월이 속절없이 흘러 십수 년 만에 만나도 변함이 없다.

올 때와 달리 돌아가는 우리들의 배낭은 묵직했고, 짐도 늘었다. 나는 보닛을 열어 냉각수 탱크를 점검한 뒤, 테오 부부에게 다음을 기약하고 자동차 시동을 걸었다. 그들이 시야에서 사라질 때까지 창밖으로 상체를 내민 한울은 팔이 떨어져라 손을 흔들었다.

나는 트루빌을 빠져나온 후 첫 주유소에서 연료를 조금 넣은 뒤, 퐁 레베끄에서 A13 고속도로를 타기 위해 A132를 따라 과속하지 않고 안전하게 차를 몰았다. 도로는 교통 체증 없이 원활했다. 이 상태로 중간 휴식 없이 달리다 보면 점심은 파리에 도착해서 먹어도 될 것 같았다.

아직 오전이라 더위의 공격은 없다. 혹시라도 불볕더위가 시작된다면 다이너마이트가 열을 받아 우리 셋을 공중분해 해버릴지도 모른다. 그 전에 아낌없이 에어컨을 빵빵하게 틀 생각이다. 나는 창문을 모조리 다 열고 바람을 맞으며 라디오를 켰다. 올드 샹송이 흘러나온다. 조수석에 얌전히 눕혀둔 내 배낭을 흘깃 보니 기분이 묘하다. 저 속에 다이너마이트가 실려 있다고 누가 감히 상상이나 할까.

　베르농으로 빠지는 이정표를 지나고 휴게소 표지판이 나올 때, 나는 잠시 고민했다. 한 시간 반을 달려왔으니 출발지부터 도착지까지 절반 이상 온 셈이다. 나는 마렵지는 않아도 소변을 보고 갈지, 목을 좀 축이고 갈지, 몸을 풀고 갈지, 이런저런 생각을 하다가 그만 휴게소를 지나쳤다. 그러고는 바로 후회했다. 나는 내 무릎을 생각하지 못했다. 슬그머니 고개를 든 통증이 휴게소를 지나치자 내게 마구 원망을 퍼붓기 시작했다. 시큼하고 뜨끔한 통증으로 내게 복수를 하다니…….

　그것보다 시급한 것은 더위가 차를 달구기 시작했다는 거다. 도착지까지 한 시간 정도 더 달려야 한다. 혹시라도 도착하기 전에 또다시 냉각수가 문제를 일으키면 굉장히 위험한 상황에 처할 수 있다. 나는 창문을 올린 뒤 에어컨을 작동시켰다. 연식이 오래된 차라 에어컨 팬 소리가 제법 크다. 다음 휴게소에서는 냉각수 점검도 할 겸 반드시 쉬기로 하고 라디오 볼륨을 올렸다.

　아무래도 속도를 올려 다음 휴게소에 빨리 도착하는 게 나을 것 같아 나는 가속 페달을 밟았다. 얼마 지나지 않아 배터리 경고등에 빨간불이 들어왔다. 라디오에서 흘러나오던 노래가 지지직거리며 소음으로 바뀌는가 싶더니 자동으로 꺼져버렸다.

게다가 에어컨까지 먹통이 되었는지 아무런 반응이 없었다.

아니나 다를까 별안간 속도가 뚝 떨어졌다. 기어를 확인하고 가속 페달을 다시 꾹 밟았지만, 속도는 더 떨어졌다. 뭔가 불길한 예감이 들었다.

내가 갓길로 막 들어서는 순간 시동이 저절로 꺼져버렸다. 심장이 철렁 내려앉는 기분이었다. 고속도로 한중간에서 이런 일이 생겼다면 어쩔 뻔했을까. 그 생각을 하니 모골이 송연했다. 그나저나 조금만 더 가면 빌뇌브 앙 셰브리 쉬드 쉼터가 나올 텐데 여기에서 멈추다니 환장할 노릇이었다.

뒷좌석에서 잠들었던 한울이 깨어났다.

"차가 또 물을 마셔야 합니까?"
"그게 아니야. 아무래도 배터리에 문제가 생긴 것 같아. 차 시동이 꺼져버렸거든. 에어컨을 켤 수 없으면 곤란해."
"다시 창문을 열면 됩니다. 더워도 참을 수 있습니다."
"그런 게 아니라니까. 여기 다이너마이트가 있다고."
"네? 다 이 너 마 이 트?"

한울은 눈이 똥그래져서 다이너마이트를 띄엄띄엄 발음하고는 벌어진 입을 다물지 못했다.

"그래, 다이너마이트가 열을 받으면 어떤 일이 벌어질지 몰라. 에펠탑보다 우리가 먼저 폭발할 수도 있다고."

"안 됩니다. 너무 무섭습니다. 빨리 도망갑시다."

"배터리만 충전하면 괜찮을 거야. 근데 마을이 너무 먼 게 문제야. 지나가는 차를 세워서 충전을 부탁하는 수밖에 없겠어."

도움을 요청하려고 나는 갓길에 서서 몸을 앞으로 내민 채 손을 흔들었다. 그러나 멈추는 차가 없었다. 고속도로를 달리는 차는 많으나 모두가 한결같이 전력 질주로 달려갈 뿐이다. 기온마저 가파르게 올라가는 느낌이다.

나는 차 안에 둔 위험한 배낭과 카트린이 먹을 것을 넣어준 쇼핑백들 그리고 물을 가득 채운 페트병을 꺼내 갓길 너머 큰 가로수 그늘 아래로 옮겼다. 내가 혼자서 낑낑대며 짐을 옮겨도 한울은 도와줄 생각을 않고 부루퉁한 얼굴로 돌멩이들을 툭툭 차고 있었다. 미루는 벌써 그늘에 자리를 잡고 앉았다.

"장, 왜 그래, 뭐 안 좋은 일이라도 있어?"

"아무도 우리를 도와주지 않습니다. 다이너마이트가 터지면 나는 죽습니다. 미루도 죽고 파스칼도 죽습니다. 그런데 아무도 안 도와줍니다."

"기다려 보자고. 설마 많고 많은 차 중에 우리를 도와줄 차가 없겠어?"

그래도 안심이 안 되는지 한울은 여전히 발로 작은 돌을 툭툭 찼다. 나는 인내심이 필요했다. 한울의 행동이 신경에 거슬렸지만 되도록 차분하게 처신하려고 크게 심호흡을 하고 나서 말했다.

"장, 네가 차고 있는 돌멩이들은 죽은 영혼들일지도 몰라."
"네? 진짜입니까?"

한울은 놀란 토끼 눈이 되어 행동을 멈추고 여기저기 흩어져 있는 제가 찬 돌들을 쳐다봤다. 나는 미루 옆 그늘에 앉아 아픈 무릎을 주무르며 한울에게 앉으라고 손짓했다.

"여기 앉아 봐. 내가 얘기해 줄게."

한울은 냉큼 와서 내 옆에 딱 붙어 앉았다.

"이놈아, 더워 죽겠으니까 좀 떨어져 앉아."

"무섭습니다. 영혼은 귀신입니다. 귀신은 사탄이라고 아빠가 말했습니다."

"글쎄다. 한국 기독교는 좀 극단적인 것 같군."

"영혼이 왜 돌이 되었습니까?"

"이론과는 전혀 다른 얘기이긴 한데, 가끔 이런 생각을 했었지. 내 생각이 맞다 틀렸다 말할 수 있는 사람은 없어. 아직도 이 세상에는 증명하지 못하는 일들이 많으니까."

"너무 궁금합니다. 어서 말해주십시오."

"말하자면 이런 거야. 사람이 죽으면 어찌 됐든 나중에는 뼈만 남게 돼. 그건 눈에 보이는 것이고, 육신은 흙으로 돌아가 형체를 잃게 되지. 그런데 사람이 살았을 때 가지고 있던 영혼은 어디로 사라질까? 눈에 보이지 않는다 해서 존재하지 않는다고 말할 수는 없잖나. 죽어서 천국이나 지옥으로 간다느니, 하다못해 불교에서 말하는 윤회라는 것도 종교가 생겨난 뒤 사람들에게 신앙심을 갖게 하려고 지어낸 것일 뿐이야. 뭐, 신앙심이 깊은 사람은 부정하겠지만, 나는 내 생각을 믿는 사람이라 논쟁 같은 건 하고 싶지 않아."

나는 한울이 알아들을 수 있도록 쉬운 단어를 찾아 천천히 이야기를 이어갔다.

생명이 다하면 영혼은 미립자처럼 작은 에너지가 되어 그동안 깃들었던 몸을 떠난다. 눈에 보이지 않아도 분명히 존재한다. 에너지들은, 즉 영혼들은 공중을 떠다니기도 하고, 대기권 밖으로 나가서 우주를 떠돌기도 한다. 그러고는 저들끼리 뭉치기도 하고 흩어지기도 한다. 뭉친 에너지가 점점 커지면 형태를 가지게 되고, 그것이 결국 우주를 떠도는 천체가 된다. 즉 우리가 말하는 별인 셈이다. 물론 어마어마한 시간이 걸리겠지만.
  그런 식으로 확장하다 보면 더 크고 단단하게 뭉쳐진 에너지가 지구라는 행성이 되었을 것이다. 지구를 구성하는 모든 것이 영혼이라는 에너지의 또 다른 모습이지 않겠는가. 그러니 돌 하나도 함부로 대접하면 곤란하다. 나는 이렇게 설명했다.
  넋 빠진 사람처럼 내 말에 귀를 기울이던 한울은 뭔가 골똘히 생각하는 듯하더니 고개를 크게 끄덕였다.

  "나는 파스칼의 생각에 동의합니다."
  "고맙군. 그나저나 차 시동을 걸려면 배터리를 충전해야 하는데 걱정이야. 다시 궁리해 보자고."

  시간이 제법 흘렀다. 배는 고프고 더위는 기승을 부렸다.
  나는 미루에게 뼈다귀 모양의 간식을 주고, 카트린이 챙겨준 음식 중에 샌드위치와 복숭아를 꺼내 한울과 공평하게 나눴다. 우리는 각자의 생각에 빠져 말없이 샌드위치를 먹어 치우고 미지근해진 물로 목을 축인 뒤 복숭아를 먹기 시작했다. 복숭아를 다 먹어갈 때쯤 한울이 불쑥 말을 꺼냈다. 한울도 나처럼 차 배터리에 대해서 생각했던 모양이다.

"내가 차를 멈출 수 있습니다."
"네가? 어떻게?"
"나는 할 수 있습니다."

다 먹고 난 복숭아씨를 뒤쪽 숲에 던진 뒤 한울은 자리에서 벌떡 일어나 궁둥이를 툭툭 털었다. 녀석은 마치 전쟁터에 나가는 사람처럼 비장한 표정을 짓고는 갓길에서 고속도로 쪽으로 한 걸음 나가 섰다. 나는 한울이 무슨 짓을 할지 불안하면서도 한편으로 궁금했다.

차 한 대가 속도를 조금 줄이는가 싶더니 한울을 지나쳐 싱싱 달려가 버렸다. 그러면 그렇지 네가 무슨 수로 차를 세우겠는가라고 생각하는데, 저만치에서 경적을 울리며 대형 화물 트럭이 달려오고 있었다. 나는 한울이 위험에 빠졌다고 생각하여 그를 낚아채려고 일어섰다.

그랬는데, 녀석이 왼쪽 다리를 앞으로 내밀고 카트린에게서 얻어 입은 알록달록한 꽃무늬 반바지 밑단을 허벅지 위로 쑥 올리는 게 아닌가. 그 꼬락서니를 보니 퍼뜩 내 머리를 스치고 지나가는 영상이 있었다. 그것은 아주 오래전에 본 할리우드 영화 속 장면이었다. 아마 제목이 '어느 날 밤에 생긴 일'이었던 것 같다. '클로데트 콜베르'라는 프랑스계 여배우가 늘씬한 다리 각선미를 이용해 차를 세우던 히치하이크 장면이었다.

이 녀석이 어디서 본 건 있어서 흉내를 내는 게 분명했다. 그게 통할 리 없다는 걸 녀석이 알 턱이 없지. 내가 한울을 잡아당기려고 셔츠를 잡는데, 달려오던 대형 화물 트럭이 속도를 확 줄이더니 우리를 20미터쯤 지나 섰다. 나는 너무 놀라 입이 저절로 벌어졌고, 한울은 나를 보더니 활짝 웃었다.

대략 40대 중반쯤 된 운전사가 내려서 우리 쪽으로 다가왔다. 땅딸막한 체구에 인물도 그만그만한 평범한 남자였다. 그는 게슴츠레한 눈빛과 느끼한 미소를 띤 채 한울에게 물었다.

"어이 이쁜이, 무슨 문제라도 있어?"
"차를 세우게 해서 미안하오. 시동이 꺼져버렸는데 아마도 배터리가 방전된 것 같소만, 도와줄 수 있겠소?"

한울이 운전사의 질문에 고개를 푹 숙이고 슬그머니 내 뒤로 숨는 바람에 내가 그에게 답을 했다. 그랬더니 그는 나를 아래위로 훑어보며 떫은 표정으로 말했다.

"그거야 어렵지 않지만……, 근데 영감님은 이쁜이와 무슨 관계요?"
"그러니까 그게…… 얘는 내 늦둥이 아들이오."
"아들이라고요? 이쁜이는 동양인 같은데요."
"입양한 아들이오."
"아, 그러면 그렇지 닮은 데가 한 군데도 없어서 이상하다 생각했소. 잠깐 기다려 보슈, 내가 차를 가까이 댈 테니까."

운전사는 돌아가서 트럭에 시동을 걸고 후진하기 시작했다.
그나저나 한울을 이쁜이라고 하다니, 내 예감에 저 운전사는 동성애자일 확률이 90퍼센트는 되지 싶다. 한울의 다리를 보고 트럭을 세웠다면 뻔한 일 아닌가. 게다가 한울에게 보내는 눈빛을 봐도 십중팔구 내 생각이 맞을 거다. 어쨌거나 나는 차 시동이 걸릴 때까지 트럭 운전사의 비위를 건드리지 않기로 했다.
다시 트럭에서 내린 운전사의 손에 묵직해 보이는 보조배터리와 안전 삼각대가 들려 있었다. 그는 안전 삼각대를 내게 건

네며 말했다.

"갓길에 차를 세워도 안전을 위해 이걸 저 아래 십 미터쯤 떨어진 곳에 두시오."
"아, 그렇군. 우리 차 트렁크에도 있는데 내가 그걸 미처 생각 못 했네. 암, 법규는 지켜야지."

나는 운전사에게서 안전 삼각대를 받아 그가 말한 장소에 세우고 돌아왔다. 운전사는 내가 보닛을 열어주자 자기가 가져온 보조배터리로 맛이 간 쟈크의 차 배터리에 선을 연결했다. 그러고는 한울을 쳐다보며 게슴츠레한 눈빛에 휘파람까지 섞었다. 그러자 한울은 더욱 움츠러들었고, 그게 더 재밌는지 운전사는 낄낄거리며 소리 내어 웃었다. 나는 운전사의 궁둥이를 걷어차고 싶었지만 일단 충전을 해야겠기에 인내심을 발휘했다.

"영감님, 이제 시동을 걸어보십쇼."
"아, 그렇지. 내가 오랜만에 운전을 하다 보니 이 모양일세."

나는 운전석에 앉아 자동차 키를 꽂으며 다짐했다. 파리로 돌아가면 쟈크에게 폐차를 권하기로. 푸르르르 엔진이 떨리는 소리가 들렸다. 낡아가는 내 심장 소리 같았다. 트럭 운전사는 보조배터리를 챙긴 뒤 보닛을 소리 나게 닫았다.

나는 차에서 내려 나무 그늘에 널브려두었던 짐들을 서둘러 차로 옮기기 시작했다. 내 행동을 이해한 미루는 뒷좌석으로 폴짝 뛰어올라 자리를 잡고 앉았다. 반면 한울은 제 배낭을 가슴 앞으로 멘 채 운전사를 경계하면서 나를 도와 짐을 옮겨야 할지, 조용히 미루 옆에 가서 앉아야 할지 엉거주춤 망설이는 눈치였다.

내가 한울더러 차에 타라고 말하려는 순간, 기어이 올 게 오고 말았다. 운전사가 한울에게 다가가더니 저보다 큰 한울의 어깨에 손을 척 얹은 것이다. 그 뒷일은 말해서 뭣하겠나. 한울은 발작을 일으켰다. 나는 녀석을 껴안고 있는 힘껏 차 안으로 처넣은 뒤 문을 세게 닫아버렸다.

나야 몇 번 경험을 했으니 놀랄 것도 없지만, 운전사는 보기가 민망할 정도로 사색이 되었다. 차 안에 있는 한울과 운전사는 일란성쌍둥이처럼 똑같이 기절초풍하여 정신을 못 차리는 것 같았다. 내가 세 번이나 도와줘서 고맙다고 말했으나 그는 그 말도 못 듣는 것 같았다.

하는 수없이 나는 기어를 조작하여 차를 출발시켰다. 룸미러로 뒤를 봤더니 운전사는 흥분을 가라앉히지 못한 채 우리를 향해 주먹 감자를 날리고 있었다. 한울은 뒷자리에서 여전히 배낭을 앞으로 멘 채 꽥꽥 소리를 질러댔고, 그러거나 말거나 미루는 납작 엎드려 잠을 청할 폼이었다.

생각 없이 차를 몰다 보니 오른쪽으로 베르사유가 보이고, 조금 더 달리니 왼쪽으로 불로뉴 숲이 나타났다. 드디어 파리로 들어가는 입구에 도착한 것이다. 한시름 놓았다 생각하니 맥이 풀릴 것 같았다. 그러나 차를 쟈크에게 돌려주고 다이너마이트를 안전한 곳에 보관할 일이 남아 있어 아직 긴장을 풀 수는 없었다. 파리의 교통 체증이 짜증 나긴 해도 고속도로에서 발생했던 두 건의 사건에 비하면 아무것도 아니었다.

게다가 소변을 참고 왔다는 거다. 그것은 한울도 마찬가지였다. 휴게소를 지나칠 때 얼마나 배설 욕구가 강했던지 말로 다 못 하겠다. 휴게소에 들어가지 못한 이유는, 다시 배터리가 방전되어 차 시동이 걸리지 않을 확률이 높았기 때문이다. 그래도 휴게소를 지난 뒤엔 그럭저럭 참을 만했다. 사람의 심리라는 게 참 묘하긴 하다.

마침내 쟈크의 노점상 앞에 도착했다. 쟈크는 두 팔을 벌리고 우리를 환영해 줬지만 나는 차에서 내릴 힘도 모자랐다. 한울과 미루는 차가 서자마자 밖으로 튕기듯 뛰어나가 쟈크에게 반갑다고 매달렸다.

  나는 시동을 끄지 않은 채 운전대를 쟈크에게 넘겼다. 운전대를 넘겨받은 쟈크는 우리를 다시 차에 태운 뒤 렌느 광장과 센 강 사이에 있는 산책로 입구까지 데려다줬다. 도착할 때까지 나는 내가 겪은 무용담을 이야기했다. 냉각수 부족으로 차가 홀라당 탈 뻔했던 것과 배터리 방전으로 시동이 꺼져버렸던 아찔한 순간들을. 나는 노숙 생활 12년 만에 가장 파란만장한 날을 보냈다는 말도 했다. 아울러 차를 폐차시키는 것이 좋겠다는 말도 보탰다.

열하루 (한울)

 어제 오후 다섯 시가 거의 다 되어 우리는 파리에 도착했다. 파스칼은 쟈크에게 빌린 차를 돌려줬고, 친절한 쟈크는 우리의 잠자리가 있는 렌느 산책로까지 데려다주었다. 차를 타고 오는 동안 조수석에 앉은 파스칼은 쟈크에게 이박 삼일 동안 있었던 일을 이야기했다. 그리고 테오가 다이너마이트 제조 시범을 보여줬고, 그 결과물이 어찌어찌하여 그의 배낭에 들어 있다는 소리를 했다. 그 말에 너무 놀란 쟈크는 브레이크를 밟고 말았다. 하마터면 뒤차가 박을 뻔했는데, 간발의 차이로 불상사는 피했다.

 "난 자네가 이렇게까지 적극적일 줄은 전혀 생각 못 했네. 에펠탑에 대한 당국의 안일한 관리가 무척 걱정되긴 하지만 말이야. 그렇다고 진짜로 폭파할 생각을 하다니……, 난 자네가 머리 식히러 트루빌에 가는 줄 알았지."

"시청에 갔지만 나를 아예 노망난 늙은이 취급만 했잖아. 언론사도 크게 다르지 않을 것 같고. 게다가 꿈도 잘 안 꾸는 내가 하루건너 같은 꿈을 세 번이나 꾼 건 자네도 말했듯이 계시가 분명하다고 봐. 그게 아니면 설명이 안 돼. 개선문에서 만난 전문가도 그랬어, 지금 당장 에펠탑이 무너진다고 한들 이상할 것이 없다고 말이야. 만약 그런 일이 생긴다면, 그것도 대낮에 그런 일이 생긴다면, 엄청난 인명피해가 발생할 것이고 나라 망신 톡톡히 하는 걸세."

"내 생각도 자네와 다르지 않아. 그렇다고 그 위험한 일을 직접 하는 건 절대 반대일세."

"달리 방도가 없으니 어쩌겠나. 그렇다고 이걸 내가 어떻게 해보겠다는 계획은 아직 없어. 이걸 이렇게 쉽게 손에 넣을 수 있으리라곤 나도 전혀 예상 못했다네."

두 사람은 대화를 중단하고 한숨만 깊게 푹푹 쉬어댔다.

쟈크는 우리를 내려 준 뒤 바로 돌아갔다. 파스칼은 얼마나 피곤했던지 저녁을 먹는 둥 마는 둥 하다가 이내 깊은 잠에 빠져들었다. 나와 미루는 파스칼이 시키지도 않았는데 다이너마이트가 든 파스칼의 배낭을 지키느라 불침번을 섰다.

 나는 졸음을 쫓으려고 하늘을 올려다봤다. 거기에 별들이 박혀 있었고, 낮에 파스칼이 했던 말이 생각났다. 나도 이다음에 죽으면 영혼이 떠돌다가 지구 밖으로 나갈지 모른다. 그렇다면 저 별들 중 하나에 붙을 거다. 이왕이면 오리온 별자리에 가서 붙고 싶다. 아니다, 더 멀리 가보고 싶다. 사람들이 발견하지 못한 별도 많으니까 한번 가보는 거다. 미루는 어떤 별에 가고 싶은지 물어보려는데, 벌써 잠들었다.

 희끄무레한 빛이 새벽을 알릴 무렵, 나는 쏟아지는 잠을 이기지 못하고 순간 고개를 떨구고 말았다. 그 바람에 하마터면 안고 있던 파스칼의 배낭을 떨어뜨릴 뻔했다. 얼마나 놀랐던지 벌떡 일어나며 외마디 소리를 질렀다. 그 소리에 놀란 파스칼이 잠에서 깨어났다.

"무슨 일이야?"
"잠을 잘 뻔했습니다."
"뭐라고? 그럼 아직까지 잠을 안 잤다는 거야?"
"네. 배낭을 잃어버리면 안 됩니다."
"이런, 언제 곯아떨어졌는지도 모르게 내가 잠이 들어버렸네. 미안하게 됐군. 이제부터 내가 배낭을 지킬 테니 넌 잠을 자도록 해."

 나는 배낭을 파스칼에게 돌려주고 벤치에 눕자마자 잠들고 말았다. 그렇게 네다섯 시간을 자고 일어났더니 파스칼은 카트린이 싸준 음식들을 죄다 보자기 위에 꺼내놓고 기다리고 있었다.

 "오늘 중으로 안 먹으면 상할 거야. 실컷 먹자고."
 "내 생일 같습니다."
 "생일이 언젠데?"
 "십일월 십육일입니다."
 "아직 멀었군. 그래도 뭐 어때, 미리 생일이라 생각하고 먹으면 되지. 먹고 나서 내 아파트로 갈 거야. 아무래도 저 물건들을 가지고 다니는 건 너무 위험해."
 "아주 좋은 생각입니다."

 미루는 벌써 제 그릇을 비우고 나무 아래로 가서 오줌을 시원하게 갈겼다. 나와 파스칼은 빵과 과일 중 무른 것은 다 먹어 치운 뒤, 흩어진 짐을 챙겨 일어났다.
 우리는 콩코드 다리를 건너 생제르맹 대로를 따라가다가 여섯 갈래로 나뉘지는 복잡한 광장에서 신호등 두 개를 지났다.

그런 뒤 아주 긴 라스빠이 대로를 따라 한참을 걸었다. 잠깐잠깐 네 번을 쉬었고, 마침내 한 시간 반 만에 14구 알레시아 거리에 있는 파스칼의 집에 도착했다.

나는 파스칼의 집이 무척 마음에 들었다. 일전에는 테오의 전화번호만 찾아 나왔기 때문에 제대로 구경하지 못했는데 이번에는 제법 오래 머물렀다. 그리고 지난번과 달리 이번에는 파스칼이 집 구경을 허락했다. 정확하게 말하면, 구경을 허락했다기보다 다이너마이트를 보관하기에 가장 안전한 곳을 찾느라 이 방 저 방 문이라는 문은 다 열어봤던 것이다. 결국 방보다 넓은 거실이 안전하다는 결론을 내렸다. 거실을 선택한 이유는 넓은 만큼 실내 온도가 방보다 낮고 환기도 잘되는 편이기 때문이란다.

파스칼은 거실에서 발코니로 나 있는 유리문을 안으로 활짝 연 뒤 유리문 밖에 있는 쇠로 된 덧문을 빠끔히 열었다. 그러고는 유리문을 조금만 열어둔 채 커튼을 쳤다. 밖은 서서히 열기가 차올라도 실내는 그다지 덥지 않았다. 아마도 두꺼운 돌로 지은 아파트이기 때문인 것 같다.

내가 한국에서 살던 집은 고층 아파트 26층에 있고, 방은 다섯 개로 파스칼의 집보다 하나 더 많다. 바닥은 대리석으로 깔려 있으며 블라인드로 가렸으나 통유리창이 커서 제법 밝은 편이다. 여름에는 에어컨이 가동된 실내에서 항상 쾌적하게 지냈고, 겨울에는 난방이 잘 된 넓은 공간에서 반소매 셔츠 차림으로 돌아다녔다.

파스칼의 집은 아파트 3층에 있는데, 한국식으로 치면 4층에 해당한다. 방은 모두 네 개이고 거실과 주방 그리고 욕실과 화장실이 따로 분리된 비교적 넓은 집이다. 창마다 묵직해 보이는 커튼이 쳐졌고, 마루로 된 바닥에는 다양한 카펫이 깔려 있어 멋스러웠다. 방에는 간접 조명등이 설치되어 있지만, 거실 천장 중앙에 달린 샹들리에는 커튼을 비집고 들어온 자연광을 받아 은은하게 빛을 분산했다.

나는 따져볼 것도 없이 서울에 있는 우리 집보다 파스칼의 집이 훨씬 좋았다.

파스칼은 소파 옆에 있는 작은 서랍장 아래 칸을 열었다. 그런 뒤, 배낭에서 다이너마이트 네 개를 조심스럽게 꺼내 그 속으로 옮겼다.

"뭐니 뭐니 해도 집이 제일 안전해."
"그렇습니다. 집이 안전합니다."
"그나저나 저 애물단지를 어떻게 사용해야 할지 모르겠군."
"우리는 에펠탑을 폭파합니다. 사람들이 위험합니다."

"뭐, 그렇긴 한데……, 저걸 사용하려면 도화선 같은 게 필요해. 그런데 그걸 어디서 구하느냐가 문제야."

"도화선이 무엇입니까?"

"다이너마이트에 연결해서 불을 붙이는 선이라고 보면 돼."

"가게에서 사면 됩니다."

"그런 건 일반 가게에서 파는 게 아냐. 설령 구했다 해도 저걸 누가 어디에 어떻게 설치하느냐가 가장 중요하고 어려운 문제라고."

"내가 합니다. 에펠탑에 올라가서 꽁꽁 묶어둡니다."

"네가 어떻게 올라갈 건데?"

나는 내가 아는 프랑스어를 총동원하여 한국에서 클라이밍 체육관을 다녔고, 다른 사람보다 빨리 올라갈 뿐만 아니라 높은 곳도 곧잘 올라간다고 말했다. 물론 다양한 각도의 벽을 섭렵했고 오버행이나 루프도 거뜬하게 오른다는 말을 해줬다. 게다가 교회 높은 십자가까지 몇 번 올라갔다는 무용담도 이야기했다. 그러므로 어디에도 기어서 올라갈 수 있다는 것을 강조했다. 에펠탑은 철근들이 잘 연결되어 있어 더 쉽게 올라갈 수 있을 거라고도 했다. 내가 너무 진지하게 말한 것 같다. 파스칼은 존경심이 깃든 표정으로 내 얼굴을 빤히 쳐다봤다. 내 가슴에 뿌듯함이 뭉클뭉클 피어올랐다.

"도통 모르겠군. 장이 말한 클인지 밍인지, 오버인가 루프인가 하는 그게 다 무슨 소리지? 그게 한국말이야 아니면 영어야?"

내 가슴에 피어올랐던 뿌듯함이 폭삭 무너졌다. 그러니까 파스칼은 클라이밍이 뭔지 모르기 때문에 내가 공들여 설명한 것을 이해하지 못한 거다. 영어로 클라이밍이 불어로는 뭐라고 하는지 나는 모른다. 용어들이 전부 영어이기 때문에 그 역시 프랑스에서는 뭐라고 하는지 알 턱이 없다.

나는 밀려드는 허탈감을 뿌리치고 주변을 두리번거렸다. 파스칼이 다이너마이트를 숨겨둔 소파 옆 작은 서랍장 위에 전화기가 있고, 그 옆에 빈 메모지와 연필이 나란히 놓여 있었다. 나는 그걸 가져와서 벽에 붙은 여러 모양의 홀드와 그 홀드를 타고 올라가는 사람을 그리기 시작했다. 그러자 옆에서 내 그림을 보던 파스칼이 무릎을 치며 말했다.

"아, 뭔지 알겠네. 그러니까 암벽 타기를 말하는 거였군. 국제 대회가 있다는 정도는 알고 있어."

"그렇습니다. 나는 암벽 타기를 잘합니다."

"그러고 보니 넌 그림에도 꽤 소질이 있는 것 같아. 조금 더 갈고닦으면 화가가 될 수도 있겠어. 피아노도 쳤고, 암벽 타기도 잘한다고 하니 도대체 못 하는 게 없는 것 같군. 역시 장은 천재야."

파스칼은 내가 그린 그림을 보더니 칭찬을 아끼지 않았다. 뭉클뭉클 피어올랐다가 폭삭 무너졌던 뿌듯함이 다시 살아나면서 내 어깨가 저절로 으쓱 올라갔다. 그는 도화선을 구하는 방법뿐만 아니라, 다이너마이트를 누가 언제 어디에 어떻게 설치할지를 궁리해 보자고 했다. 그러고는 내가 진짜 암벽 타기를 잘하는지 눈으로 확인할 필요가 있다는 말도 했다. 우리는 그럴만한 장소를 찾아보기로 했다.

밖으로 나오니 한낮의 열기가 온몸을 후끈하게 데웠다. 점심시간을 넘겼지만, 아침을 푸짐하게 먹었던 터라 배가 고프지 않았다. 렌느 산책로에서 파스칼의 집까지 한 시간 반을 걸었는데도 오히려 소화가 덜 되었는지 속이 더부룩했다.

파스칼은 어디로 갈지 방향을 정하지 못한 채 머뭇거렸다. 그는 훤한 대낮에 그것도 뜨거운 한낮에 내가 시범 삼아 올라갈 수 있는 곳은 거의 없을 거라고 말했다. 나는 프랑스의 유명한 건축물에는 조각이 많아서 쉽게 올라갈 수 있다고 대답했다.

특히 노트르담 성당은 더 쉬울 것 같다고 말했다. 그랬더니 파스칼은 웃으며 '넌 콰지모도가 아니야'라고 말했다. 나는 내가 몇 년 전에 빅토르 위고 전집을 전부 다 읽었다는 말은 안 했다. 오늘은 칭찬을 많이 들었기 때문에 하나 정도는 덮어두기로 했다.

어쨌든 사람들이 없는 밤을 이용하여 암벽 타기를 시험해 보자는 데에 우리는 의견을 모았다. 그때까지 시간을 보내는 게 문제였다. 나는 에펠탑을 조사하러 가자고 제안했다.

파스칼은 내가 가끔 쓸모 있는 아이디어를 내놓는다며 또 칭찬을 했다. 하루에 칭찬을 여러 번 들으니 기분이 무척 좋았다.

날씨가 더워서 그늘을 따라 천천히 걷다 보니 제법 시간이 오래 걸렸다. 도중에 몇 번 쉬었더니 거의 두 시간 만에 도착했다. 페트병에 든 물도 절반 아래로 줄어들었다. 에펠탑을 가까이서 구경하려고 검색대 앞에 줄을 길게 늘어선 사람들 사이에 낯익은 여자가 있었다. 30대 후반에 몸이 마른 그녀는 A3 사이즈쯤 되는 종이 뭉치를 들고 있었다. 그런데 맨 위에 있는 종이 속에 내 얼굴이 얼핏 보였다.

여자가 내 쪽으로 몸을 돌렸고, 나는 그녀의 얼굴을 정확하게 알아봤다. 그 여자는 내가 부모님을 따라온 여행 팀을 이끌던 파리 현지 가이드였다. 웬일인지 나는 그녀가 전혀 반갑지 않았다. 파스칼에게 이 일을 알리려는 순간 한국인 여자 가이드가 나를 알아봤다. 그녀는 놀람과 반가움을 반반 섞은 표정으로 내 이름을 큰 소리로 불렀다.

나는 불에 덴 사람처럼 깜짝 놀랐고, 내 머릿속에서 경고등이 울렸다. 나는 얼른 그 자리에서 달아나고 싶었다. 나는 몸을 돌려 냅다 뛰기 시작했다. 가이드가 내 이름을 계속 부르며 따라오는 것 같았다.

어느 순간부터 아무 소리도 들리지 않았다. 땀은 비 오듯 하고 숨은 턱까지 차올라 결국 달리기를 멈췄다. 주위를 둘러보니 내가 어디쯤 와 있는지 알 수 없었다. 내 곁에는 파스칼도 미루도 없었다. 덜컥 겁이 났다.

가까운 벤치에 앉아 배낭에서 물을 꺼내 마셨다. 물도 얼마 남지 않아서 아껴야 하는데 갈증이 너무 심해 벌컥거리며 마셨더니 거의 바닥날 지경이었다. 파스칼과 미루에게 당장 돌아가고 싶었다. 그러려면 다시 에펠탑 쪽으로 가야 하는데, 가이드 여자가 아직 그곳에 있을 것 같아 망설여졌다. 멀리 있는 에펠탑을 바라보며 무엇을 어떻게 해야 할지 생각하기로 했다.

생각 끝에 나는 센 강을 찾아가기로 했다. 센 강에 있는 콩코드 다리를 기점으로 내가 다녔던 길은 몽땅 다 기억하고 있기 때문이다. 거기서 시작하면 파스칼의 집까지 찾아갈 수 있다. 오늘 아침에 파스칼이 말했었다. 뭐니 뭐니 해도 집이 제일 안전하다고. 그건 다이너마이트에만 해당되는 것이 아니다. 내게도 똑같이 해당한다.

아침부터 걸은 시간이 만만찮다. 게다가 가이드 여자 때문에 다짜고짜 있는 힘껏 달렸더니 과식으로 더부룩했던 배는 벌써 꺼지고 밥 달라며 꼬르륵 소리를 냈다. 나는 배낭에서 사과 하나를 꺼내 먹으면서 걸었다. 드디어 내 눈앞에 센 강과 앵발리드 다리가 나타났다.

나는 뇌에 새겨진 지도를 더듬어 걷고 걸었다. 그 결과 파스칼의 집 앞에 도착했다. 나는 코드 번호를 모르니 묵직한 대문 안으로 들어갈 수가 없었다. 그렇다고 덮어놓고 밖에서 기다리는 것도 곤란한 일이었다.

파스칼은 내가 여기에 와 있다는 걸 알까? 어쩌면 우리 잠자리가 있는 렌느 광장 옆 산책로로 가는 건 아닐까? 아니면 나를 찾으러 쟈크의 노점상에 가는 건 아닐까? 그렇다면 두 곳 중 한 군데에 가서 기다리는 게 옳은 일인지 모른다. 이런저런 생각을 해봤지만, 그 어디도 집만큼 안전한 곳이 아니라는 결론을 내렸다. 게다가 더는 걸을 힘이 없었다. 날씨는 덥고 종아리는 얼얼하지, 목은 말랐으며 사과 하나는 배를 채워주지 않았다.

그러다 좋은 생각이 떠올랐다. 파스칼은 다이너마이트 때문에 환기를 시키려고 거실과 발코니 사이의 문을 조금씩 열어뒀다. 그렇다며 발코니를 통해 안으로 들어가서 파스칼과 미루를 기다리면 된다.

나는 고개를 들어 3층에 있는 발코니와 덧문들을 확인했다. 틈이 벌어진 덧문이 딱 하나 있었다.

나는 빗물 배관을 딛고 올라가기 시작했다. 그러다가 벽에 난 홈을 딛기도 하고 휴가를 떠나면서 덧문을 닫아둔 집들의 발코니 난간을 타가며 파스칼의 발코니까지 가뿐하게 오를 수 있었다. 이 정도는 암벽 타기 초보도 손쉽게 할 수 있다. 파스칼이 꼭대기 층에 살면 더 좋았을 텐데 그게 좀 아쉬웠다.

나는 어둑한 실내로 들어가 덧문 틈으로 들어오는 길쭉한 빛 무늬를 피해 거실 바닥에 대자로 누웠다. 따끈하게 데워진 몸이 식기 시작하자 피로가 몰려왔다. 나는 어느결에 까무룩 잠들고 말았다.

한참을 잤나 보다. 문이 열리는 소리가 들려 눈을 뜨니 복도에서 불빛과 함께 미루가 쏜살같이 달려와 내게 안겼다. 파스칼이 돌아온 것이다. 나는 벌떡 일어나 복도로 달려가 파스칼을 와락 안았다.

"야 이놈아, 그렇게 내빼면 어떡해?"
"그 여자는 가이드입니다. 나는 가이드를 만나고 싶지 않습니다."

"어쨌든 이 팔부터 풀어. 더워 죽겠다고."

나는 어찌나 반갑고 기분이 좋던지 팔을 풀고 어깨춤을 추며 싱글벙글 웃었다. 파스칼은 피식 웃으며 거실로 들어와 창문과 덧문까지 활짝 열었다. 손목시계를 보니 벌써 저녁 일곱 시가 넘은 시간이었다.

"그나저나 어떻게 여기 올 생각을 다 했어?"
"뭐니 뭐니 해도 제일 안전한 곳은 집입니다."
"그렇기로서니……, 네놈을 찾느라 얼마나 싸돌아다녔는지 알아?"
"미안합니다."
"그런데 열쇠도 없이 여긴 어떻게 들어왔어?"
"벽을 타고 올라왔습니다. 그나저나 파스칼은 어떻게 여기 올 생각을 했습니까?"

나는 암벽을 타는 시늉을 해 보였다. 그러자 파스칼은 발코니로 나가 아래를 내려다보았다.

"이거 웃기는 놈일세. 어쨌든 재주가 참 용하군. 네가 아무래도 여기로 왔을 것 같더라고. 말하자면 텔레파시가 통한 거지. 다행히 본 사람이 없었나 보네. 누가 봤다면 도둑인 줄 알고 당장 신고했을 텐데 말이야."

파스칼은 소파에 앉아 배낭에서 접은 종이 한 장을 꺼내 펼쳤다. 거기에 내 얼굴이 떡하니 인쇄되어 있다. 한국인 여자 가이드의 손에 들려 있던 종이 뭉치 중 한 장이었다. 그것은 나를 찾는 전단지였던 거다. 파스칼은 가이드와 있었던 자초지종을 내가 알아들을 수 있도록 천천히 이야기했다.

그는 내가 부리나케 달아난 뒤 내 뒤를 쫓아가려는 가이드를 가로막았다. 그런 뒤, 가이드에게 자신은 사진의 주인공을 열흘간 보호하고 있던 사람이라고 소개했다. 가이드가 갑자기 나타난 바람에 한울이 놀라 달아났다며 원망을 먼저 한 다음, 그를 찾으려면 꽤 시간이 걸리고 발품을 팔아야 하는 것도 설명했다. 파스칼은 가이드에게 한울을 찾으면 연락하겠다는 약속을 하고 명함과 전단지를 얻었다. 아울러 그는 열흘간 한울을 먹이고 재워준 대가부터 계산할 것을 정중하게 요구했다. 한울의 부모에게 청구하라며 가이드가 내민 수첩에 간이영수증을 대충 써주고 오백 유로를 챙겼다. 가이드는 우리들의 숙소 위치를 물었고, 거기에 대한 답변으로 파스칼은 잠자는 곳이 여러 군데이기 때문에 일일이 다 알려줄 수는 없다고 딱 잘라 말했다.

"그 가이드가 꽤 순진한 사람이야. 무조건 네 네, 대답하면서 내가 요구하는 대로 다 하더군."
"엄마 아빠는 파리에 있습니까?"
"글쎄, 그건…… 안 물어봤어. 나중에 가이드를 만나면 물어보도록 하지."
"뭐라고요? 그럼 나를 한국인 여자 가이드에게 신고합니까?"

나는 너무 놀란 나머지 눈을 크게 뜬 채 얼굴까지 떨며 물었다.

"왜? 엄마 아빠 만나면 좋잖아. 가족들이 있는 한국으로 돌아가야지. 체류증은 고사하고 신분증도 없이 여기서 살아갈 수는 없어."
"싫습니다. 엄마 아빠가 보고 싶지만 안 만나도 됩니다. 나는 여기가 좋습니다. 나는 파스칼과 미루와 같이 있고 싶습니다."
"그래도 가족들이 걱정 많이 할 텐데."

나는 잠시 생각했다. 가족들은 정말로 나를 걱정하고 있을까? 진짜 내가 한국으로 돌아오길 원할까? 아니라는 생각이 든다. 나는 모두에게 애물단지였다. 평범한 아이들과 섞이라며 나를 일반 학교에 보냈으나 적응하지 못해 자퇴를 반복했다.

높은 곳에 올라가지 마라, 큰 소리로 말하지 마라, 음식을 흘리지 마라, 얼굴을 외면하지 마라, 신발을 거꾸로 신지 마라, 함부로 손대지 마라, 등등…….

하지 말아야 할 것이 너무나 많았다. 왜 그들은 부정적으로 말하는지 이해하기 어려웠다. 위험하니 낮은 곳에 있어야 해, 작은 소리로 말하는 게 좋아, 음식은 얌전히 먹도록 해라, 얼굴을 보고 말하는 게 예의야, 이렇게 알려주면 좋을 텐데 말이다.

집에서는 내가 혼나는 일뿐이었다. 그래도 밖에 나가면 부모님은 나를 혼내지 않았다. 사람들은 장애가 있는 자식을 지극정성으로 보살피고 사랑하는 부모님을 칭찬했다. 특수학교에 다니게 된 뒤로 나는 점점 말과 행동을 줄여나갔다. 대신 틈만 나면 책을 봤고, 높은 곳으로 올라갔다. 나는 그저 조금이라도 더 하늘과 가까워지고 싶을 뿐이었다. 그 덕분에 교회 집사님의 소개로 엄마는 나를 클라이밍 체육관에 보냈다.

동생들은 나와 동행하는 것이 부끄럽다고 말하곤 했으니 아마도 내가 집으로 돌아가지 않아도 크게 걱정할 것 같지 않았다.

"아닙니다. 아무도 걱정하지 않습니다. 나를 여기 있게 해주십시오."

"글쎄다. 언제까지 이렇게 지낼 수 있을지 나도 모르겠구나."

"그건 나중에 생각하면 됩니다."

"그나저나 여기까지 기어 올라왔으니 따로 암벽 타기 시범을 보여줄 필요는 없겠어."

"나는 에펠탑에 올라갈 수 있습니다. 암벽 타기를 잘합니다."

"그건 그렇고, 참 골치 아프게 됐어. 관광지마다 장을 찾는 전단지를 돌리고 있으니까 말이야. 역시 뭐니 뭐니 해도 집이 제일 안전해. 어쩔 수 없군. 당분간 집에 있도록 해야겠어."

"아주 좋은 생각입니다."

"근데 십이 년 전, 내가 집 나가면서 전기며 수도, 가스에 전화까지 다 해지했기 때문에 당장 불도 물도 사용할 수 없으니 어쩐다?"

"먼저 밥을 먹고 나서 생각합시다."

"넌 참 낙천적이라고 해야 할지 태평하다고 해야 할지 모르겠군. 뭐 어쨌든 밥은 먹어야지. 나가서 사 올 테니 기다리고 있어."

파스칼이 사 온 케밥으로 저녁을 배불리 먹었다. 어둠이 내리기 시작한 시간이라 나는 창문 옆에서 전단지를 펼쳤다. 내 여권에 붙어 있던 부루퉁한 표정으로 찍은 증명사진을 확대한 얼굴이 이상하게 보였다. 불어로 쓰여 있었지만 내가 머리에 다 입력한 단어였다. 실종된 한국인 여행객 장 한울을 찾는다는 내용이었다. 그리고 찾아준 사람이나, 찾는 데 도움을 준 사람에게 사례를 한다고 적혀 있었다. 그러고 보니 꼭 현상수배범 전단지 같은 느낌이 들었다. 언제부터 전단지가 나돌았는지 모르겠으나 아마도 밖에는 나를 알아볼 사람이 있을지도 모른다. 나는 앞으로 파스칼에게 바짝 붙어서 사람들을 피해 다니기로 결심했다.

이리하여 우리는 노숙자 생활을 접고 당분간 아늑하고 시원한 파스칼의 집에서 지내기로 했다. 나는 안전해졌고 더없이 행복했다. 미루는 온 집안을 돌아다니며 냄새를 맡았고, 가끔씩 꼬리를 방정맞게 흔들었다. 그도 나처럼 행복한 게 분명했다.

열이틀 (파스칼)

어제는 꽤나 많이 걸었다. 달아난 한울을 찾느라 애를 태우기도 했다. 까닭에 몸이 천근만근 무거웠으나 나는 지난밤에 잠을 설쳤다. 집에서 발 뻗고 잠을 잤던 게 언제였던가. 12년 노숙 생활을 이처럼 얼떨결에 접을 줄 몰랐다.

나와 일절 상관없던 먼 나라에서 여행 왔다가 무리를 이탈한 장 한울이라는 청년을 만났다. 함께 지낸 시간이 겨우 열흘을 조금 넘겼을 뿐인데 그와의 인연이 이토록 큰 변화를 일으킬 줄 전혀 예상하지 못했다. 하긴 누가 운명을 알겠나. 예상할 수 있는 일이라면 그것은 운명이 아니다.

내 집이지만 마음이 썩 편하지 않다. 12년 정도 흐르면 제법 흐려질 줄 알았으나 기억은 여전히 또렷했다. 단지 그때만큼 고통이 심하지는 않다는 것이 다행이다.

어제 만났던 한국인 여성 가이드는 한울이 실종된 뒤에 애간장이 다 녹았다고 했다. 본사에서 가이드의 책임을 추궁하는 바람에 여러 날 잠도 못 잤다고 했다. 한국 대사관에 여행객 실종 신고를 했으나 별 도움이 되지 않았다. 결국 그녀는 전단지를 만들어 며칠 전부터 틈틈이 유명 관광지에 뿌리고 다녔다.

나는 가이드에게 한울의 부모에 관해 물었다. 그랬다가 아연실색하고 말았다. 아들을 잃어버린 부모라면 적어도 여행을 포기하는 게 정상이지 않을까. 나라면 단체 여행팀에서 뒤처져 파리 구석구석 찾아다녔을 거다.

그러나 한울의 부모는 그렇게 하지 않았다. 그들은 아들이 실종된 뒤에도 여행팀과 함께 스위스와 이탈리아를 돌아 귀국했다고 한다. 그들은 장 한울을 찾게 되면 연락하라며 한국의 연락처를 가이드에게 주었다. 가이드는 한울의 엄마에게서 딱 두 번 아들의 행방만 묻는 간단한 전화를 받았을 뿐이다.

나는 가이드의 말을 듣고 무척 화가 났다. 하지만 이런 내용을 한울에게 곧이곧대로 말할 수는 없었다. 그래서 어제 한울에게 부모에 대한 것은 물어보지 않았다고 거짓말을 했던 거다.

나는 가이드에게 돈과 명함을 받았지만, 아마도 연락할 일은 없을 것 같다. 한울의 선택을 존중하기로 했다. 녀석의 방식대로 나중 일은 나중에 생각하고, 당장 발등에 떨어진 오늘 일만 생각하기로 했다. 오늘 가장 먼저 할 일은 오랫동안 끊었던 수도와 가스 그리고 전기를 먼저 연결하는 거다.

지난밤에 우리 셋은 거실에서 지냈다. 수돗물이 나오지 않아 몸을 씻을 수도 물을 마실 수도 없었다. 전기가 들어오지 않으니 거실 커튼을 젖히고 창문과 발코니 유리문을 전부 활짝 열어둔 채 밖에서 들어오는 빛에 의지했다. 집에 있으되 노숙과 별반 다르지 않았다.

오늘 아침 우리는 눈을 뜨자마자 밖으로 나가 맨 먼저 무료 공중화장실에서 볼일을 본 뒤 바게트와 물을 사서 배를 채웠다.

다시 아파트로 돌아온 나는 관리인을 찾아갔다. 예전에는 포르투갈 출신 이민자가 관리인이었는데 그동안 50대 후반쯤 되어 보이는 프랑스인으로 바뀌어 있었다. 나는 오랜 시간 집을 비워둔 사연을 해외 체류라고 얼버무렸다. 그러고 나서 관리인에게 수도와 가스 그리고 전기 등 생활에 필요한 것을 되도록 빨리 사용할 수 있도록 도움을 요청했다.

관리인은 우리가 언제 봤다고 마치 오랜 친구를 만난 것처럼 반가워했다. 그는 최대한 빨리 수도와 가스 그리고 전기를 내가 쓸 수 있도록 힘쓰겠다며 온갖 수다를 떨었다. 나는 한울을 친척이라고 소개하고 서둘러 집으로 올라왔다.

"장, 나는 도화선이 될 만한 걸 찾으러 나가봐야 해. 오래 걸리지는 않을 테니까 넌 미루와 집에 있는 게 낫겠지?"

"집이 안전합니다. 그리고 안 덥습니다."

"그건 그래. 여기엔 책도 많잖아. 내가 올 때까지 책을 보고 있도록 해."

"네, 그런데 도화선은 어디에서 찾습니까?"

"그건 나가 봐야 알지. 폭죽을 파는 가게에 가볼 생각이야."

"폭죽? 나도 갑니다, 나도 갑니다, 나도 갑니다."

내가 폭죽을 손짓해 가며 말했더니 한울은 환한 얼굴에 손뼉까지 쳐가며 날 따라오겠다고 당장 일어나 배낭을 멨다. 그러자 미루까지 발딱 일어나 꼬리를 흔들며 현관문으로 쪼르르 달려갔다. 나는 둘과 동행을 해야 할지 말지 잠시 고민했다.

운이 나쁘면 한울을 알아볼 사람이 있을지도 모르지만, 아무래도 그럴 가능성은 굉장히 낮아 보였다. 나는 어제 받은 전단지를 한울의 얼굴 옆에 펼쳐 들었다. 가이드가 뿌리고 다니는 전단지 속 한울은 여권 사진을 확대한 것이라 실제 모습과 차이가 났다. 사진 속 한울은 짧은 머리에 불만이 가득한 얼굴이다. 내 앞에 서 있는 한울은 머리가 좀 길었고 살이 약간 빠졌으며 표정이 밝아서 딴 사람 같다. 게다가 체구가 비슷한 동양인 남자들은 엇비슷해 보이기 때문에 전단지를 옆에 두고도 구별하기가 쉽지 않을 거다.

우리는 50분 정도 걸어 소르본 대학이 가까운 파리 5구 상가에서 장식품과 폭죽 등을 파는 가게를 발견했다. 한울은 신기한 장난감을 만난 아이처럼 눈이 휘둥그레졌다. 미루도 킁킁거리며 온갖 물건에 호기심을 보였다.

마뜩잖은 눈빛으로 우리를 흘깃거리던 빨강 머리 여자 종업원은 딴전 부리는 척하며 슬금슬금 우리 쪽으로 다가왔다. 나는 빨강 머리에게 빨리 오라고 손짓을 한 뒤 이 가게에서 도화선을 파는지 물었다. 그러자 그녀는 마지못해 미소를 짓더니 폭죽에나 사용하는 조잡하고 짧은 것들을 보여줬다. 나는 아주 긴 선이 필요하다고 말했고, 빨강 머리는 향초를 만들 때 사용하는 심지 두루마리를 내왔다.

나는 폭발물에 사용할 도화선을 이런 가게에서 살 수 있을 거라고는 크게 기대하지 않았다. 그래도 혹시나 해서 찾아왔지만 역시나 내 생각이 맞았다. 구할 수 없다면 만들어야 할 텐데 저렇게 조잡하고 짧은 것을 사다가 뭉치고 이어가는 게 보통 일이 아닐 거다. 그렇다고 향초 심지가 아무리 길어도 그걸 사용하는 건 바보나 할 짓이다.

내가 찾는 물건이 아니라고 말하려는데 뒤에서 '펑' 하고 폭죽 터지는 소리가 요란하게 들렸다. 놀란 미루는 부리나케 달려와 내 다리 사이로 숨었다. 머리카락 색깔만큼이나 시뻘게진 빨강 머리의 얼굴은 차마 보기가 송구스러웠다. 갑자기 골치가 아프기 시작했다. 안 봐도 무슨 일인지 뻔하니까.

"저저 저기 손님, 저기 있잖아요, 찾는 물건이 없나 본데요, 저 저기요, 다들 빨리 나가주세요. 제 제발요."

빨강 머리 종업원은 입술까지 달달 떨고 말을 더듬어가며 속사포처럼 쏟아냈다.
 그렇지 않아도 나는 빨리 가게 밖으로 나가서 시원한 맥주라도 한잔 마시고 싶은 심정이었다. 나는 실내를 떠다니는 색종이 쪼가리들을 쫓아다니는 한울의 팔을 잡아끌고 더위가 떠다니는 골목으로 데리고 나왔다.
 나는 어디에서 도화선을 구할지 고민하며 카페가 즐비한 길을 따라 걸었다. 기가 푹 죽은 채 내 뒤를 따라오던 한울은 갑자기 내 셔츠 자락을 잡아당기며 뜬금없는 말을 했다.

"엠마가 있습니다."
"그게 무슨 말이야?"

"엠마가 저기에 있습니다."

"네가 엠마를 어떻게 안다고 그래?"

"사진을 봤습니다. 집에 사진이 많이 있습니다."

나는 한울이 잘못 봤겠지 싶으면서도 엠마를 찾아 주변을 두리번거렸다. 그러자 한울이 손을 들어 한 곳을 가리켰다. 녀석의 손가락 끝이 가리키는 노천카페에 내 딸 엠마가 있었다. 심장이 덜컥 멎는 것 같았다.

엠마를 알아본 미루가 쏜살같이 달려갔다. 엠마는 갑자기 나타난 미루가 그녀의 무릎 위에 앞발을 올린 채 하울링도 모자라 이상한 소리로 짖어대자 나만큼 놀란 것 같았다. 미루는 세월이 아무리 흘러도 제 첫 주인을 잊지 않았던 거다. 외가에서 태어난 미루를 집으로 데려오자고 고집부린 건 엠마였다. 그 당시 나는 개를 좋아하지 않았고 키울 생각도 없었지만, 엠마의 생일 즈음이라 하는 수 없이 허락했었다. 그랬다가 겨우 일 년을 함께 하고 엠마는 나와 미루 곁을 떠났다.

집을 나간 엠마는 직장을 옮기고 전화번호까지 바꿔버렸다. 아비 자격이 없는 나는 딸을 찾을 엄두가 나지 않았다. 언젠가 때가 되면 만나리라 생각했고, 그 시간은 되돌리기 어려울 만큼 흘러버렸다.

엠마는 고개를 들어 주위를 휘둘러보다가 나와 눈이 마주치자 마치 석고상처럼 굳어버렸다. 그녀의 얼굴에 드리워진 표정을 읽을 수 없었다. 놀라움도 반가움도 불쾌감도 아닌 표정이었다. 나는 머릿속이 하얘져서 어찌해야 할지 몰랐다. 나는 부끄러웠다. 늙은 것도 부끄러웠고, 이런 후줄근한 꼬락서니로 12년 만에 딸 앞에 서 있는 것도 부끄러웠다.

엠마는 너무 많이 변해버린 내게서 예전의 나를 찾는 데 시간이 걸렸나 보다. 잠시 뒤에 그녀의 얼굴이 일그러졌다. 그것은 슬픔 같은 분노, 어쩌면 그리움 같은 원망이 고통으로 변할 때 나타나는 표정이리라.

나는 소리를 내지 못한 채 입 모양으로만 딸의 이름을 몇 번 부르며 천천히 앞으로 나갔다. 그러자 엠마는 자리에서 벌떡 일어나더니 테이블 위에 널려 있던 서류들을 서둘러 챙기고는 몸을 돌려 옆 골목으로 황급히 사라졌다. 미루가 엠마 뒤를 쫓아갔고, 그다음 한울이 미루를 부르며 뛰어갔다. 나는 그들이 사라진 곳을 멍하니 보고만 있었다. 내 눈앞에 보이는 세상이 뿌옜다.

나는 묵직한 눈꺼풀을 감았다가 천천히 떴다. 마치 억겁의 시간이 흐른 것 같다. 한울은 혼자서 내가 있는 곳으로 털레털레 돌아왔다. 나는 서 있을 힘도 없어 엠마가 앉았던 노천카페 빈

자리에 몸을 내렸다. 그러자 한울도 내 곁에 앉았다.

"엠마는 차를 타고 갔습니다. 미루도 차를 탔습니다."
"엠마가 나 때문에 무척 놀랐던 게지."
"왜 놀랍니까? 파스칼은 아빠입니다."
"난 아빠 자격이 없어."
"아빠는 그냥 아빠입니다. 그리고 미루가 떠나서 슬픕니다."
"걱정 마. 엠마가 잘 돌봐줄 거야. 원래 미루는 엠마가 데려온 강아지였으니까."

한울은 손에 쥐고 있던 작은 종이를 내게 내밀었다.

"그게 뭔가?"
"엠마가 이것을 땅에 떨어뜨렸습니다."

종이를 받고 보니 명함이었다. 엠마누엘 바르탱으로 이름이 찍혀 있는 걸 보니 결혼을 하지 않았나 보다. 나는 다가온 남자 종업원에게 맥주와 주스를 각각 한 잔씩 주문했다.
종업원이 음료를 가지고 올 때까지 나는 명함만 만지작거렸다. 옆을 보니 다리와 손을 얌전히 모아 앉은 한울은 멀뚱히 하늘만 쳐다본다. 아마 늦은 밤쯤 비가 올 모양이다. 하늘에 넓게 깔린 구름 색이 점점 짙어가고, 내 무릎은 쑤시기 시작했다.

나는 허탈한 기분을 빨리 털어내려고 종업원이 놓고 간 맥주잔을 단숨에 반이나 비웠다. 한울은 빨대로 주스를 홀짝홀짝 마시며 내 눈치를 살폈다.

집으로 돌아오는 길에 작은 마트에서 장을 봤다. 앞으로 집에서 지내기로 했으니 식사는 내 손으로 만들어 먹을 생각이다. 한울에게 요리를 할 줄 아는지 묻지 않았다. 물어봤자 어떤 대답이 돌아올지 뻔하다. 그러니 아예 기대하지 않기로 했다.

집으로 왔더니 수도며 가스와 전기가 들어와 있었다. 수다스러워도 관리인이 재바른 사람 같아서 마음에 들었다. 나는 감사의 뜻으로 십여 분에 걸친 그의 공치사를 다 들어줘야 했다.

오랫동안 비웠던 집이라 구석구석 먼지가 소복이 쌓였다. 일 년에 서너 번 책을 찾으러 왔다가 눈에 보이는 곳만 대충 청소를 했더니 뭉텅이로 굴러다니는 먼지도 있었다. 나는 창이란 창은 다 열고 진공청소기를 돌렸다. 그러자 한울은 제 배낭에서 낡은 수건을 꺼내 물을 적신 뒤 테이블이며 의자 할 것 없이 켜켜이 쌓인 먼지를 닦기 시작했다. 한울은 보기와 다르게 꼼꼼한 녀석이었다. 땀을 뻘뻘 흘려가며 새새틈틈 낀 먼지까지 다 닦아냈다.

내가 음식 조리를 했던 게 언제였는지 기억이 가물가물하다. 크리스텔을 도와 음식 준비를 했던 것이 신혼 초기였다. 이후 나는 늘 내 일에 치여 집안일을 전적으로 아내에게 맡기고 등한시했었다. 아내를 잃은 후 나는 식음을 전폐하다시피 했다. 나를 용서할 수 없었던 엠마까지 떠난 뒤, 나도 이 집을 떠났던 것이다.

그러고 보니 내가 마트에서 사 온 내용물은 와인과 음료수 그리고 과일을 제외하면 거의 다 간단하게 조리만 해서 먹을 수 있는 패스트푸드와 냉동식품이었다. 나는 몇 가지 식품을 오븐에서 익히고 전자레인지로 데워서 접시 두 개에 나눠 담았다. 한울을 불러 접시를 식탁이 있는 거실로 가져가게 한 뒤, 큰 맘 먹고 사 온 비싼 와인을 땄다. 문득 한울이 술을 마실 줄 아는지 궁금했다. 녀석의 나이 23세면 성인인데, 나는 늘 아이 취급했다는 생각이 들었다.

나는 잔을 두 개 챙겨 거실로 갔다. 한울은 접시를 식탁에 올려둔 채 얌전히 앉아서 나를 기다리고 있었다. 나는 한울의 맞은편에 앉아 내 잔에 와인을 따르며 물었다.

"장, 술은 좀 마실 줄 아나?"
"한 번도 안 마셨습니다."

"그럼 맛이라도 좀 볼래?"

한울은 머리를 한쪽으로 기울이고 고민하는 듯하다가 고개를 크게 끄덕이며 대답했다.

"네, 맛이라도 좀 보겠습니다."
"그럼 조금만 마셔보도록 해. 이거 좋은 와인이라 괜찮을 거야. 좋은 와인을 마시면 다음날도 개운해. 하지만 싸구려를 마시면 다음날 골이 깨지지."

나는 한울의 잔에 와인을 조금 따라 건넸다. 한울은 두 손으로 공손하게 와인 잔을 건네받았다. 그러고는 엄숙한 표정으로 와인 잔을 내려다보더니 기도를 하기 시작했다. 기도 시간이 얼마나 오래 걸리던지 나는 줬던 와인을 도로 뺏고 싶었다.
드디어 기도를 마친 한울이 잔을 입술로 가져갔다. 무슨 대단한 의식이라도 치르는 것 같았다. 그런데 내가 왜 긴장되는지 모르겠다.

"아이고 답답해. 야 이놈아, 빨리 마셔봐. 어떤지 알아야 더 주든지 말든지 하지."

"갑자기 무섭습니다."
"뭐가? 내가? 아니면 와인이?"
"둘 다. 이제 마시겠습니다."

감질나게 뜸을 들인 끝에 마침내 한울은 두 눈을 찔끔 감고 와인 한 모금을 입 안으로 넣었다. 그러고는 오만상을 찌푸리는 것이 아닌가. 아무래도 한울과 대작하기는 글렀다. 나는 내 잔을 들어 와인을 마셨다. 끝내주는 맛이다.

"넌 술을 안 마시는 게 낫겠어."
"이거 참 맛이 없습니다."
"술맛을 몰라서 그래. 아예 술을 배우지 마."

한울은 술잔을 멀찌감치 내려놓고 오븐에서 익힌 카술레와 전자레인지로 데운 감자튀김을 먹기 시작했다. 이리하여 입주 신고식이 순조롭게 진행되었다.

식사가 끝나가고 밤이 서서히 깊어져 가는 가운데 예상했던 비가 내리기 시작했다. 더위는 가시고 약간의 한기까지 느껴졌다. 와인으로 데워진 가슴에 추억이 밀려들었다. 아마도 집에 돌아온 까닭이리라. 와인은 내가 마셨는데 한울의 눈이 풀리고 있었다.

"미루가 보고 싶습니다."
"엠마를 따라갔으니 잘 있을 거야."
"미루가 없어서 기분이 쓸쓸합니다."
"그건 나도 그래. 반나절 못 봤다고 벌써 그립군."
"여기로 데리고 오면 좋겠습니다."
"조금 기다려 보자고. 미루가 엠마한테 방해가 된다면 연락할지도 몰라. 참, 전화 연결이 남았군."

나는 엠마가 미루 때문에 전화할지 모른다는 생각이 퍼뜩 들었다. 전기며 가스 등 생활에 필요한 것들은 죄다 연결했는데 전화는 까먹고 있었던 거다. 그새 엠마가 집으로 전화했을 수도 있다고 생각하니 마음이 조급해진다. 내일 아침에 전화부터 당장 연결하도록 해야겠다.

미루가 어쩌고 있는지 궁금하고 걱정도 되고 그새 그립기까지 하다니……. 열흘 남짓 함께했어도 미루를 그리워하는 한울인데, 나와 12년을 그림자처럼 같이한 녀석이니 오죽하겠나. 미루가 처음 여기에 왔던 13년 전이 추억이라는 질감으로 변해 나를 휘감았다.

"생후 이 개월 된 미루가 처음 이 집에 왔을 때가 기억나네. 장모님 팔순 잔치가 있어 아내와 엠마를 데리고 처가에 갔거든. 거기에 미루가 있었어. 혈통 좋은 와이어 폭스 테리어종이지. 에르제의 만화 땡땡에 나오는 개, 밀루와 똑같이 생겼다며 엠마가 이름까지 비슷하게 미루라고 지었던 거야. 내가 동물을 별로 안 좋아해서 우리 집에는 개도 고양이도 없었거든. 그런데 어린 미루를 보자마자 엠마가 집으로 데려가겠다지 않겠나. 자기 생일 선물로 수락하라는 거야. 딸 생일이 일주일 뒤였지. 어쩔 수 없이 승낙하고 말았어."

"참 잘했습니다."

"그때 엠마가 스물일곱 살이었지 아마. 그러고 보니 벌써 마흔이 되었군."

"엠마는 왜 집을 떠났습니까?"

"날 용서할 수 없었으니까."

"엠마의 엄마는 어디에 있습니까?"

"하늘나라로 갔어. 나 때문에."

한울은 더 이상 질문하지 않았다. 슬픈 표정을 지은 채 제 앞에 놓인 빈 물 잔만 만지작거렸다. 나도 슬펐다. 지금까지 그 누구에게도 아내를 잃고 딸까지 떠난 일을 내 입으로 말한 적이 없었다. 그런데도 알 사람은 다 알았다. 불행한 소식은 더 빨리 퍼지는 법이니까.

아마도 와인을 한 병 다 비운 덧일 게다. 나는 한울이 알아듣든 말든 처음으로 내 과오를 내 입으로 끄집어냈다.

"미루를 데려오고 일 년쯤 되었지. 그날 나는 중요한 세미나가 있어 디종에 갔었어. 도착한 다음 날 오전에 내가 발표자로 예정되어 있었거든. 파리엔 비가 억수같이 퍼붓고 있었지만 나는 몰랐어."

나는 당시 명망 높은 지질학자로 통했다. 대학에서 강의도 했지만 주로 연구소에서 일했고 해외 출장도 잦았다. 꼼꼼하고 깐깐한 성격에 실수를 용납하지 않는 완벽주의자였다. 게다가 성미가 급한 외골수였다. 크든 작든 한 가지 일이 생기면 무슨 일이 있어도 그것부터 끝장을 봐야 했다. 그런 성격의 소유자는 타인에게 피로와 스트레스를 안기는 유형이다. 물론 그 당시에는 내가 이런 인간인 줄 몰랐고, 노숙자의 삶을 선택한 뒤에 하나씩 깨달은 거다. 내 아내 크리스텔이 나로 인해 스트레스를 많이 받았을 거라는 것도 그녀가 떠난 뒤에 깨달았다.

그랬던 내가 일생일대의 실수를 저질렀고, 그 실수는 돌이킬 수 없는 참담한 비극을 초래했다.

 TGV를 타고 일찌감치 디종에 도착한 나는 첫 발표자의 강연에 참석했고, 동료들과 와인을 곁들인 저녁을 먹었다. 늦은 시간 호텔 방으로 돌아온 나는 잠자리에 들기 전에 다음날 발표할 내용 중 중요한 자료 하나가 누락된 것을 알았다. 복사를 하려고 프린트 기계에 넣어뒀다가 잠시 다른 일에 정신을 파느라 깜빡 잊어버렸던 것이다.

 나는 당장 아내에게 전화해서 그 자료를 갖다 달라고 했다. 그러자 아내는 비가 오고 있어 조금 멎으면 가져다주겠다고 했다. 나는 혹시라도 시간에 맞추지 못해 불상사가 생길까 봐 그까짓 비가 대수냐며 바로 출발하라고 다그쳤다.

 파리 집에서 내가 묶는 디종 호텔까지 교통 사정에 따라 약 세 시간 반에서 네 시간이 걸리는 거리였다. 디종에는 보슬비가 내리고 있었으므로 나는 비 정도는 대수롭지 않게 여겼다. 그러나 아내가 말했던 비가 억수같이 퍼붓는 장대비였다는 걸 사고 후에 알았다.

 그즈음 아내는 급격히 떨어진 시력으로 안과를 다니고 있었으며 새 안경이 도착하기를 기다리는 중이었다. 엠마는 기다렸다가 비가 조금 잦아들면 그때 출발해도 늦지 않을 거라며 제 엄마를 말렸다. 그러나 크리스텔은 내 성미를 너무도 잘 아는지라

밤새 잠도 안 자고 조바심을 낼 남편 걱정에 빗길을 나섰다.

꼭 그 시간에 가야 한다면 엠마가 대신 가겠다고 하자 크리스텔은 딸을 주저앉혔다. 당시 엠마는 변호사 사무실에 막 출근을 시작한 새내기였기에 다음날 지각을 하면 곤란하다는 이유에서였다.

비와 안개로 가시거리가 턱없이 좁아진 고속도로를 달린다는 것은 운전이 능숙한 드라이버라도 쉬운 일이 절대 아니다. 게다가 수막현상으로 도로는 무척 미끄러웠다. 하물며 시력이 나빠진 아내에겐 엄청난 고행이었다.

크리스텔은 갑자기 차 앞으로 튀어나온 야생동물에 놀라 급히 핸들을 꺾으면서 급브레이크를 밟고 말았다. 차는 빗물 위에서 몇 바퀴를 돌며 미끄러지다가 갓길 너머 아름드리나무를 박고 멈추었다.

크리스텔은 사고가 난 지점에서 가장 가까운 큰 병원으로 옮겨졌다. 그러나 병원에 도착한 뒤 단 한 시간 만에 사망했다는 소식이 내게 전해졌다. 나는 그대로 무너졌다. 엠마는 이 모든 원인 제공자인 나를 쳐다보지도 않았다. 그러고는 당장 짐을 싸서 집에서 나갔다. 엠마를 마지막 본 것이 크리스텔의 장례식장이었다.

모든 것을 한꺼번에 잃은 나는 집에 있을 수 없었다. 아내와 함께했던 침대에 누울 수도 없었다. 세 식구가 웃어가며 식사했던 식탁에 앉을 수도 없었다. 거실에서 뜬눈으로 보내야만 했다. 마침내 자살을 결심하고 천장에 밧줄을 거는데, 내 발밑에서 슬픈 눈으로 나를 올려다보는 미루와 눈이 마주쳤다. 나는 바닥에 주저앉아 처음으로 길고 긴 오열을 토해냈다. 나는 미루를 집으로 데려온 지 일 년 만에 처음으로 녀석을 안았다. 그때 미루의 몸이 참으로 따듯하다는 것을 알았다.

이튿날 나는 전화며 수도와 가스 그리고 전기를 해지하고 가벼운 짐만 챙겨 미루를 데리고 거리로 나왔다. 그렇게 나의 노숙 생활이 시작되었고, 속죄의 시간을 살았다.

"엠마에게 너무 미안하고…… 용서를 빌고 싶었는데 바보처럼 망설이다 찾아온 기회마저 잃어버리고 말았어."
"다시 만나면 됩니다."

한울은 내 이야기를 얼마만큼 소화했는지는 모르겠지만, 아까 풀려가던 눈은 어느새 말똥말똥해져 있었다.

열사흘 (한울)

나는 짧은 비명 소리에 깜짝 놀라 잠에서 깨어났다.

무슨 일인가 싶어 두리번거리다가 소파에 웅크리고 앉아 두 손으로 얼굴을 감싼 채 고개를 숙이고 있는 파스칼을 발견했다. 아마도 또 악몽을 꾼 것 같다. 아니면 어제 한 병을 다 비운 와인 때문에 골이 깨진 것일 수도 있다. 참, 그건 아닐 것 같다. 파스칼은 좋은 와인을 마시면 다음날도 개운하다고 했었다. 아무래도 직접 물어보는 편이 나을 것 같았다.

"파스칼, 무슨 일입니까?"

파스칼은 내 소리를 못 들었는지 아무런 대답이 없었다. 나는 바닥에서 일어나 소파로 가서 파스칼 옆에 앉았다. 파스칼의 집에서 두 번 잤는데 두 번 다 나는 바닥에 깔린 카펫 위에서 자고 파스칼은 소파에서 잤다. 각자가 선택한 잠자리였다. 미루는 식탁 근처에서 뒹굴며 잤는데, 미루가 없다는 걸 지금 막 깨닫고 보니 슬픔이 밀려왔다. 나는 살며시 파스칼의 팔을 건드렸다. 그러자 파스칼이 끔쩍 놀라며 손을 내리고 얼굴을 들었다.

"파스칼이 소리를 질렀습니다."

"아 그랬군. 내가 또 그 몹쓸 꿈을 꿨어."

"에펠탑이 무너졌습니까?"

"그래, 똑같이 무너지는 꿈이야. 일주일 만에 다시 꾸다니……. 근데 이번에는 무너져 내리는 에펠탑에 내 딸 엠마가 있었어."

"무섭습니다. 빨리 에펠탑을 폭파합시다."

"나는 내 꿈이 계시가 분명하다고 확신해. 그런데 왜 하필 그 계시를 힘없는 늙은이에게 보내는지 도무지 이해가 안 돼. 날씨가 궂으면 무릎도 시원찮은데 말이야. 빠릿빠릿하고 힘센 젊은이에게 보내는 것이 나을 텐데, 안 그래?"

"하나님이 파스칼에게 계시를 네 번 보냈습니다. 할 수 있습니다."

"그러고 싶은데, 과연 그게 성공할 수 있을지 모르겠군."

"우리는 다이너마이트가 있습니다."

"그것만 가지고는 불가능해. 다이너마이트가 있어도 막상 뭘 어떻게 해야 할지 도무지 답이 안 나오니 문제야."

"기똥찬 생각을 해봅시다."

"그런 표현도 책에 있나 보지? 그나저나 미루가 없으니 너무 허전하군. 하루 안 봤을 뿐인데 이렇게 보고 싶어 어쩐다?"

"나도 미루가 너무 보고 싶습니다. 그리고…… 나는 **빠릿빠릿**하고 힘센 젊은이입니다."

갑자기 파스칼이 큰소리로 웃었고, 나는 영문을 몰라 얼떨떨했다.

"그러고 보니 그렇군. 장을 처음 만날 날부터 그 꿈이 시작되었으니까. 아마도 신은 널 염두에 두고 나에게 계시를 보냈는지도 모르지. 하지만 넌 힘센 젊은이인 건 맞는데, **빠릿빠릿**하다는 건 좀……."

"나는 **빠릿빠릿**하게 높은 곳으로 올라갈 수 있습니다."

"하긴 굽뜬 것과 암벽 타기는 다른 차원일 수 있겠지."

"미루는 엠마와 같이 있습니다. 전화합시다."

"참, 오늘은 전화를 다시 연결해야겠어."

나는 집 전화보다 휴대폰이 쓸모 있다고 말했으나 파스칼은 집 전화가 더 낫다고 했다. 휴대폰은 짐스럽고 사람을 중독 들게 하여 통신 노예로 만드는 요물이란다. 심지어 사용할 데도 거의 없는데 쓸데없이 비싼 요금을 물어야 하는 건 바보짓이라고 했다. 듣고 보니 맞는 말이다.

우리는 아침으로 바게트 빵과 삶은 달걀에 우유를 듬뿍 넣은 커피를 마시며 오늘 할 일을 의논했다. 의논이라기보다는 파스칼이 일방적으로 세운 계획을 듣는 일이지만, 그는 항상 내가 알아듣기 쉽게 자기의 생각을 말했다. 그리고 나는 그의 계획에 무조건 동의했다.

"나는 아침을 먹고 나서 전화를 연결할 거야. 그것도 관리인 도움을 좀 받아야겠지만 말이야. 그리고 그의 전화기를 빌려서 한 군데 연락할 데가 있어."

"엠마에게 전화를 합니까?"

"아니, 그러기엔 내가 너무 염치가 없잖아. 시간이 조금 더 필요해. 내가 연락할 사람은 오래전에 내 밑에서 일했던 니콜라야. 내 제자였지. 그가 여전히 연구소에서 일하고 있다면 찾아가 볼 생각이야."

"니콜라는 어디에 있습니까?"

"개선문 근처에 연구소가 있었어. 아직도 그대로인지는 모르겠다만, 아마 있을 것 같아."

"왜 니콜라를 만납니까?"

"도화선을 구하는 데 도움을 줄지도 몰라."

"듣던 중 반가운 소리입니다."

빵을 한입 베어 물다 말고 파스칼은 큰소리로 웃었고, 나는 또다시 어리둥절했다. 그는 내가 어느새 불어로 그런 표현까지 다 익혔는지 신기하고 기특해서 웃었다고 한다. 나는 파스칼을 따라 트루빌에 다녀온 날, 쟈크에게서 선물을 받았었다. 그것은 중급 과정의 영불 회화책이었고, 사흘 동안 틈틈이 책 속에 든 것을 다 내 머릿속에 입력했다. 그러니 웬만한 불어는 천천히 말하면 귀에 쏙쏙 들어온다.

"니콜라는 성실하고 열성적인 학구파였어. 그래서 내가 권위 있는 연구소에 추천을 했었지. 그 일로 내게 늘 고마운 마음을 가지고 있었어. 그는 특히 암석 분야에 강했고 그만큼 현장 경험이 풍부했지. 가끔 발파 전문가들과 어울리기도 했고. 그러니 도화선 구하는 데 도움을 줄 수 있을지 몰라."

"나도 니콜라를 만나고 싶습니다."

"글쎄다, 거기가 개선문 근처라 관광객과 가이드로 득시글하지 않을까? 가이드들은 장을 찾는 전단지를 봤거나 가지고 있을지 몰라. 게다가 혹시라도 다시 그 한국인 여자 가이드를 만나면 곤란하지 않겠어?"

파스칼의 말을 듣고 보니 그것은 진짜 곤란한 일이 될 것 같다. 곤란한 정도가 아니라 아주 위험한 일이다. 만약 그 가이드나 전단지를 가지고 있는 사람이 나를 발견한다면, 나를 한국으로 돌려보낼 것이다. 그렇게 되면 나는 다시 불행해질 거다. 클라이밍 체육관에 가는 것만 빼면 나는 식물인간과 다름없었다. 나는 파스칼을 만나서 자유와 행복을 얻었는데 이 멋진 것을 잃고 싶지 않다. 파스칼을 따라다니는 일은 무척 신나지만 어쩔 수 없이 오늘은 관두기로 했다.

"나는 집에 있겠습니다."
"나도 그게 좋을 거라고 생각해. 서재에서 읽고 싶은 책이 있으면 꺼내서 봐도 돼. 다만 본 것은 제자리에 다시 꽂아둔다는 조건으로 말이야."
"알겠습니다. 이제 수다쟁이 관리인을 만나러 갑시다."
"참, 그 일이 있었지. 오늘도 처리할 일들이 많군."

파스칼은 수다쟁이 관리인에게 전화기를 빌려 전화국에 연락해서 재개통을 신청했다. 천만다행으로 예전에 사용하던 번호가 그대로 남아 있었다. 그러고 나서 그 전화기로 제자의 휴대폰번호를 눌렀다. 니콜라는 무진장 반갑게 응대했으며, 지금도 그 연구소에서 근무하고 있다고 대답했다. 파스칼은 개선문 근처 카페에서 니콜라와 만나기로 약속했다.

수도며 가스와 전기를 다시 연결시키고 전화기를 빌려준 대가로 파스칼은 수다쟁이 관리인에게 십 유로짜리 지폐 다섯 장을 건넸다. 수다쟁이는 힘들고 곤란한 일이 있으면 언제라도 말하라며 얼굴 가득 함박웃음을 지은 채 사양하지 않고 돈을 덥석 받아 챙겼다.

파스칼은 니콜라를 만나러 나가고, 나는 서재로 갔다. 빈둥거리며 시간을 허비하고 싶진 않지만 무엇을 해야 할지 모르겠다. 우선 책장을 빼곡히 채운 책이 모두 몇 권인지 헤아려 보기로 했다. 왼쪽 꼭대기에서부터 시작하여 두껍고 얇은 책들을 세어 가다가 육백 권까지 세고 관뒀다. 재미가 없었다. 그다음 무엇을 할까 고민하던 중 지도책들을 별도로 분류한 책꽂이가 눈에 들어왔다. 거기에서 파리 지도책을 발견했다. 나는 그 책을 꺼내 거실 식탁으로 가져와서 한 장 한 장 넘겼다.

내가 파스칼을 만나 함께 다녔던 도로들을 모두 찾아보기로 했다. 센 강의 다리들과 에펠탑이며 개선문과 몽마르트르 언덕, 노점상이 즐비한 강변과 그중 쟈크의 노점상이 있는 위치까지 몽땅 다 책 속에 있었다. 무엇보다 파스칼의 집으로 들어오기 전까지 우리가 잠잤던 렌느 광장 옆 산책로를 찾은 순간 너무 반가워 내 입에서 저절로 감탄사가 터져 나왔다.

그러다 퍼뜩 엠마가 어디쯤 있는지 궁금했다. 엠마가 있는 곳에 미루도 있을 테니까. 나는 엠마와 미루를 쫓아가다가 그녀가 흘린 명함을 주웠었다. 주운 명함을 파스칼에게 건넬 때 거기에 적힌 주소와 전화번호를 봤고, 그것은 바로 내 머리에 저장되었다.

명함에 적힌 주소는 생제르맹 거리에 있는 오데옹 지하철역에서 가까웠다. 나는 파스칼의 집에서 그곳까지 가는 방향과 거리 이름을 모두 머리에 복사한 후 배낭을 챙겨 집을 나섰다.

38분 뒤, 나는 명함에 적힌 주소지 건물 앞에 도착했다. 건물 벽에는 작고 납작한 간판이 붙어 있고 거기에 변호사 엠마누엘 바르탱이라 적혀 있다. 그 건물 4층에 있다는 것까지 확인한 나는 심호흡을 두 번 하고 나서 크고 묵직한 문을 힘차게 밀었다. 그러나 문은 꿈쩍도 하지 않았다.

문 옆벽에 붙은 도어록처럼 생긴 번호판 위에 또 하나의 길쭉한 이름표가 있었다. 아래에서 다섯 번째에 엠마의 이름이 있고 그 옆에 빨간색 버튼이 있었다. 아마도 초인종 역할을 하나 보다. 여기까지 더위를 참아가며 무작정 씩씩하게 왔으나 막상 그 버튼을 누르려니 망설여졌다.

굳건하게 닫힌 문밖에서 한참을 서성이는데 때마침 문을 열고 나오는 남자가 있었다. 나는 문이 닫히기 전에 얼른 안으로 들어갔다.

나는 엘리베이터를 타는 대신 계단 수를 헤아리며 천천히 올라갔다. 다 올라왔다고 생각했는데 아니었다. 프랑스에서 4층은 한국식으로 하면 5층인 걸 깜빡했다. 한 층을 더 올라 4층에 도착했을 때 이마에서 땀 두 줄기가 흘러내렸다. 복도를 삥 둘러 문이 모두 여섯 개 있었다. 그중 어느 것이 엠마의 사무실인지 몰라 문에 붙은 이름을 하나씩 확인했다. 드디어 나는 엠마누엘 바르탱이라고 적힌 문 앞에 섰다. 그런데 내가 초인종을 눌러 엠마가 나오면 막상 무슨 말부터 해야 할지 모르겠다. 미루가 보고 싶어 무작정 나섰던 걸음이었다. 나도 모르게 한숨이 나왔다.

지금까지 내게는 현재와 과거만 있었지, 미래는 없었다. 당장 코앞에 닥칠 초근접 미래도 생각해 본 적이 거의 없다. 그런 훈련을 제대로 받지 못했다. 지금 내 앞에 놓인 일, 사물, 사람에게 어떻게 대응하고 반응해야 하는지 효과 없는 학습만 반복했을 뿐이다. 오지 않은 시간을 미리 계산해서 생각하는 것은 무모한 노력이다.

배고프면 먹고, 배고파도 먹을 것이 없으면 굶고, 졸리면 자고 책이 있으면 읽고, 시간이 되면 엄마 차에 얹혀 학교나 클라이밍 체육관에 가고, 심심하면 교회 지붕 위로 기어 올라가고……. 그렇게 쉬운 것을 두고 사람들은 왜 골치 아프게 사는지 모르겠다. 오히려 나더러 단순하다고 타박한다.

내가 도무지 모르는 것이 있긴 한데, 그건 어떻게 하면 돈을 벌 수 있는가이다. 내가 모르는 그것이 아마도 사람들을 골치 아프게 하는 것 같다. 하지만 나도 돈을 벌고 싶다. 그 말을 했을 때, 아빠는 '너는 가만히 있는 게 돈을 버는 거다'라는 소리를 했다.

나는 지금까지 그래왔던 것처럼 바로 내 앞에 있는 상황과 맞닥뜨리기로 했다. 세상일은 될 대로 되더라. 그래서 초인종을 힘껏 눌렀다.

잠시 뒤 엠마가 아니라 멀대같이 키가 크고 얼굴에 깨소금을 뿌려놓은 듯한 젊은 남자가 문을 열었다. 그러고는 의외라는 듯 나를 아래위로 훑어본 뒤 억지스러운 미소를 짓고 물었다.

"안녕하세요, 무슨 일로 왔나요? 예약은 했나요?"

나는 너무 두려운 나머지 당장 몸을 돌려 파스칼의 집으로 돌아가고 싶었지만, 용기를 내서 입을 열었다. 안녕하지 못하다는 인사는 생략하고, 나는 미루를 만나러 왔으며, 예약은 하지 않았다고 대답했다. 그랬더니 멀대는 내 말뜻을 이해 못 하겠다는 듯 고개를 두 번 갸우뚱거렸다. 그러면서 하는 말이, 예약을 안 하면 곤란하고 여기에 미루라는 사람은 없으니 잘못 찾아온 것 같다고 했다. 그래서 나는 차근히 또박또박 말해줬다. 미루는 사람이 아니고 강아지라고.

그때 문 안쪽에서 여자의 목소리가 들려왔다.

"이것 봐 파비앙, 그 사람을 안으로 들여보내."

나는 멀대의 이름이 파비앙이라는 걸 알게 되었다. 그는 내키지 않은 표정으로 내게 안으로 들어오라는 손짓을 했다. 나는 그와 몸에 닿지 않게 최대한 벽에 딱 붙어서 안으로 들어갔다. 내 뒤에서 멀대 파비앙이 킥킥거리며 웃었다.

그리 넓지 않은 실내에 책상 세 개와 고객용 응접세트가 내 눈에 들어왔다. 엠마는 책상에서 일어나 내 쪽으로 다가오더니 나를 찬찬히 뜯어봤다. 나는 쑥스러워서 고개를 왼쪽 어깨에 올리고 눈을 찔끔 감았다. 그런 내게 엠마는 생각할 겨를도 주지 않고 한꺼번에 질문을 몇 개씩이나 쏟아냈다. 게다가 말이 너무 빨라서 나는 알아듣기 어려웠다.

"어제 잠깐 본 기억이 나네요. 미루를 만나러 왔다고요? 파스칼 바르탱과 어떤 사이죠? 그보다 여기는 어떻게 알고 왔어요?"
"어…… 그러니까…… 너무 어렵습니다. 아…… 다시 말해주십시오."

나는 고개를 들었다가 빤히 쳐다보고 있는 엠마의 눈과 마주치는 바람에 섬찟 놀랐다. 그녀의 눈에는 호기심과 의심이 가득 담겨 있었다. 뒤에서 멀대 파비앙이 아까보다 더 크게 킥킥거렸다. 나는 이 사무실에 들어오기 전까지 땀을 뻘뻘 흘렸었는데 지금은 꽁꽁 얼어버렸다. 나는 얼른 고개를 푹 숙였다. 엠마도 무섭지만, 뒤에 있는 멀대는 더 무서웠다. 나는 여기에 괜히 왔다는 생각이 들었다.

위험을 감수하고라도 파스칼을 따라 개선문 근처로 갔어야 했다. 이런 것이 후회라고 하는가 보다. 살아오면서 후회라는 걸 별로 해본 적이 없었는데, 이런 건 안 할수록 좋은 것 같다. 부모님 말씀이 옳았다. 그들이 하라는 것만 하고, 하지 말라는 건 안 하면 되는 거다. 내가 하고 싶어서 하는 것은 늘 문제를 일으켰다. 지금처럼.

나는 내가 여기 온 이유를 잊어버렸다. 당장 돌아가는 게 상책이라 생각하고 몸을 돌리려는데, 엠마가 다시 입을 열었다.

"자, 먼저 저기 소파에 앉으세요. 우리 천천히 이야기해 보자고요."

나는 잠시 머뭇거리다가 달팽이보다 느린 걸음으로 엠마가 가리키는 소파에 가서 엉거주춤 엉덩이를 내려놓았다. 엠마는 벌써 내 앞에 다리를 꼬고 앉아 있었다. 그러고는 마실 것이 필요한지 물었다. 그제야 나는 내 목구멍이 바짝 말라 있다는 걸 깨달았다. 나는 고개를 젓고 내 배낭에서 페트병을 꺼내 주둥이에 입을 대고 물을 벌컥벌컥 마셨다. 무슨 이유인지 모르겠으나 멀대 파비앙은 이번에도 킥킥대며 기분 나쁘게 웃었다. 그러자 엠마가 손가락으로 내 뒤에 있는 멀대 파비앙을 가리키며 그런 식으로 웃지 말라며 주의를 준 뒤, 나를 향해 천천히 말하기 시작했다.

"맨 처음 내가 말한 것은, 어제 잠깐 본 기억이 난다고 했어요. 거기에 대해서는 대답하지 않아도 됩니다. 당신도 나를 봤으니까 여기에 왔겠죠."

나는 물을 실컷 마신 뒤라 목구멍이 촉촉해져서 엠마와 어떤 대화도 할 용의가 있었다. 그러나 그녀가 대답하지 않아도 된다고 해서 고개만 끄덕거리고 눈을 아래로 내리깔았다.

"미루를 만나러 왔다고 했죠?"
"네, 미루가 너무 그립습니다."
"파스칼 바르탱과 어떤 사이죠?"
"파스칼은 수호천사입니다. 그는 나를 보호합니다."

엠마는 다리를 바꿔 꼬고 팔짱을 끼면서 등을 소파에 기댔다. 얼핏 쳐다본 엠마는 미간을 잔뜩 찌푸린 채 고개를 설레설레 저었다. 마치 기분 나쁜 뭔가를 본 듯한 표정이었다. 나는 내 뒤에 있는 멀대 파비앙이 이상한 행동이라도 한 것은 아닌지 걱정되었다. 미간의 주름을 조금 편 엠마가 다시 내게 질문했다.

"여기는 어떻게 알고 왔어요?"
"명함에 적혀 있습니다."
"아, 그러니까…… 혹시 어제 내가 명함을 떨어뜨렸나 보죠?"

"네, 엠마가 명함을 잃어버렸습니다."
"저기요, 프랑스는 절대 아니겠고, 국적이 어디예요?"
"대한민국에서 왔습니다. 그렇지만 이제는 파리지앵입니다."
"이민자? 아니면 단순 체류자?"
"그런 것은 잘 모릅니다."
"아니 왜 몰라요? 그럼 파리에는 어떻게 왔어요?"
"엄마 아빠와 여행 왔습니다. 가이드가 나를 찾고 있습니다. 그래서 들키면 안 됩니다."

엠마는 한숨을 깊이 내쉬며 그녀 앞에 놓인 작은 페트병에 든 탄산수를 몇 모금 마셨다. 내 뒤에서는 멀대 파비앙이 킥킥 대신 이상한 소리로 웃음을 터뜨리다 그만 사레가 들어 몹시 힘들어하는 낌새가 느껴졌다. 고약하면서도 웃기는 남자 같다.

"그러니까 파리에 여행 왔다가 도망쳤다는 거예요?"
"도망친 것이 아니라, 잃어버렸습니다. 모나리자 때문입니다."
"모나리자? 도대체 무슨 이런 일이…… 내가 지금 뭐 하는 거야?"

엠마는 천장을 쳐다보며 혼잣말로 중얼거렸다. 그녀는 변호사이기 때문에 세상에서 일어나는 별의별 일을 많이 겪을 테지만, 이런 종류의 일은 분명 흔하지 않을 것이다. 다시 내 뒤에서 거의 비명에 가까운 웃음이 빵 터졌다. 조금 전보다 더 고통스러운 사례가 들렸는지 결국 멀대 파비앙이 문을 열고 나가 버렸다.

"모나리자가 무슨 잘못을 저질렀는지는 모르겠고, 그러니까 여행 왔다가 일행은 다 돌아가고 혼자 남았다는 것 같은데……. 파스칼 바르탱은 언제 처음 만났나요? 그리고 어디에서 지내죠?"

나는 파스칼을 만난 지 내일이면 딱 14일이 된다고 답했다. 엠마는 겨우 그것밖에 안 됐는데 미루가 너무 그리워 여기까지 찾아왔느냐며 의심이 가득한 투로 물었다. 나는 그렇다고 대답한 뒤, 두 번째 질문인 어디에서 지내느냐는 것도 알려줬다. 우리는 밖에서 먹고 잤으나 그저께부터 파스칼의 집에서 지낸다고 불어 문법에 맞춰 또박또박 정확하게 말했다. 엠마의 질문에는 없지만, 나는 트루빌에 있는 테오와 카트린의 집에서 이틀 동안 행복하게 지냈다는 것도 알려줬다.

그러자 엠마는 실눈을 뜨고 나를 뚫어지게 쨰려봤다. 다시 입을 연 그녀에게서 무시무시한 말이 튀어나왔다. 엠마는 혹시 내가 그녀를 염탐할 목적으로 파스칼이 보낸 스파이가 아니냐고 물었다. 스파이라는 말에 아연실색한 나는 고개를 흔들고 손사래를 치며 그건 절대 아니라고 말했다. 파스칼은 내가 여기 온 것을 모른다는 것도 덧붙였다.

엠마는 한동안 말이 없었다. 나는 엠마가 묻지 않았지만 한 가지 더 추가했다. 파스칼도 미루를 보고 싶어 하며, 또 엠마가 무척 보고 싶은데 미안해서 만날 수가 없다는 말까지 하고 말았다.

뭔가 골똘히 생각하던 엠마는 목이 잠겼는지 몇 번 헛기침을 한 후 말을 이었다. 그녀의 말이 제법 빠르고 꽤 길었으나 나는 대충 이해할 수 있었다.

"그러니까 정리하자면, 무슨 이유인지는 모르겠으나, 어쨌든 당신은 모나리자 때문에 여행팀에서 떨어져 나왔어요. 그 뒤에 파스칼 바르탱을 만났고, 그의 도움으로 숙식을 제공받고 있다 뭐 그런 얘기군요. 그러다 그새 미루와 정이 들었고, 미루가 너무 그리워서 내가 떨어뜨린 명함을 보고 여기에 찾아왔다. 맞죠? 그리고 당신은 불법체류자가 될 확률이 높은데, 파스칼 바르탱이 신고하지 않고 오히려 당신을 숨겨주고 있다. 자기 돈으로 먹여주고 재워주면서 말이죠?"

나는 박수를 쳤다. 변호사는 머리가 좋은 사람이 되는 거라고 예전에 아빠가 말해줬는데, 그걸 확인해서 기뻤다. 엠마는 머리가 너무 아프니 내게 그만 돌아가라고 말했다. 그러면서 미루 문제는 생각해 보겠다고 한다. 나는 벌떡 일어나 배낭을 메고 허리를 90도로 꺾어 인사했다. 그리고 마지막으로 한마디를 더했다. 가급적 미루를 파스칼과 나에게 보내줄 수 있는 긍정적인 생각을 해달라고 부탁했다.

나는 돌아가려고 문을 열었다가 심장이 멎을 뻔했다. 문 바로 옆 벽에 기대서서 손으로 입을 가린 채 시뻘건 얼굴로 웃고 있는 멀대 파비앙 때문이었다. 그것보다 더 놀란 일이 일어났다. 이런 경우 평소 같으면 공황 장애가 일어날 확률이 굉장히 높았는데, 내가 용케 참을 수 있었다는 거다. 단지 불쾌감은 참기 어려웠다.

나는 손가락을 멀대 파비앙의 코앞으로 쭉 내밀었다. 그의 시뻘게진 얼굴에 잔뜩 뿌려진 깨소금들이 더욱 도드라져 보였다. 나는 엠마가 말했던 것처럼 그런 식으로 웃지 말라는 한마디를 남기고 씩씩하게 계단을 내려갔다.

열나흘 (파스칼)

나는 어제 개선문 근처에 있는 카페에서 니콜라를 만나 희망적인 대화를 나눴다. 그는 내가 도화선을 구할 수 있도록 돕겠다고 했다. 니콜라는 코르시카에서 연고 하나 없는 파리까지 날아와 학사부터 시작하여 박사과정까지 마친 수제자였다. 생면부지나 다름없는 자기를 연구소에 취직시킨 것을 두고두고 곱씹으며 감사하다고 했다. 게다가 오래전 내 아내가 살아 있을 때 그를 종종 저녁 식사에 초대했던 것도 잊을 수 없다고 했다.

"얼마나 필요하세요?"
"그러니까 그게 대충…… 백에서 많게는 백오십 정도는 필요하지 싶네."
"백이나 백오십 센티미터요?"

"아니, 백이나 백오십 미터."

"네? 그렇게나 많이 필요해요? 어따 쓰려고요?"

"지금은 묻지도 따지지도 말게. 나중에 내가 다 얘기할 기회가 있을 걸세."

"좋아요. 저는 교수님을 믿으니까요."

니콜라는 오래전에 쓰고 남은 도화선이 그의 창고에 있을 거라고 했다. 다만 길이가 충분하지 않고 토막 난 것들이 많아 수고스럽지만 연결해서 써야 한다고 했다. 연결 방법만 알면 내가 할 수 있으니 걱정하지 말라고 안심시켰다. 그러자 니콜라는 모자라는 것은 친하게 지내는 폭파 전문가에게 부탁해서 조금 얻어주겠다는 것이다. 그는 도화선을 구하는 대로 연락하겠다고 했다. 나는 오늘 중으로 전화가 연결될 테니 오늘 이후 언제라도 연락하라는 말을 남기고 그와 헤어졌다.

미루도 없이 혼자 기다리고 있을 한울과 나눠 먹으려고 그가 좋아하는 케밥을 포장하여 기분 좋게 돌아왔다. 그런데 집에는 한울이 없었다. 관리인에게 물었지만 보지 못했다고 했다. 한참 걱정을 하고 있는데 빼꼼히 열어둔 발코니 문이 활짝 열리는 바람에 나는 화들짝 놀랐다. 거기로 한울이 쑥 들어왔던 것이다.

나는 녀석에게 암벽 타기 실력이 뛰어난 걸 인정하며, 이제 증명할 필요가 없으니 그만해도 된다고 일렀다. 혹시라도 나갔다 올 일이 있으면 현관문과 아파트 정문을 이용하길 바란다고도 했다.

그런 뒤 나는 케밥을 먹으며 니콜라를 만나 얻은 성과를 늘어놓았다. 생각보다 일이 술술 잘 풀리는 것 같아 께름칙하다는 솔직한 속내도 털어놓았다. 거사에 필요한 준비물이 손에 다 들어와도 그걸 에펠탑 어느 부분에 언제 어떤 식으로 부착할 것이냐 하는 중차대한 문제가 남았기 때문이다.

나는 당분간 외부 출입을 자제하고 집에서 우리 둘이 머리를 맞대어 이 문제를 깊이 고민해 보자고 했다. 그러자 한울에게서 기똥찬 대답이 돌아왔다.

"내일 일은 내일 걱정합시다. 지금은 케밥을 먹을 때입니다."

오늘 아침, 나는 요란하게 울려대는 벨 소리에 놀라 깼다. 무슨 난리가 나서 비상경보가 울리는 줄 알았다. 알고 보니 전화가 다시 개통되어 그것을 알리는 전화국 직원의 전화였다. 잠시 뒤에 또 한 번 전화벨이 난리를 치는 바람에 수화기를 들고 전화 개통된 거 아니까 그만 간 떨어지게 하라며 냅다 소리를 질렀다. 그랬더니 기어들어 가는 목소리로 '저 니콜라예요'라는 소리가 들려왔다.

집 창고에서 선이라는 선은 다 챙겼고, 친한 폭파 전문가와 차 한잔 같이하기로 했으며, 그때 도화선을 조금 얻을 거라는 전화였다. 내가 오후에 가지러 가겠다고 했더니 자기는 차가 있으니까 직접 가져다주겠다고 한다. 그런 물건은 노출을 피해 은밀히 건넬 필요가 있고, 혹시 몰라서 창고 구석에 있던 뇌관도 몇 개 넣었단다. 그러고 보니 나는 뇌관을 깜빡 잊고 있었다. 그게 없으면 다이너마이트도 도화선도 있으나 마나 한 물건이 아닌가. 잘 키운 제자 하나 열 아들 안 부럽다는 말이 있었던 것 같다. 딱 맞는 말이다.

우리는 어제 오후부터 오늘 오전까지 집안에 콕 박혀 머리를 싸매고 일을 도모했다. 말이 좋아 도모였지, 고민만 되풀이한 거다. 그리고 머리를 맞댔다고는 하나 한울은 전혀 고민하는 기색이 없었다. 크게 기대하지도 않았지만, 그동안 녀석을 지켜보면서 느낀 점이 있다. 아무 생각도 없는 태평스러운 녀석 같아도 부지불식간에 꽤 멋들어진 아이디어를 툭 던진다는 거다. 그러니 제 딴에는 뭔가를 생각하고 있는 셈이다. 그런데 녀석의 마음은 콩밭에 가 있는 게 분명해 보였다. 그렇다고 나 혼자 아무리 머리를 굴려 봐도 딱히 좋은 아이디어가 떠오르지 않았다.

통화한 지 세 시간이 지나 니콜라는 큼지막한 상자 하나를 들고 나타났다. 그 속에는 신문지에 둘둘 말아 싼 뇌관 여러 개와 길이가 제각각인 도화선이 한가득 들어 있었다. 그는 폭파 전문가에게서 약속한 물건을 받고 점심도 거른 채 서둘러 온 것이다.

나는 장 보는 걸 깜빡하는 바람에 먹을 것이라곤 아침에 먹다 남긴 바게트 빵과 커피가 있으니 우선 그거라도 요기를 하는 게 어떻겠느냐고 니콜라에게 물었다. 그랬더니 그는 한 시간 뒤에 회의가 있어 시간이 넉넉하지 않다며 도화선 연결하는 방법만 설명하고 돌아갔다.

전기 신관이 있다면 다이너마이트를 설치한 후 원거리에서 시간에 맞춰 작동시키면 된다. 그러나 그 방법을 쓰자니 까다롭기도 하거니와 구하는 것도 수월하지 않다. 비록 원시적인 구닥다리 방식이지만 다이너마이트에 뇌관을 박고 도화선을 연결해서 불을 붙이는 수밖에 없다.

그렇다고 절대 쉬운 일은 아니다. 어느 지점에서 도화선 길이를 얼마로 하여 불을 붙일 것이냐가 관건이다. 그게 또 잘 타들어 갈지 중간에서 뚝 끊어져 불발될지는 하늘만이 알 일이다. 하늘이 시킨 일이니, 성패는 하늘이 알아서 할 것이고, 나는 내가 할 수 있는 선까지만 하고 나면 그다음부터 나 몰라라 할 생각이다.

도폭선이라도 있다면 효과를 극대화할 수 있겠으나 니콜라는 자기에겐 도폭선이 없고, 아무리 친한 사이라고 해도 폭파 전문가에게 명분을 밝히지 않으면 구하기 어렵다고 했다. 게다가 요즘은 도화선을 거의 사용하지 않기 때문에 옛날에 쓰고 남은 걸 다 모아 왔단다.

신의 계시가 있었으니 어쩔 수 없이 한다만, 속으로 몇 번 신을 원망하긴 했다. 왜 하필 나 같이 늙고 궂은날이면 무릎도 시원찮은 사람에게 이런 번거로운 일을 맡겼는지 알다가도 모를 일이다. 신의 뜻을 인간이 어찌 알겠느냐만…….

나는 작은 서랍장 아래에 숨겨둔 다이너마이트 네 개를 거실 식탁 위로 조심스럽게 옮겼다. 상자 속 신문지에서 꺼낸 뇌관들도 다이너마이트 옆에 나란히 나열했다. 그러고 나서 거실 바닥에 상자를 뒤집어 도화선들을 전부 꺼냈다. 상자에 꽉 채워져 있을 때는 몰랐는데 밖으로 꺼낸 도화선 양은 어마어마했다. 마술을 보는 것 같았다.

마구잡이로 뒤엉킨 도화선은 초록에 파랑 노랑 빨강 분홍색 등, 알록달록 참으로 다양했다. 기능은 똑같지만, 색깔이며 길이가 제각각인 도화선 무더기를 보고 있자니 골치가 띵했다. 게다가 굵기도 근소하나마 차이가 있었다.

연소 속도가 도화선마다 다를 수 있기 때문에 불을 붙인 후 다이너마이트까지 전달되는 시간을 계산하려면 꽤나 어려울 것 같다. 도화선이 한 종류라면 연소 속도와 시간을 계산해서 대략 어디에 다이너마이트를 설치할지, 선의 길이는 얼마나 필요한지 대충이라도 답이 나올 것이다. 그런데 이건 뭐 애들 폭죽놀이도 아니고 꽤나 난감했다. 그렇다고 찬물 더운물 가릴 처지가 아니니 일단 우리 둘이 토막들을 색깔별로 분류하기로 했다. 그 뒤에는 굵기별로 나누고 길이를 재는 수밖에 없다.

도화선들을 연결하기 전에 가장 먼저 해야 할 일은 에펠탑에 다이너마이트를 설치할 위치를 결정하는 거다. 그것이 결정되면 도화선 길이를 산출하여 선들을 이어 나간다. 그것이 끝나면 마지막으로 머리를 쥐어짜서라도 연소 시간을 계산해 보는 거다.

연소 시간이 왜 중요한가 하면, 도화선에 불을 붙인 뒤 나 또는 한울 또는 우리 둘 다 도망갈 시간이 충분해야 하니까. 도망가다가 시간 계산을 잘못해서 우리 머리 위로 에펠탑 잔해가 쏟아지면 곤란하니까.

"이것 봐 장, 너는 에펠탑 어디쯤에 다이너마이트를 설치하는 게 가장 효과적이라고 생각하나?"

"음…… 높은 곳이 좋습니다."

"그건 나도 같은 생각이야. 우리에겐 다이너마이트가 네 개밖에 없어. 그걸로 에펠탑을 날리기는 어려울 거야. 그래서 최대한 에펠탑에게 치명타를 입힐 수 있는 위치를 찾아야 해. 그래야만 파리 시의회가 정신을 차리고 대대적인 보수공사를 하든 철거를 해서 새로 멋진 에펠탑을 짓든 할 테니까."

"새로 멋진 에펠탑을 만드는 게 좋습니다."

"그렇지. 그렇게 된다면 새 에펠탑을 보러 전 세계에서 더 많은 사람이 파리로 몰려들 거야. 잠시 관광 수입이 줄 것만 생각하지, 미래를 볼 줄 모르는 것들이 행정을 한다고 자리를 차지하고 있다니, 머저리 철빠똥 같으니라고. 사람을 치매 환자 취급이나 하고 말이야."

나는 지난번 파리 시청을 찾아가서 에펠탑이 위험에 처했으니 당장 시의회 의장을 만나야 한다고 말했다가 나를 정신 나간 환자 취급하던 공무원들이 떠올랐다. 그 생각을 하니 또다시 부아가 치밀었다. 내가 화를 삭이려고 발코니 문을 활짝 여는데 한울이 말했다.

"일합시다."

한울은 산더미처럼 쌓인 도화선들 앞에 퍼질러 앉아 초록색 선들을 골라내기 시작했다. 혹시라도 건너편 건물에서 우리가 하는 일을 보는 눈이 있을지 모른다. 이런 일은 아주 신중하고 은밀히 해야 한다. 그러므로 누군가에게 조금이라도 의심을 사게 해서는 안 된다. 나는 열었던 발코니 문을 다시 닫았다. 그리고 열어뒀던 창문이라는 창문도 다 닫았다.

나는 다용도실에서 선풍기를 찾아와 선을 꽂았다. 노숙 생활 12년 동안 선풍기의 존재를 까마득히 잊고 살았다. 집에 들어와서도 덥다고 창문을 열기만 했지, 선풍기를 생각해 내지 못했다. 이렇게 시원한 걸 두고 미련하게 더위를 참아가며 지내다니…….

기억의 속도가 점점 느려지는 걸 보니 내가 늙긴 늙었나 보다.

"길이는 신경 쓰지 말고, 장은 초록색 나는 노란색을 골라내도록 하자고."

"네. 그리고 에펠탑을 다시 봐야 합니다."

"그래야겠지. 위치를 정하는 것이 무엇보다 중요하니까."

"다른 중요한 것도 있습니다."

"다른 중요한 거? 그게 뭐지?"

"냉장고가 비었습니다."

"아, 그렇군. 장 본다는 걸 까먹고 있었네. 우선 먹을 걸 사러 가야겠어."

나와 한울은 니콜라가 도화선을 담아 온 상자를 재활용 쓰레기로 버린 뒤 밖으로 나갔다. 우리는 알레시아 지하철역에서 가까운 까르푸 마켓으로 갔다. 프랑스 대형 마트에 처음 들어온 한울은 황홀경에 빠졌다. 듣도 보도 못한 식료품에 다양한 채소와 과일 그리고 음료수가 넘쳐난다며 신이 났다.

한울은 한국에서도 마트에 갈 일은 거의 없었다. 어렸을 때 몇 번 따라갔다가 아무거나 손에 잡히는 대로 카트에 넣어 성가시게 한다고 야단맞기 일쑤였단다. 그런 일을 몇 번 경험한 뒤로는 아예 따라갈 생각을 안 했고, 한울의 엄마도 데려갈 생각을 안 했다. 한울의 엄마는 몇 년 전부터 인터넷 온라인으로 장을 보고 집으로 배달받는 아주 편리한 방법을 이용한다고 했다. 그것은 프랑스도 마찬가지다. 배달문화가 자리를 잡았다는 건 나도 벌써 오래전에 신문에서 읽었다.

"왜, 소시지 먹고 싶어?"

한울은 소시지가 주렁주렁 달린 코너 앞에 서서 꼼짝달싹하지 않았다.

"네, 먹고 싶습니다. 나는 돈이 있습니다."
"지금 우리에겐 현금이 꽤 있어. 널 찾는 한국인 여자 가이드에게서 받은 오백 유로가 그대로 있거든. 그러니 오늘은 네가 먹고 싶은 걸 사도록 하자고."
"소시지, 크루아상, 콜라 그리고 바나나를 먹고 싶습니다."
"먹고 싶은 게 아주 소박하군. 돈 걱정하지 말고 더 골라도 돼."
"먹고 싶은 것이 생각나면 이곳에 또 오면 됩니다."
"뭐 그러든가. 참, 박스용 종이테이프도 사야겠어. 도화선들을 연결하려면 투명 테이프보다 종이테이프로 붙이는 게 훨씬 나을 거야."

갑자기 한울이 검지로 제 입을 막고 주위를 살핀 뒤 내게 바짝 붙었다. 그러고는 겨우 알아들을 수 있을 만큼 작은 소리로 내게 말했다.

"그런 말은 조심합시다. 낮말은 새가 듣고 밤말은 쥐가 듣습니다."

"아, 그렇지. 내가 또 깜빡했군. 요즘 건망증이 날로 심해지는 것 같아. 이러니 늙으면 죽어야 한다고들 하나 봐."

"천사는 안 죽습니다. 파스칼은 수호천사입니다."

"또 그 소리. 누가 들으면 우리 둘 다 정신이 온전하지 않다고 여기겠어. 사고 싶은 거나 사서 얼른 돌아가자고. 할 일이 태산이잖아."

"여기는 천국입니다. 에어컨이 있어서 시원합니다."

나는 집에도 선풍기가 있어 시원하니 잔말 말고 서둘러 장을 봐서 돌아가자고 다그쳤다. 나는 한울이 먹고 싶다는 것을 죄다 사서, 그래봤자 몇 가지 안 되지만, 계산을 마치고 집으로 돌아왔다.

신선 식품과 저녁거리를 냉장고에 넣어 두고, 우리는 늦은 점심으로 각자 먹고 싶은 것을 먹었다. 한울은 크루아상을 반으로 갈라 그 속에 소시지를 넣어 먹고 콜라를 마신 뒤 디저트로 바나나를 먹었다. 나는 와인 한 잔에 조리된 파스타를 전자레인지에 데워먹고 디저트는 생략했다.

거실 바닥에 쌓여 있는 도화선을 보자니 한숨이 나왔다. 그래도 남아도는 게 시간이라 둘이 함께 쉬엄쉬엄하다 보면 끝나는 때가 있겠지. 우리는 바닥에 마주 보고 앉아 장을 보러 가기 전에 하던 일로 돌아갔다. 나는 노란색, 한울은 초록색의 도화선을 골라내기 시작했다.

전화벨이 자지러지게 울렸다. 아침만큼 놀라지는 않았지만 나는 예고 없이 울어대는 벨 소리에 아직 적응되지 않아 움찔했다. 니콜라의 전화이겠거니 생각하고 소파 옆 작은 서랍장까지 기어가 수화기를 들었다. 저쪽에서 아무런 반응이 없었다. 누구냐고 두 번 묻는 내 말에도 조용하다. 잘못 걸려 온 전화라 생각하고 수화기를 내려놓았다. 몸을 돌려 왔던 곳으로 다시 기어가는데 또 전화벨이 울어댔다. 전혀 예상 못 했던 바라 나는 기어가다 나뒹굴 뻔했다. 나는 다시 수화기를 들고 소리를 버럭 질렀다.

"도대체 누구야? 전화를 걸었으면 말을 해야지 말을."
"나예요, 엠마."

순간 온몸에 얼음물을 뒤집어쓴 듯 서늘했다. 오늘도 바깥은 늦더위로 기온이 33도다. 나는 머릿속이 하얘져서 아무 말도 할 수 없었다. 엠마가 먼저 침묵을 깼다.

"전화를 했었는데, 아마 삼사 년 전이었을 거예요. 전화가 끊겨 있더군요. 그래서 집에 갔었죠. 근데 오랫동안 사람이 살지 않는 집 같아서……, 이젠 돌아왔군요."

"엠마야……, 정말 미안하구나."

"이제 와서 그런 말이 무슨 소용 있겠어요. 과거일 뿐이에요."

"그래도 난 용서를 빌고 싶어."

"제가 용서할 일이 아니라고 생각해요. 운명이 우리 모두에게 불행을 던졌던 거예요. 그것도 한순간에. 그때는 아빠를 절대 용서할 수 없었지만, 살다 보니 세상에는 그냥 받아들일 수밖에 없는 일이 아주 많다는 걸 깨달았어요. 운명으로 돌릴 수밖에 없는 일도 있잖아요."

"나는 입이 열 개라도 할 말이 없구나."

"제가 전화한 이유는, 미루를 아빠에게 데려다주려고요."

"미루를?"

"네, 저보다 아빠가 미루와 보낸 시간이 훨씬 많잖아요. 미루가 얼떨결에 절 따라왔지만, 현관문 앞에만 엎드려 있어요. 제가 일하러 나가 있는 동안 미루 혼자 그러고 있을 걸 생각하니 못 할 짓이더라고요."

"그렇구나. 미루 때문에 신경 쓰게 해서 미안하다."

"괜찮아요. 그동안 미루 걱정을 많이 했었는데, 이렇게라도 봐서 좋았어요."

"근데 내가 집으로 돌아온 걸 어떻게 알았니? 전화 연결이 오늘 아침에 됐단다."

엠마는 나와 살고 있는 이상한 한국인 청년이 어제 그녀의 사무실을 다녀갔고, 그 청년에게서 며칠 전에 집으로 들어와 지낸다는 말을 들었단다. 나는 그 말에 깜짝 놀랐다. 그렇다면 어제 한울이 발코니 문으로 들어온 건 엠마의 사무실에 갔다 돌아오는 길이었다. 한울이 그런 중요한 이야기를 하지 않은 것은 내 불찰이다. 나는 한울이 심심해서 암벽 타기 연습을 했겠거니 지레짐작하여 어디 갔다 왔느냐고 묻지 않았다. 한울은 내가 묻지 않으면 어지간해서는 먼저 말을 하지 않는다.

"미루를 데리고 갈게요."
"아니다, 넌 일하느라 바쁠 테니 내가 데리러 가도록 하마."
"괜찮아요, 제가 데리고 갈게요. 좀 이따 봐요."

엠마는 그렇게 말하고 전화를 끊었다. '좀 이따' 보는 게 얼마의 시간인지는 모르겠으나 오래 걸리지 않을 거라는 예감이 들었다.
갑자기 나는 바빠졌다. 내 꼬락서니는 어떤지, 집안에 이상한 냄새는 안 나는지, 청소는 안 해도 되는지, 그러다가 거실 바닥에 산더미로 쌓아놓은 도화선이 눈에 들어왔다. 그 앞에는 초록색 선을 한 움큼 골라내고 있는 한울이 있다.

그러고 보니 한울에게도 물어봐야 할 것이 많지만, 그건 나중으로 돌리고 일단 도화선부터 치우기로 했다. 생각이 거기에 미치자 나는 재활용 쓰레기장으로 내려가서 아까 버렸던 상자를 도로 가지고 올라왔다. 저 많은 도화선이 상자에 들어 있었다는 게 믿기지 않았다. 밖으로 꺼낼 때는 쉬웠는데 원위치로 집어넣으려니 눈앞이 캄캄하여 한숨부터 나왔다.

'좀 이따'라는 시간이 제법 긴 시간이기를 바라며 상자 속에 도화선을 챙겨 넣기 시작했다. 한울은 제 손에 한 움큼 쥔 초록색 도화선을 상자에 넣지 않겠다고 고집부렸다. 애써 골랐는데 흐트러지는 게 싫었던 거다. 어쩔 수 없이 내가 먼저 도화선을 정리하여 상자에 넣으면 맨 위에 한울의 것을 살포시 올려두라고 일렀다.

그때 초인종 소리가 들렸다.

나는 전화벨 소리가 울렸을 때보다 더 놀랐다. 그 바람에 그만 손에 들고 있던 도화선들을 던지듯 놓치고 말았다. 12년이란 세월이 무진장 긴 시간이었나 보다. 예전에 그토록 익숙했던 것들이 이 정도로 까마득해질 줄 몰랐다. 12년 만에 듣는 초인종 소리라니…….

설마 엠마가 말한 '좀 이따'라는 시간이 대략 7분 정도를 두고 한 소리는 아니겠지. 혹시 관리인일까, 그렇다면 무슨 일로 올라왔을까, 내가 버린 상자를 다시 가져온 게 문제라도 되나, 도화선이 그의 눈에 띄면 곤란한데, 아니면 설마가 사람을 잡는다더니, 설마 엠마가 벌써 온 것일까. 단 몇 초에 별별 생각이 다 들었다. 초록색 도화선 한 묶음을 손에 든 채 엉거주춤 일어서는 한울과 눈이 마주치자 정신이 들었다.

설마가 됐든 혹시가 됐든 엠마 아니면 관리인 둘 중 하나가 분명할 것이다. 나는 기척을 내지 않고 현관문을 향해 살금살금 다가갔다. 그때 밖에서 열쇠 꽂는 소리가 들렸다. 내 심장이 털컥 내려앉는 줄 알았다. 나는 단박에 엠마라는 걸 알아차렸다. 연이어 딸깍거리며 잠금장치가 두 번 돌아가는 소리가 들렸다.

문이 열리자마자 미루가 내 허리 높이까지 뛰어오르며 호들갑스럽게 인사를 했다. 나는 미루를 반길 생각도 못 하고 내 앞에 서 있는 엠마에게 눈이 고정되었다. 나는 어떤 표정을 지어야 할지 무척 난감했다. 반갑고 당혹스럽고 미안한 마음이 동시에 뒤섞이면 어떤 표정이 될지 나는 상상할 수 없다. 내가 그런 표정을 짓고 있겠지만.

내게 요란한 인사가 먹혀들지 않자 미루는 한울에게 달려갔다. 나는 꿀 먹은 벙어리가 된 채 엠마에게 들어오라는 손짓을 했다. 거실로 들어온 엠마의 입이 떡 벌어지는 걸 보는 순간, 내 심장은 말린 살구처럼 쪼그라들었다.

"이게 다 뭐죠?"
"청소를 아직 안 해서……, 네가 이렇게 빨리 올 줄 몰랐구나."
"집 근처에 와서 전화한 거였어요. 주차 자리 찾느라 시간이 좀 걸렸고요. 근데 이것들이 뭐예요?"

나는 급한 김에 발로 선들을 한쪽으로 밀어내며 한울에게 도움을 요청하려고 했다가 포기하고 말았다. 한울은 초록색 도화선들을 손에 꽉 움켜쥔 채 미루와 거실 바닥에서 뒹굴고 있었다.

"우선 식탁 의자에라도 좀 앉거라. 커피 마실래? 아니면 주스라도 내올까?"
"아뇨, 괜찮아요. 미루를 데려다주러 온 거예요. 다른 약속도 있고……"

나는 식탁 의자에 앉으라고 했던 말을 곧바로 뼈저리게, 아주 엄청나게 깊이 후회했다. 왜냐하면 도화선만 신경 쓰다가 식탁 위에 뒀던 다이너마이트와 뇌관을 깜빡했던 거다. 그걸 엠마가 보고 말았다. 아까 도화선들을 보고 벌어졌던 엠마의 입은 작은 축에 속했다. 이번에는 그녀가 뜰 수 있는 최고의 수준까지 눈과 입이 벌어지고 말았다.

"이건 또 뭐예요? 이거 폭탄이죠, 맞죠?"
"그러니까 엠마야, 그게 좀…… 내가 그러니까, 뭐라 설명하기가 좀……"
"도대체 무슨 일을 하려고 이런 것들이 여기 있어요? 혹시 이런 것들 때문에 집으로 돌아온 거예요?"
"얘야 진정해라. 설명하자면 좀 길어. 아니, 그냥 못 본 걸로 하면 안 되겠냐? 자세한 이야기는 나중에 해줄게. 내 약속 하마."
"본 걸 어떻게 못 본 걸로 해요? 이렇게 위험한 걸 집에다 두고, 도대체 뭘 폭발시키려는 거죠?"
"우리는 에펠탑을 폭파합니다."

부녀의 대화에 끼어든 한울이 엠마에게 기름을 부었.
불같이 화내는 엠마를 진정시키기엔 역부족이었다. 나는 급한 대로 엠마가 이해할 수 있을 정도만이라도 간략하게 설명하기 시작했다. 신의 계시로 똑같은 꿈을 네 번이나 꿨고, 언제 무너질지 모르는 위험한 에펠탑에 대한 전문가들의 우려를 알려줬으며, 그 일을 내가 하기로 결심했다는 것까지 카세트테이프를 두 배 속도로 돌리듯 빠르게 설명했다.

엠마는 귀를 기울여 듣는가 싶더니 아까보다 더 화를 냈는데, 이번에는 다이너마이트 급이었다.

"아빠가 돈키호테예요? 풍차로 돌진하는 미치광이 노인이 되고 싶은 거예요? 그게 말이나 되냐고요. 나요, 로펌에 있다가 개인 사무실 차린 지 삼 년 되었다고요. 이제 겨우 자리를 잡아가는데 아빠 때문에 다 날리라고요? 정신 차리세요. 엄마를 그렇게 보내고 이젠 나까지 공중분해 시킬 작정이에요?"

"그게 아니야, 제발 진정해. 내가 널 절대 곤란하게 만들지 않을 테니 제발……"

내가 말을 마치기도 전에 한울이 또 끼어들었다. 이번엔 기름만 부은 게 아니라 부채까지 들고 설친 격이었다.

"파스칼은 돈키호테가 아니고 수호천사입니다."

"시끄러워. 당신은 입 닥치고 가만히 있어."

엠마는 손가락으로 한울을 가리키며 고래고래 소리 질렀다. 그러고는 당장 이 짓을 멈추지 않으면 경찰에 고발하겠다는 폭탄을 터뜨린 뒤 현관문이 부서져라 쾅 닫고 집을 나갔다.
한울과 미루는 언제 옮겨갔는지 구석에 쪼그려 앉아 덜덜 떨며 불안한 얼굴로 나를 쳐다보고 있었다. 둘 다 왜 그렇게 측은해 보이는지, 나는 대수로운 일이 아니라는 듯 어깨를 으쓱 올려 보이며 씩 웃었다. 그러고는 한쪽으로 내몰았던 도화선들을 다시 원상태로 넓게 펼치기 시작했다.

열닷새 (한울)

 어제 오후 엠마가 다녀간 뒤로 파스칼은 종일 우울해 보였다. 그는 저녁도 거의 안 먹고 와인을 몇 잔 마시기만 했다. 그가 말은 안 했지만 나는 느낄 수 있었다. 우리는 먹는 둥 마는 둥 저녁을 마친 뒤 미루를 데리고 밖으로 나갔다. 미루는 집에서 똥오줌을 안 누기 때문에 어쩔 수 없어 밖으로 나가야만 한다.
 잠들기 전에 파스칼은 내가 엠마의 사무실에 갔던 걸 꼬치꼬치 물었고, 나는 멀대 파비앙의 행동거지까지 어땠는지를 조목조목 말해줬다. 그의 이상한 웃음소리까지 흉내를 내가며.
 나는 어제저녁을 시원찮게 먹었더니 아침에 뱃속에서 꼬르륵거리는 소리에 잠이 깼다. 파스칼과 미루는 언제 밖으로 나갔던지 내가 깨어나고 얼마 지나지 않아 바게트 빵을 사 들고 왔다.

나는 식탁 의자에 앉아 카페오레와 바게트 빵을 먹으며 어제 하고 싶었던 이야기를 참고 참다가 마침내 꺼냈다.

"어제, 엠마가 파스칼이 돈키호테냐고 물었습니다."
"그냥 단순한 비유일 뿐이야."
"파스칼이 돈키호테면 나는 산초고 미루는 로시난테입니까?"
"허허, 그건 더 재밌는 비유군."
"엠마가 너무 무섭습니다."
"왜? 어제 화를 낸 것 때문에?"
"엠마는 변호사입니다. 경찰에 신고하면 우리는 감옥 갑니다."

내 말에 파스칼은 짐짓 심각한 표정을 짓고 뭔가를 생각하더니 입을 열었다.

"말은 그렇게 했어도 경찰에 신고하진 않을 거야."
"그것을 어떻게 압니까?"
"난 엠마를 알아. 나를 걱정해서 한 소리야."

나는 파스칼이 한 말을 선뜻 이해하기 어려웠지만, 그를 믿기 때문에 안심하기로 했다. 그래도 속으로 엠마가 경찰에 신고하지 않게 해달라고 하나님께 기도했다. 참, 이 이야기를 한다는 것을 까먹고 있었다. 나는 밥 먹기 전에 하던 기도를 일찌감치 관뒀다. 왜냐하면 파스칼이 내게 알려줬다. 하나님은 우리가 감사히 먹을 거라는 걸 알기 때문에 매번 기도를 안 해도 벌을 주지 않으며 다 용서하신다고.

아침을 먹은 후 어제 하던 일을 이어 도화선 선별작업을 했다. 나는 초록색을 거의 다 골랐는데, 마음이 심란해서였는지 파스칼은 노란색을 절반도 골라내지 못했다. 나는 초록색 선들을 한쪽에 가지런히 놓고 멀뚱히 앉아 기다리자니 좀이 쑤시고 몸이 뒤틀렸다. 그래서 그가 빨리 끝낼 수 있도록 나도 노란색을 골라내는데, 파스칼은 내 도움을 마다했다. 대신 나더러 분홍색을 전부 골라내면 고맙겠다고 말했다.

분홍색은 초록색보다 양이 적은 편이라 빨리 골라낼 수 있었다. 흩어져 쌓여 있는 도화선들이 색깔별로 내 눈을 거쳐 뇌에 스캔 되었기 때문에 분홍색을 골라내는 건 일도 아니었다. 내가 얼마나 빨리 분홍색 선을 골라내는지 파스칼은 일손을 멈추고 내 손만 신기하다는 듯 구경하고 있었다. 그래서 한마디 했다.

"놀지 말고 빨리 일하십시오."
"어이 장, 너는 마치 기계 같아. 나는 늙어서 눈도 침침하고

속도까지 느려서 너랑은 비교가 안 되겠어."

"나는 정확합니다. 그리고 빠릿빠릿하고 힘센 젊은이입니다."

"맞아 넌 정확하고 빨라. 그러니 혼자 다 해도 되겠어."

"파스칼은 놀고 싶습니까?"

"턱없는 소리. 나는 다른 일을 할 생각이야."

"그게 뭡니까?"

"에펠탑을 보러 갈까 싶어. 어디쯤 설치하면 좋을지, 그리고 방향도 확인할 필요가 있어. 그래야 도화선 길이를 어느 정도 할지 답이 나올 테니까."

"미루도 같이 갑니까?"

"그건 미루가 결정하겠지."

내가 쳐다보자 미루는 내 눈을 외면하고 고개를 돌리더니 갈등하는 기색을 드러냈다. 나는 파스칼을 따라가고 싶었다. 그러나 꾹 참기로 했다. 혹시라도 한국인 여자 가이드가 지난번처럼 에펠탑 주변을 얼쩡거릴지도 모르기 때문이다. 그리고 내게는 도화선을 선별해야 할 막중한 임무가 있다. 이 일을 맡게 된 걸 자랑스럽게 생각하기로 했다. 신의 계시가 아무에게나 내려지는 게 아니라는 것쯤은 나도 안다. 아빠가 교회에서 지루한 설교를 할 때 자주 써먹는 기적이라는 말과 얼추 비슷한 것 같다.

파스칼은 절대 다른 데로 새지 않고 에펠탑 하나만 딱 본 뒤 곧바로 집에 오겠다고 약속했다. 미루는 나와 같이 집에 남을지 파스칼을 따라갈지 잠시 선택 장애를 겪는 것 같았다. 그러나 파스칼이 현관문을 열자마자 튀어 나갔다. 나는 조금 섭섭했다. 하지만 미루가 집에 남아 있은들 딱히 할 일도 없고, 그렇다고 날 도울 수도 없다. 그 생각을 하니 내가 미루였어도 밖으로 나갔을 거다.

나는 속도전으로 도화선 선별작업에 몰입했다.

쌓여 있던 도화선 양이 절반에 절반으로 줄었을 무렵, 나는 허리가 뻐근해서 잠시 일손을 놓고 쉬기로 했다. 마음 같아서는 몸을 풀기 위해 밖으로 나가 벽을 타고 집 안으로 들어오고 싶지만, 파스칼이 절대 그러지 말라고 했기 때문에 단념할 수밖에 없다. 대신 거실 한쪽에서 맨손체조를 하기로 했다. 내가 학교에 다닐 때 강당에서 체육 선생님의 구령에 맞추어 하던 그 국민체조다.

나는 체육 시간이 제일 좋았다. 나머지는 너무 쉬워서 하나 마나 한 공부였다. 수준이 안 맞는 공부를 하자니 무척 지겨웠다. 나는 교실 밖으로 나가 체육 수업을 하는 다른 반 애들 속에 끼어들었다가 걸핏하면 쫓겨나거나 교실로 끌려왔다. 그래서 재미라고는 찾아볼 수 없는 학교에 안 가는 날이 많아졌고, 가도 교실에는 안 들어가고 담임선생님과 숨바꼭질했다. 그런 일이 일 년 동안 반복되자 나중에는 학교에서 나오지 말라고 했다.

  나는 체육 선생님처럼 우렁차게 구령을 붙여 허리 둘리기를 하다가 퍼뜩 떠오른 생각이 있었다. 파스칼은 내가 일하는 걸 보더니 정확하고 빠르다며 칭찬했다. 그렇다면 나도 단순노동에 해당하는 직업을 얻을 수 있지 않을까.

  부모님은 내가 평생 내 앞가림을 하긴 틀렸다며 늘 한숨과 걱정과 타박만 했었다. 그건 내게 이런 장점이 있다는 걸 몰랐기 때문일 거다. 뭐 그렇다고 이제 와서 한국으로 돌아가 단순노동을 할 수 있는 공장에 취직하겠다는 건 아니다. 파스칼에게 부탁해서 프랑스에서 찾으면 된다. 프랑스에도 공장은 있겠지. 그러면 나도 내 앞가림을 할 수 있을 거다.

  그런 생각을 하니 기운이 마구 샘솟는다. 더 열심히 빨리 정확하게 도화선 선별작업을 해서 파스칼에게 내 능력을 자랑하고 싶다. 그런데 배에서 소리가 났다. 손목시계를 보니 점심 먹을 시간이 훨쩍 넘어 있었다. 파스칼과 미루가 나간 지 벌써 세 시간이 지난 셈이다. 그러니까 나는 시간 가는 줄도 모르고 쪼그려 앉아서 허리가 뻐근해지도록 집중해서 일했던 거다.

  외출하기 전에 파스칼은 조리된 파스타를 냉동실에서 꺼내 전자레인지로 데워 먹으라고 내게 일렀다. 아주 간단하니 그 정도는 할 수 있을 거라 했다. 그러나 아주 간단하지 않았다. 돌덩어리 같은 냉동된 파스타를 전자레인지에 넣긴 했는데, 다이얼이 두 개가 있어 무얼 어떻게 해야 할지 모르겠다. 밑의 것을 돌리려다 다시 원위치하고 위의 것을 돌렸다. 전자레인지는 아무런 반응도 없이 잠잠하다. 위의 것을 되돌려 놓고 아래 다이얼을 끝까지 돌린 뒤 맨 밑에 있는 버튼을 눌렀다. 그래도 전자레인지는 묵묵부답이다.

전자레인지에서 파스타를 꺼내 차가운 대로 먹을까 했지만, 그건 불가능해 보였다. 힘을 줬더니 포크만 살짝 휘어졌기 때문이다. 다시 파스타를 전자레인지 속에 넣고 다이얼을 둘 다 끝까지 돌린 뒤 맨 아래 버튼을 눌렀다. 불이 들어오고 징 소리를 내며 파스타가 돌기 시작했다. 나는 너무 기뻐 만세를 외치며 펄쩍 뛰었다.

역시 사람은 머리가 좋아야 한다. 식탁 위에 색깔별로 가지런히 눕혀둔 도화선들을 바닥으로 옮기는 동안 맛있는 파스타가 완성되어 있을 것이다. 나는 거실 바닥에 빈자리를 넓히고 그곳에 분류해서 식탁에 올려둔 도화선들을 조심스럽게 옮기기 시작했다.

잠시 뒤, '펑' 하는 폭발음이 요란하게 들렸다. 나는 너무 놀라 하마터면 손에 쥐고 있던 파란색 도화선 다발을 공중으로 죄다 날릴 뻔했다. 주방에서 무슨 일이 일어난 게 분명했다. 파스칼이 신수로 다이너마이트 한 개를 주방에 뒀는지도 모른다는 생각이 퍼뜩 들었다. 먼저 눈으로 확인해야 했다. 나는 살금살금 주방으로 들어갔다.

다행히 다이너마이트가 터진 건 아니었다. 사고는 전자레인지에서 발생했고, 규모는 생각보다 덜 커서 안심했다. 에펠탑보다 파스타가 먼저 폭발했던 것이다. 돌덩어리 파스타가 어떻게 열었는지 전자레인지 문을 활짝 열고는 산산이 분해되어 사방팔방으로 날아가 붙어 있었다. 세상에나, 몇 가닥은 천장에도 붙었다.

결국 나는 점심도 못 먹고 쫄쫄 굶어가며 손이 닿는 데까지 벽에 붙은 파스타를 떼어냈다.

그 일이 대충 끝나자 나는 남아 있는 회색과 빨간색 도화선을 나누기 시작했다. 그래도 중요한 깨달음이 있었다. 무엇이 되었든, 굶지 않으려면 사람은 배워야 한다는 것을. 전자레인지로 음식을 데워먹는 것과 천재는 아무런 상관이 없다는 것을.

마침내 도화선 선별작업을 끝냈다. 때마침 현관문이 열리고 미루부터 뛰어 들어와 내게 반갑다고 매달렸다.

뒤따라 들어온 파스칼은 내가 해 놓은 일을 보더니 입이 쩍 벌어졌다. 나는 가슴이 뿌듯했다. 그러나 배가 너무 고파서 기쁜 내색을 할 힘도 없었다. 파스칼이 집으로 일찍 돌아오지 못한 건 에펠탑 펜스 주위를 두 바퀴 돌았고, 물건 하나를 사느라 늦었단다. 그러고는 내게 칭찬을 아끼지 않았다.

"수고 많았어. 장은 진짜 손이 빠르고 정확할 뿐 아니라 게다가 무척 성실한 청년이야."

나는 파스칼의 칭찬에 한껏 고취되어 저절로 몸이 배배 꼬이고 입이 벙긋벙긋 벌어졌다.

"선을 다 연결하면 길이가 일만 삼천칠백육십육 센티미터입니다."
"엥? 그걸 다 자로 재어봤나?"
"자가 없습니다."
"그런데 그걸 어떻게 알 수 있지? 자도 없었는데 말이야."

나는 도화선 길이를 어떻게 셈했는지 파스칼에게 설명하느라 시간이 좀 걸렸다. 먼저 나는 팔을 쭉 뻗어 보여줬다. 내 손가락 끝에서 겨드랑이까지가 71.5센티미터이고, 또 손가락 끝에서 팔꿈치까지 43센티미터이며 그 절반은 21.5센티미터이다. 그리고 내 손바닥 길이는 2밀리미터가 모자라는 19센티미터이지만, 손톱을 조금 기르면 딱 맞는 19센티미터가 된다. 그것을 둘로 나누면 9.5센티미터라는 것을 먼저 알려줬다. 그래서 선을 고를 때마다 그걸 다 계산에 넣었더니 총길이가 13,766센티미터라는 결론이 나왔다. 나중에는 손이 좀 저려서 팔을 쭉 펴지 못한 점을 감안하면, 몇십 센티미터 정도 오차가 있을 수 있다는 것쯤은 양해해 달라고 말했다.

다시 입을 떡 벌린 파스칼은 아무런 말도 없이 설레설레 고개를 저으며 나를 물끄러미 쳐다만 봤다.

잠시 뒤 파스칼은 배낭 밖으로 삐죽이 나온 묵직해 보이는 비닐 쇼핑백을 꺼내 식탁 위에 올렸다. 그는 제법 비싼 돈을 주고 샀다면서 나더러 풀어보라고 했다. 나는 두근거리는 가슴을 진정시키고 살며시 비닐 쇼핑백을 열었다. 거기에 든 것은 쇠로 만든 길이가 48센티미터짜리 에펠탑 모형이었다. 나는 이루 말할 수 없이 기분이 좋아 끽끽 깩깩 소리치고 손뼉 치며 제자리에서 폴짝폴짝 뛰었다.

"에펠탑을 올려다보며 연구하는 게 쉽지가 않더군. 도무지

감이 잡히질 않아. 그래서 모형 하나를 샀어. 이거라도 있으면 조금이나마 도움이 되겠지."

"도움이 됩니다. 나는 길이를 잴 수 있습니다."

"충분히 그럴 것 같군. 저걸 다 재가며 계산한 실력이라면 까짓것 고정된 에펠탑 높이가 문제겠어?"

파스칼은 저녁을 먹은 뒤 좀 어두워지면 센 강가로 가자고 했다. 거기 가서 불꽃놀이를 할 거란다. 나는 어찌나 신나던지 조금 전에 에펠탑 모형을 봤을 때보다 더 몸을 들썩이며 큰소리로 '야호'를 세 번이나 외쳤다. 식탁 밑에 배를 깔고 엎드려 있던 미루가 벌떡 일어나 내 허벅지에 두 앞발을 얹고 나를 진정시키지 않았더라면 이웃에서 민원이 들어왔을지도 몰랐다.

"그렇게 좋냐?"

"네. 내 생일 같습니다."

"지난번에도 그러더니, 생일에는 식구들과 즐겁게 보냈나 보군."

"아닙니다. 동생들은 항상 바쁩니다. 나는 혼자서 노래도 부르고 케이크에 초를 삼십 개 꽂습니다. 나는 한 방에 촛불을 다 끌 수도 있습니다."

나는 허파에 바람을 잔뜩 넣었다가 입으로 세게 뿜어 촛불을 끄는 시늉을 해 보였다. 파스칼은 기분 좋게 허허거리며 웃었다. 그때 내 배에서 천둥소리가 들렸다. 나는 파스칼에게 점심을 먹지 못했다고 고백했다.

"저런, 일을 너무 열심히 하다가 때를 놓쳤군. 오늘 저녁은 내가 맛있는 고기를 구워주도록 하마."

파스칼은 냉동된 고기를 미리 꺼내놓겠다며 주방으로 들어갔다. 그러고는 곧바로 내 귀에 쩌렁쩌렁한 파스칼의 목소리가 들려왔다.

"어이 장. 도대체 주방에서 무슨 짓을 한 거야?"

나는 조금 억울했다. 나는 그저 점심으로 파스타를 먹으려 했던 것뿐이고, 사달을 일으킨 장본인은 전자레인지였다. 까닭에 쫄쫄 굶어가며 일하는 바람에 지금은 살짝 어지럽기까지 한데 말이다.

파스칼은 다용도실에서 접이식 사다리를 꺼내 주방으로 가져갔다. 천장이며 내 손이 닿지 않는 벽으로 날아간 파스타들이 그새 말라버려서 떼어내기가 쉽지 않았나 보다. 사다리에 올라간 파스칼은 젖은 스펀지와 행주를 번갈아 가며 빡빡 문질러 댔다. 그 결과, 주방은 약간의 얼룩을 남긴 채 원상 복귀되었다.

  파스칼은 접이식 사다리를 다용도실에 도로 갖다 놓으며 내게 말했다. 내가 도화선 분류 작업을 깔끔히 끝냈기 때문에 봐준다고. 그건 정말 고마운 일이다. 만약 한국 우리 집에서 이런 일이 발생했다면, 나는 내 방에서 꼼짝도 못 하고 다섯 시간은 갇혀 있었을 거다.

  주방 청소를 끝낸 뒤 파스칼과 나는 식탁을 사이에 두고 마주 앉았다. 우리는 에펠탑 모형을 중간에 놓고 머리를 맞대 연구를 시작했다.

  "에펠탑의 높이는 안테나까지 치면 대략 삼백삼십 미터라고 하는데, 안테나는 계산에 넣을 필요가 없어. 안테나를 폭파하는 건 별 의미가 없거든. 그러니까 삼백이십사 미터가 에펠탑의 정확한 높이라고 보면 돼. 우리는 거기에서 한 지점 또는 두 곳을 잡아 다이너마이트를 설치해야 해. 다이너마이트가 넉넉하지 않기 때문에 충격을 극대화하려면 높은 곳이어야 하겠지."

  "그렇습니다. 이백 미터가 좋습니다."

  "그건 나도 동감이야. 그나저나 폭탄이 네 개밖에 없는 게 아쉽군."

"한 곳에 설치해야 힘이 큽니다."

"그렇지. 오늘따라 네 머리가 잘 돌아가는군."

"에펠탑 대가리를 날리면 됩니다."

"대가리? 그런 말은 또 어디서 배웠나?"

"쟈크가 손님과 싸울 때 말했습니다."

"쟈크는 점잖은 사람이지만 싸가지없는 고객에겐 얄짤없지."

"싸가지가 뭡니까?"

"그건 몰라도 돼. 그나저나 저녁 먹고 센 강에 갈 때 저 도화선들을 색깔별로 일 미터씩 잘라서 가야겠어."

"아깝게 왜 자릅니까?"

"불을 붙여서 타들어 가는 속도와 시간을 재야지. 그래야 다이너마이트 뇌관에 도화선을 얼마나 연결할지 그리고 폭발까지 시간이 얼마나 걸릴지 대충이라도 계산할 수 있으니까. 많이 자르면 선이 모자랄 수도 있으니 일단 일 미터로 해보자고. 모두 여덟 색깔이니까 일만 삼천칠백육십육 센티미터에서 팔 미터가 없어져도 큰 지장은 없을 걸세."

"와, 파스칼은 참 똑똑합니다."

파스칼은 내 칭찬이 마음에 들었던지 배를 잡고 껄껄껄 웃었다. 파스칼이 기분 좋게 웃는 바람에 나도 따라 웃었다. 그랬더니 식탁 아래 엎드려 있던 미루도 일어나 내 허벅지에 앞발을 얹고 꼬리를 흔들며 즐거워했다.

파스칼은 웃음을 멈추고 저녁 준비를 하겠다며 주방으로 가면서 말했다. 아까 센 강가에 가서 불꽃놀이를 하겠다고 한 건 도화선들을 태운다는 뜻이었다고.

나는 불꽃놀이가 아니라는 말에 적잖이 실망했지만, 도화선을 태우는 것도 분명히 재미있을 것 같아 기대와 호기심이 발동했다.

우리는 스테이크로 배를 든든히 채운 후 집을 나섰다. 그나마 사람들에게 인기가 없는 강변을 찾아가려고 지하철을 탔다. 가까운 알레시아 역에서 4번 선을 타고 오데옹에서 10번 선으로 갈아탄 뒤 오스테를리츠 역에 내렸다.

우리는 마치 개를 데리고 산책 나온 사람들처럼 센 강변을 여유롭게 거닐었다. 더위가 한풀 꺾이려는지 저녁엔 제법 시원한 바람이 불어 기분이 상쾌했다. 사람들 왕래가 뜸한 장소를 찾는 건 쉽지 않았다. 긴 여름 해 때문이었다. 우리는 오스테를리츠 철교 밑에 자리를 잡고 앉았다. 파스칼은 생 루이 섬을 바라보며 해가 넘어가고 사람들이 집으로 돌아가길 기다렸다. 나는 철교를 지나가는 지하철이 몇 분에 한 대씩인지 세면서 시간이 가길 기다렸다.

해가 기울고 깊은 노을까지 사라지니 주위가 꽤 어두웠다. 지하철이 양방향으로 모두 열일곱 번 지나갔다. 우리 앞을 지나가거나 강가를 배회하는 사람이 보이지 않았다. 멀찍이 샤를드골 다리 아래 퍼질러 앉아 노닥거리는 젊은 한 쌍을 제외하면 말이다. 나는 그들이 다리 하나 떨어진 곳에 있어서 괜찮을 거라고 말했다. 그랬더니 파스칼은 그렇지 않다고 했다. 그들은 우리가 도화선에 불을 붙이면 필히 이쪽으로 올 거라고 한다. 그들은 호기심이 풍부한 나이이기 때문이란다. 듣고 보니 맞는 말이다. 나 같아도 쪼르르 달려올 것이다.

우리는 내기를 했다. 젊은 한 쌍이 언제 사라질지를. 나는 30분 뒤라고 했고, 파스칼은 한 시간 뒤라고 했다. 내가 이겼다. 그들은 정확히 27분 뒤에 일어나 궁둥이를 털고 다리 위로 올라가는 계단 쪽으로 사라졌다.

"네가 이겼으니 소원 하나 말해봐. 내가 들어줄 수 있는 거라면 들어주지."

"소원은……, 생각나지 않습니다. 지금 말해야 합니까?"

"당장 말하지 않아도 돼. 천천히 생각했다가 나중에 언제든지 말하게."

 나는 소원이 정확하게 무엇을 의미하는지 모른다. 평소 하고 싶은 일은 있지만, 그것을 두고 소원이라 말하지 않는다는 것 정도만 안다. 예를 들면, 클라이밍 체육관에 가고 싶은 것을 소원이라 하지 않는다는 거다. 그건 엄마가 시간이 나면 데려다주니까. 그래도 못 가는 날은 무척 우울했다. 가고 싶을 때 언제든 나 혼자 걸어서 갈 수 있다고 말했지만, 엄마는 절대 나 혼자 돌아다니지 못하게 했다. 클라이밍 체육관은 차로 약 40분 거리에 있다. 거기까지 가는 길이 고층 빌딩들로 미로처럼 얽혀 있어도 나는 길을 잃지 않을 자신이 있는데 말이다.
 그러므로 소원이란, 너무너무 하고 싶은 일이지만 너무너무 이루기 어려운 것을 두고 하는 말일 거다. 아, 갑자기 내 머리가 복잡해진다. 이제부터 생각을 해봐야겠다. 사람이 소원 하나 정도는 있는 게 멋있을 것 같다.
 파스칼은 내가 메고 있던 배낭에서 도화선 여덟 개와 조그마한 라이터를 꺼냈다. 그러고는 선들을 바닥에 내려놓으며 목소리를 착 깔고 말했다.

 "나는 불을 붙일 테니 너는 시간을 재도록 해라. 네가 차고 있는 손목시계는 스톱워치 기능이 있으니까."

"우리나라에, 나는 떡을 썰 테니 너는 글을 쓰도록 해라, 이런 말이 있습니다."

"잔말 말고 지금은 내가 하라는 것만 좀 해라."

나는 손목시계를 풀어 손에 쥐었다. 그러자 파스칼이 초록색 도화선을 고른 뒤 말을 이었다.

"내가 불을 붙이는 순간 바로 스톱워치를 눌러. 그리고 불이 반대쪽 끝에 도달하는 즉시 스톱워치를 꺼야 해."

"알겠습니다. 나는 스톱워치를 켜고 끕니다."

파스칼은 여덟 개의 도화선에 불을 붙였고, 나는 스톱워치 버튼을 총 열여섯 번 눌렀다. 이리하여 도화선 일 미터가 연소되는 데 필요한 시간과 속도가 나왔다. 어떤 것은 다 타는 데 1분이 걸렸고 어떤 것은 84초가 걸렸다. 색깔과 굵기가 조금씩 차이가 나는 여덟 가지 도화선의 평균 연소 시간은 미터당 70초였다.

에펠탑 2층 전망대에서 위로 100미터 높이에 다이너마이트를 설치하여 불을 붙이면 약 두 시간 뒤에 폭파한다는 가정이 완성되었다. 드디어 내가 에펠탑에 올라갈 수 있다고 상상하니 너무 행복하다. 이렇게 황홀한 일을 누구에게도 자랑할 수 없다는 것이 무척 아쉽다.

열엿새 (파스칼)

나는 동서로 흐르는 센 강 중에 주로 서쪽에서 많은 시간을 보낸다. 노숙을 시작한 초창기에는 거의 동쪽으로 갔었다. 미루를 쟈크에게 맡겨두고 시몬느 드 보부아르 인도교를 내려다보며 프랑스 국립 도서관에서 죽치고 살다시피 했다. 그곳에서는 책을 실컷 읽고 깨끗한 화장실을 이용할 수 있다는 것이 큰 매력이었다. 무엇보다 연구 교수로 지낸 덕분에 내게는 자유롭게 드나들 수 있는 출입증이 있었다. 한참 지나 게으름이 몸에 붙기 시작한 뒤로 서서히 이동 장소를 서쪽으로 옮겼다.

어제는 오랜만에 센 강 동쪽으로 갔다. 여름철에는 늦은 시간까지 서쪽 강변을 어슬렁거리는 관광객이 많다. 늦도록 조명으로 화려하게 치장한 에펠탑을 비롯하여 유명 관광지가 서쪽에 많은 까닭일 것이다.

 나와 한울은 오스테를리츠 철교 아래에서 도화선 연소 실험을 끝내고 집으로 돌아오니 새벽 두 시가 지난 시간이었다. 지하철이 끊겨 걸어서 왔기 때문이다.

 오늘은 우리 둘 다 늦잠을 자는 바람에 아침을 열 시가 다 되어 먹었다. 오늘도 우리 앞에 지루한 작업이 기다리고 있다. 무수한 가닥으로 토막 난 도화선을 100미터가 되도록 잇는 작업 말이다. 미터당 도화선이 타는 시간을 평균 70초라고 가정하면 색깔과 굵기의 비율도 꼼꼼히 따져야 한다.

 우리는 아침 식사를 마치자마자 에펠탑 모형을 중앙에 놓고 다시 머리를 맞대어 회의를 시작했다.

 1미터에 70초, 우리가 정한 위치는 2층 전망대로부터 100미터 높이이므로 총 연소 시간이 7천 초가 걸린다. 7천 초를 분으로 환산하고 그것을 시간으로 바꾸면 약간의 오차가 생기는 건 어쩔 수 없는 일이다.

 계단을 이용해서 2층까지 올라가는 데 걸리는 시간은, 젊고 건강한 청년을 기준으로 할 때, 대략 10분에서 15분이면 충분하다. 그런 뒤 철근을 타고 100미터를 기어 올라가는 건 전적으로 한울의 능력에 달렸다. 그리고 한울이 사고 없이 무사히 올라갔다가 내려오는 건 신에게 달렸다. 신이 계시를 내렸으니 아마 탈이 생기게 하진 않겠지. 그래도 믿을 수 없다. 신이 우리에게 일을 맡기고는 딴 데 신경을 팔지 누가 알겠나. 살아오는 동안 세상 여기저기에서 그런 일이 무수히 일어나지 않았던가.

"어쩌면, 그러니까, 에…… 두 시간 동안 올라갑니다. 내려오는 것은 조금 더 빠릅니다."

"어쨌든 왕복 네 시간이라는 셈이군. 거기에 다이너마이트를 설치할 시간과 계단을 이용하는 것까지 치면 넉넉잡아 다섯 시간. 음, 시간이 제법 걸리는군. 늦어도 새벽 다섯 시 전후로 터뜨릴 수 있어야 해. 그런데 폭탄을 설치한 후 2층 전망대까지 내려와서 늘어진 도화선에 불을 붙이면 폭발까지 최소 여섯 시간 반이나 그보다 조금 더 걸린다는 얘긴데……, 그건 무리야. 날이 밝을 시간이라 들킬 확률이 높아. 그렇다면 자네가 다이너마이트를 철근에 묶고, 그 자리에서 도화선 끝에 불을 붙여 아래로 늘어뜨린 뒤, 서둘러 내려와야 해. 그런 것까지 다 따져보면, 에펠탑에 몰래 들어가는 걸 한 시간 앞당겨 자정에 시작해야겠어. 그렇게 할 수 있다면, 새벽 다섯 시쯤엔 성공할 수 있을 걸세. 이해했나?"

"네, 이해됩니다. 하나 더 있습니다. 도망가는 시간도 생각합시다."

 "참, 그렇지. 그것도 아주 중요하지. 무슨 일이 있어도 안 잡히도록 해야겠지만, 신을 믿기엔 좀 찝찝하군. 도주 계획도 잘 짜보자고."

 "잡히면 경찰이 우리를 죽입니까?"

 "그 정도로 혹독하게 굴겠어? 뭐, 철창신세를 오래 질 수는 있겠지."

 나는 에펠탑 모형에서 자리를 짚어가며 설명했고, 한울은 꽤나 심각한 표정으로 귀를 기울였다. 나는 신이 우리에게 막중한 임무를 맡겼으니 큰 탈은 없을 거라며 한울을 안심시켰다.

 회의는 이것으로 끝내고 우리 두 사람은 도화선 연결 작업을 시작했다. 니콜라가 일러준 대로 양 끝을 사선으로 자른 뒤, 사선끼리 맞붙인 자리에 접착력이 강한 종이테이프를 감았다. 그런 뒤 길이를 재어 노트에 기록했다.

 그 작업은 의외로 수월하지 않았다. 몸이 힘든 건 없다지만 평균 연소 속도와 시간을 염두에 두고 이어가다 보니 중간에 수시로 색깔을 확인하고 길이를 재며 계산해야 했다. 100미터라니, 이건 무척 긴 단위였다.

 도울 일 하나 없는 미루는 소파에서 늘어지게 자고 있다. 개

팔자가 부럽기는 처음이다. 저 녀석도 사람으로 치면 나와 연배가 비슷할 거다. 그래도 지금까지 아픈 데 없이 나와 함께하니 그저 고마울 따름이다.

손끝이 야무진 한울은 이마와 콧등에 구슬땀이 맺힌 채 일에 열중이었다. 나는 선풍기 날개 방향을 한울에게로 돌렸다. 왠지 그가 측은한 생각이 들었다. 멀고 먼 프랑스까지 여행 와서 실수인지 의도된 일인지 정확하게는 모르겠으나 국제 미아가 되었다. 게다가 나 같은 늙은이를 만나 팔자에도 없는 큰일을 해내겠다고 저러고 있으니······.

"어이 장, 네 소원이 뭔지 생각해 봤나?"

내 질문에 일손을 멈춘 한울은 한쪽으로 고개를 기울이고는 뭔가 생각하는 듯하다가 대답했다.

"아직 모릅니다."
"소원은 말이야, 꼭 이루어지길 바라는 일이야. 쉽게 이루어지는 걸 두고 소원이라고 하진 않잖아. 희망과 비슷하지만, 조금 다르기도 해."
"어떻게 다릅니까?"

"예를 들면 이런 거야. 굉장히 추운 겨울이 왔어. 얼어 죽지 않으려면 벽난로에 불을 피워야 돼. 그러니까 불을 피워 따뜻해지는 것이 소원이야. 벽난로에 불을 피우려면 장작이 필요할 테고. 나는 그 장작을 희망이라고 생각해. 사람들은 보통 이렇게 말하잖아. 소원이 이루어지길 희망한다고. 희망이 이루어지길 소원한다는 말은 안 하지."

"조금 헷갈리지만, 이해합니다. 소원을 이루는 건 어렵습니다. 그래서 어려운 건 생각 안 했습니다."

"그래, 세상에 쉬운 일은 없지. 그렇다고 어려운 것만도 아니야. 마음먹기에 달린 일도 충분히 많거든. 아마 나중에라도 소원이 생기면 넌 꼭 이룰 수 있을 거야."

"나는 지금 이걸 다 연결하는 것이 희망입니다. 이 일은 아주 중요합니다."

"이런, 내가 널 방해했군. 자, 우리 부지런히 하자고."

눈이 침침하고 등허리가 뻣뻣하게 굳어올 즈음, 나는 휴식 타임을 제안했다. 한울은 앉은자리에서 발라당 누워버렸다. 미루는 소파에서 내려와 구석에 박혀 있던 찢어진 테니스공을 물고 한울 옆으로 가서 꼬리를 흔들어댔다. 한울도 잠시나마 쉬고 싶을 텐데 미루와 놀아주려고 몸을 일으켰다.

나는 요깃거리를 준비하러 주방으로 갔다. 삶은 달걀과 토마토 그리고 통조림에 든 참치와 옥수수를 듬뿍 올려 먹음직스러운 샐러드를 만들었다. 거실로 나갔더니 한울과 미루가 보이지 않았다. 나는 샐러드를 담은 접시 두 개를 식탁에 올려놓고 서재며 화장실 문을 열어 봤으나 어디에도 둘의 모습이 보이지 않았다.

혹시 밖으로 나갔을까 싶어 복도를 따라 현관문 쪽으로 가는데, 다용도실 문이 벌컥 열리며 한울과 미루가 튀어나왔다. 나는 어찌나 놀랐던지 뒤로 튕겨 나가면서 헉, 소리를 질렀다. 삐질삐질 땀을 흘리는 한울도 나만큼 놀란 것 같았다. 미루는 튀어나오자마자 달려가 제 물그릇에 코를 박았다.

나를 놀래주려고 비좁은 다용도실 속에서 10분이나 버티고 있었는데 내가 나타나지 않아 너무 지루했단다. 덥고 숨도 막혀서 그만 나가려고 문을 열었더니 거기에 내가 있었고, 자기도 놀랐으니 피장파장이란다. 어느새 녀석의 불어 실력이 일취월장하여 내 뺨을 칠 정도가 되었다. 기가 막히지만 혼내지도 못하겠고…….

나는 샐러드를 게 눈 감추듯 먹어 치우는 한울에게 말했다. 요기를 한 후 소화도 시킬 겸 스포츠 매장으로 갈 것이라고. 그리고 저녁 식사 후에는 한국인 여자 가이드가 없을 거라는 가정 하에 에펠탑 현장 답사를 할 거라고. 그러자 입에 든 샐러드를 씹다 말고 꿀꺽 삼킨 뒤 한울이 물었다.

"스포츠 매장에 왜 갑니까?"
"거사를 치르려면 거기에 걸맞은 옷이 필요하지 않겠나. 네 셔츠는 거의가 다 밝은 색상이라 눈에 띄기 쉬워. 그래서 검은색 운동복을 한 벌 사야겠어."
"검은색은 안 좋아합니다."
"안 좋아해도 어쩔 수 없어. 에펠탑을 폭파하는 날엔 입어야 해."
"알겠습니다. 그러면 운동화도 삽시다."
"그러지 뭐. 아무래도 철근을 타고 올라가려면 특별한 운동화도 필요하겠군."
"클라이밍용 신발이 있습니다. 하지만 좀 비쌉니다."
"아, 그런가? 나야 알 턱이 없지만, 일단 매장에 가서 찾아보자고. 돈 걱정은 말고. 한국인 여자 가이드에게서 받아낸 돈이 아직 남아 있으니까."

쇼핑을 한다는 말에 신이 났던지 한울은 샐러드를 아예 입안으로 들이부어 넣었다. 그러고는 빨리 가자고 채근을 해댔다.

프랑스, 특히 파리는 예전에 비해 반려견 출입을 금지하는 곳이 많이 늘었다. 에펠탑 관람조차 유리와 철제 펜스로 가려 개 출입을 금지하는 세상이 아닌가. 쇼핑 때문에 미루를 집에 두고 가려니 미안했다. 그림자처럼 늘 같이 다니던 녀석이었는데 말이다.

"미루야, 아빠는 이제부터 거사를 위해 준비해야 할 것이 많단다. 그런데 그 장소에 널 데려갈 수 없어 참으로 유감이구나."
"미루야, 다이너마이트를 잘 지켜야 해. 집에 올 때 개껌 사줄게. 나한테 백 유로가 있거든."
"그놈에 백 유로는 그만 써먹어. 어차피 계산은 내가 다 치르잖아."
"나에게도 기회를 주십시오."
"기회는 스스로 만드는 거야."
"그것참, 소원만큼 어려운 문제입니다."

나와 한울은 미루에게 한마디씩 인사를 남겼고, 촉촉한 눈으로 우리를 쳐다보던 미루는 체념을 한 채 소파로 폴짝 뛰어 올라가 납작 엎드렸다.
나는 할 줄 아는 스포츠도 없거니와 운동 자체를 싫어한다.

열혈 학구파들의 공통점을 다 가지고 있는 셈이다. 그러니 생전 나와 상관없던 스포츠 매장을 눈여겨봤을 턱이 없다.

  나는 쁘렝땅으로 갈지 라파예트로 갈지 고민하다가 아무래도 덜 복잡할 것 같은 BHV 백화점으로 정했다. 우리는 지하철로 이동하기로 했다. 이제부터 거사를 치르기까지 에너지를 쓸데없이 낭비하지 않을 생각이다.

  시청 건너편 리볼리 가를 따라 상가가 즐비하다. 우리는 백화점으로 들어가기 전에 주변 가게들을 기웃거리다가 제법 규모가 큰 스포츠 매장 하나를 발견했다. 나는 그곳이 주로 유명 메이커 제품들을 파는 곳인지 몰랐다.

  내 눈에는 뭐가 뭔지 도통 알 수 없었지만, 한울은 가게 안을 성큼성큼 돌아다니다가 한 진열대 앞에서 멈추었다. 평범해 보이지 않는 운동화들이 벽을 장식하고 있었다. 나는 그중에 하나를 집어 이리저리 살펴봤다. 가벼운 편이고 바닥이 아주 질긴 생고무 재질이었다.

"이것들이 네가 말한 그 클라이밍인가 할 때 신는 신발인가 보군."

"딩동댕, 잘 맞췄습니다."

"까불지 말고 마음에 드는 게 있으면 골라 봐. 참, 네 사이즈가 어떻게 되지?"

 "내 운동화는 이백팔십입니다."

 "이백팔십? 한국식 사이즈인가 보군. 우선 맘에 드는 디자인을 고르도록 해. 그런 뒤 사이즈는 점원에게 도움을 받는 편이 낫겠어."

 나는 도움을 청하려고 점원을 찾았으나 모두 고객을 상대하고 있었다. 우리를 수상쩍게 흘깃거리는 점원 하나만 빼면 말이다. 그는 괜히 바쁜 척 쓸데없이 왔다리 갔다리 할 뿐 다가올 기미가 없었다. 십중팔구 얍삽한 뺀질이가 분명할 것이다.

 그러거나 말거나 한울은 이것저것 발에 대보고 신어보고 심지어 냄새까지 맡았다. 나는 뺀질이를 향해 물건을 안 팔 거냐며 소리를 빽 질렀다.

 매장에 있는 모든 사람이 놀란 얼굴로 나를 쳐다봤다. 그 얼굴들 중에 가장 말쑥하고 나이가 제일 들어 보이는 멋쟁이가 후다닥 달려왔다. 자기가 점장이라고 소개한 멋쟁이는 상냥한 미소를 지으며 무엇을 도와드리면 좋겠냐고 정중하게 물었다.

 나는 한울을 가리키며 이 청년이 선택한 디자인에 맞는 사이즈를 골라주면 좋겠다고 말했다. 아울러 클라이밍에 쓰는 손가락이 죄다 구멍 난 장갑도 함께 부탁했다. 그리고 청년의 몸에 맞는 상하 체육복도 골라주면 고맙겠는데, 단 검은색이어야 하고 이왕이면 바람에 저항력이 큰 것이면 좋겠다고 말했다. 멋쟁이 점장은 뺀질이를 자기가 상대하던 고객에게 보내고 우리를 편안한 의자로 안내했다.

그리하여 한울의 발 사이즈는 유럽식으로 '44'라는 결론이 나왔다. 장갑은 한울이 고집한 빨간색으로 선택했다. 멋쟁이 점장은 한울에게 어울릴 거라며 검은색 상하 운동복을 두 벌 가져와서는 피팅룸에서 입어볼 것을 권했다.

"이거 너무 이상합니다."

피팅룸에서 첫 번째 검은색 운동복을 입고 나온 한울은 울상을 짓고 뿌루퉁하게 말했다. 나는 커튼을 젖히고 나오는 한울을 보는 순간 커다란 물개가 떠올랐다. 내 보기에도 뭔가 이상하고 어색했다. 모르긴 해도 사이클 선수들이 입는 쫄티에 레깅스 같았다.

"뭐, 편하게 보이진 않군. 하지만 지면과 달리 높은 곳에는 바람이 제법 불지도 몰라. 그렇다면 이렇게 몸에 딱 붙는 옷이 도움 될 거야. 혹시 튀어나온 철근이라도 있으면, 물론 있을 거라 생각하지만, 헐렁한 옷이 자칫 돌출한 리벳이나 쇠 같은 데에 걸리기라도 하면 위험하잖아."

"저는 조심합니다. 이 옷은 마음에 안 듭니다."

"그래? 그럼 할 수 없지. 다른 걸 입어보도록 해."

한울은 피팅룸으로 들어가 커튼을 닫고 다른 옷으로 갈아입고 나왔다. 그것도 앞서 입어 본 것과 별 차이가 없었다. 심지어 이번 것은 섬뜩하게도 가슴에 하얀 에펠탑이 그려져 있었다. 결국 우리는 멋쟁이 점장에게 평범한 그러나 너무 헐렁하지 않은 디자인으로 주문했고, 경력에 걸맞게 그는 한울이 마음에 들어 하는 스타일을 가져다주었다.

고작 30분 만에 엄청난 지출을 했다. 세일 기간이라 할인을 받았어도 12년 노숙 생활에 비교하자면, 거의 보름치 식비가 날아간 셈이다. 일을 맡긴 신에게 어떤 식으로든 보상을 받아내고 싶다. 나중에 시간을 내서 청구서를 써볼 생각이다.

쇼핑을 끝내고 집으로 돌아온 나와 한울은 외출 전에 하던 일을 이어 도화선 연결 작업에 몰두했다. 이후 일곱 시쯤에 저녁을 먹었으며, 소화되기를 기다렸다가 에펠탑을 보러 가기로 했다. 혼자 집에 남겨진 것이 싫었던지 눈치가 빠른 미루는 아예 현관문 앞에 엎드려 있었다.

8월 중순을 건넌 여름은 더 이상 맥을 못 추는 것 같다. 밤공기가 제법 서늘하게 느껴지는 걸 보니 서서히 물러날 준비를 하는 게 분명하다. 머지않아 가을을 예고하는 비가 잦아질 테고 나는 무릎을 핑계 삼아 더 게을러지겠지.

 꿈이라는 통로를 이용해 신이 계시를 내리기 전에는 그다지 관심 없던 에펠탑이었다. 내가 태어나기 전부터 늘 거기에 있었고, 관광객들이 열광하는 기념물에 지나지 않았다. 꿈 이후로 낮에 보는 에펠탑은 고철 덩어리이나 야경은 부정할 수 없는 예술 그 자체였다.

 그건 에펠탑이 아니라도 마찬가지다. 파리의 낮 풍경은 딱히 볼 것도 없는 평범한 도시이지만, 몽마르트르 언덕에서 내려다보는 파리 밤 풍경은 제법 근사하다. 조명의 힘이 대단하다는 걸 느낀다. 사람도 똑같다. 민낯은 주근깨투성이 깨밭이라도 곱게 치장하여 밤에 보면 예뻐 보이기도 하니까.

 모파상이 다시 태어나 에펠탑을 본다면 어떤 생각을 할지 궁금하다. 미운 오리 새끼가 화려한 백조가 될 줄은 꿈에서조차 상상하지 못했을 거다. 어쩌면 에펠탑이 부실해서 언제 무너질지 모른다는 소식에 고소해할지도 모르지. 어쨌든 파리의 상징답게 에펠탑의 외양은 웅장하고 멋있다. 그러나 뼈대 중 겨우 10퍼센트만 견고함을 유지하고 있다고 전문가가 말하지 않았던가. 심각하게 부식된 부분을 여러 번 칠만 거듭한 결과로 두꺼운 페인트층이 무게를 지탱하고 있다고 생각하니 아찔하다.

그동안 벌어들인 상상을 초월하는 수익금으로 페인트칠만 거듭하지 말고 에펠탑을 아예 허물고 새로 짓든 해야 한다. 그 기간 동안 관광 수익을 올리지 못하면 파리가 망하는가? 그놈에 돈이 뭐라고 눈속임만 반복하다니…….

파리 시의회와 에펠탑 담당자들은 된통 혼이 나야 정신을 차릴 것 같다. 나를 노망난 늙은이 취급하며 밖으로 떠민 시청사 수위는 자기가 얼마나 큰 실수를 했는지 곧 알게 될 것이다.

노조가 파업을 감행하자 파리시가 협상안으로 내놓았다는 것이 기껏 유지 보수였다. 2031년까지 삼억 팔천만 유로를 투자해서 유지 보수 작업을 진행하겠다고 발표했나 본데, 허구한 날 유지 보수를 해봐야 별 의미가 없다는 게 내 생각이다.

우리 셋은 에펠탑을 보호한다는 명분으로 쳐놓은 펜스 주변을 한 바퀴 돌기로 했다. 7.2센티미터 두께로 제작된 유리 패널을 이어 만든 펜스는 에펠탑을 중심으로 남북 즉, 샤이요 궁과 마르스 정원이 보이는 양쪽을 합쳐 631미터를 설치했다. 철제 펜스는 에펠탑 동서에 있는 아기자기한 연못 밖으로 총길이 225미터에 걸쳐 세워졌다. 따라서 펜스 전체 둘레는 856미터인 셈이다. 쉬엄쉬엄 걸어도 15분이면 충분하다.

미루는 여기저기 찔끔거리며 영역 표시에 정신이 없고, 한울은 수시로 손뼘재기를 하며 제 깜냥대로 에펠탑을 측정했다. 그게 실제 상황에서 얼마나 도움이 될지는 모르겠다만 나는 간섭하지 않았다. 대신 나는 땅을 보고 걸었다. 지질학자로 이름을 떨치느라 오만했던 시절은 간데없고, 게다가 내 눈은 백내장이 온 것 같으나, 전문가로서의 감각은 잃지 않았다고 확신하면서, 그렇게 바닥을 보고 걸었다.

"파스칼은 왜 에펠탑을 안 보고 땅만 봅니까?"

"다 이유가 있어서야."

"돈을 주우려고 그럽니까?"

"예끼 이놈아. 떨어져 있는 눈먼 돈이 있다 한들 겨우 동전일 텐데, 내가 그걸 줍자고 이렇게 시간을 쓰겠나. 다 이유가 있다니까."

"나는 백 유로를 주웠습니다."

"그건 아주 특별한 경우고. 어쨌든, 이유가 있어서 땅을 보고 걷는 거야."

"나는 이유를 알고 싶습니다."

"그건 나중에 말해줄게. 나도 생각을 정리해야 하니까."

우리 셋은 에펠탑 둘레를 한 바퀴 돈 뒤에 집으로 돌아왔다.

집으로 오자마자 내가 쉬라고 해도 한울은 남아 있던 도화선들을 끌어당겨 연결 작업을 이어갔다. 그러고는 새벽 두 시가 다가올 때쯤 일손을 멈추었다. 그는 종일 도화선 작업을 하고 쇼핑을 했으며 에펠탑을 돌고 와서는 또 도화선을 연결했다. 일을 마친 후 내게 잘 자라는 말을 남긴 채 얼굴도 안 닦고 제 방으로 들어가더니 이내 곯아떨어졌다.

거실 바닥에서 얇은 매트를 깔고 자는 게 안쓰러워 손님이 묵곤 하던 방을 어제부터 한울에게 내주었다. 집으로 들어온 지 여러 날이 지났으나 나는 아직도 아내와 함께 쓰던 침실에 들 수 없다. 거실 소파도 내겐 흔감할 따름이다. 미루는 식탁 아래를 제 자리로 차지하고는 깊이 잠들었다. 인간은 나이가 들면 잠이 줄어드는 반면 개는 나이가 들어갈수록 잠자는 시간이 늘어나는가 보다.

나는 복잡한 머리를 정리할 겸 식탁 앞에 앉아 와인을 홀짝거렸다. 에펠탑을 막고 있는 펜스를 돌면서 내린 결론으로 점점 거사의 계획이 뚜렷해져 갔다.

불현듯 엠마가 했던 말이 떠올랐다.

'아빠가 돈키호테예요? 풍차로 돌진하는 미치광이 노인이 되

고 싶은 거예요?'

엠마가 말했듯 내가 돈키호테처럼 무모한 짓을 계획한 걸까. 시청사 수위가 말했듯 내 정신에 문제가 있고 진짜 치매를 앓는 것일까. 그렇다면 네 번이나 똑같은 꿈을 꾼 것은 무어란 말인가. 다른 사람들에게도 종종 있는 경험일까. 아닐 게다. 나는 지금까지 그런 이야기를 들어본 적이 없다. 두 번에 걸쳐 같은 꿈을 꿨다는 사람은 봤어도.

내가 꿈 얘기를 처음 꺼냈을 때 쟈크가 그랬듯 신의 계시가 아니고서야 이런 일이 쉽게 일어날 리 없다. 그리고 실제 에펠탑은 겉모습과 달리 매우 위험한 상태다. 짧게나마 전문가를 만나서 중요한 사실도 전해 들었다.

게다가 테오를 만나 그토록 쉽게 다이너마이트를 얻을 거라고는 예상하지 못했다. 그저 제조법이나 배워오려고 트루빌에 갔었는데, 그는 군말 없이 내게 다이너마이트를 네 개나 주었다. 형식상으로는 내가 훔친 것이긴 하지만, 어쨌든 내 손에 들어온 것도 신의 도움이 없었다면 가능하지 않았을 거다.

어디 그뿐인가. 십수 년 만에 만난 니콜라에게서 도화선을 수월하게 얻은 것도 그렇다. 이것 역시 가능성이 크지 않다고 생각했는데 단 하루 만에 내 손에 들어왔다. 이런 일련의 일이 착

297

착 맞아떨어지기는 쉽지 않은 일, 역시 신이 역사를 하지 않으면 거의 불가능하다.

　무엇보다 내가 꿈을 꾼 첫날, 한울을 만났다. 그가 없었다면 아마 나는 신이 아무리 애원해도 거절했을 거다. 그를 내게 보내준 것도 신이 다 계산에 넣고 있었던 거다. 지금까지 겪은 바로 장 한울은 훌륭한 파트너임이 분명하다.

열이레 (한울)

　이틀 동안 폭신한 침대에서 잤더니 온몸이 노글노글하다. 트루빌에 있는 테오의 집에서 이틀 잔 것을 빼면 늘 딱딱한 벤치에서 자느라 몸에 못이 박히는 줄 알았다. 자다가 벤치 아래로 굴러떨어진 적이 아마 스무 번은 넘을 거다.

　나를 믿고 내게 중요한 일거리를 준 수호천사가 있고, 무척 키우고 싶어 했던 강아지도 있고, 이제는 내 방도 생겼다. 지금까지 살아오는 동안 토막토막으로 기뻤던 때는 있었지만 그것이 행복이라고 느낀 적은 없었다. 나는 이제 알았다. 행복은 토막토막 느끼던 기쁨이 길게 이어지는 것이다. 내가 이렇게 행복한 걸 한국에 있는 가족들이 모르는 게 유감이다.

　누워서 키대로 기지개를 쫙 켜는데 빨리 나와서 아침을 먹으라고 파스칼이 외쳤다. 나는 발딱 일어나 문을 열었다. 문밖에서 나를 기다리고 있던 미루가 반갑게 매달리며 꼬리를 사정없이 흔들어댔다. 보라, 이런 게 행복이 아니면 뭐가 행복일까.

"네 덕분에 도화선을 다 연결해서 거사 날이 빨라질 것 같아. 쇠뿔도 단김에 빼랬다고 하지 않던가."

"그런 속담이 프랑스에도 있습니까?"

"사람 사는 모양새는 어디든 다 비슷하잖아. 그러니 속담도 비슷하겠지."

"거사 날이 언제입니까?"

"오늘 밤에 필요한 것들을 챙겨 에펠탑으로 이동할 거야. 준비물이 많아서 쟈크에게 차를 빌리기로 했어."

"엥? 오늘 에펠탑을 폭파합니까?"

"아니, 내 계획은 모레야."

"그런데 왜 오늘 준비물이 필요합니까?"

"미리 숨겨둬야 할 것들이 있어. 이를테면, 다이너마이트와 접이식 사다리야. 사다리는 탈출할 때 꼭 필요한 거고. 내가 찜해둔 장소 근처에 다 숨겨둘 생각이야."

"도둑놈이 있을지 모릅니다."

"펜스 밖이 아니라 안쪽에 넣어서 숨길 거야. 관리 직원들 눈에만 안 띄면 돼. 관광객이 훔쳐 갈 일은 없을 테니까. 보아하니 관리직원들이 해이한 것 같더구먼."

 아침을 먹고 식탁을 치운 뒤에 우리는 회의 시간을 가졌다. 파스칼은 오늘 우리가 치러야 할 일을 순서대로 말했다.

 첫째, 낮 동안 집에 머물면서 거사에 필요한 준비물들을 챙길 것이다.

 둘째, 깜깜한 밤에 에펠탑 동쪽으로 잠입해서 필요한 물건들을 죄다 숨겨둘 것이다. 자기를 믿고 시키는 것만 하면 모든 일이 다 잘될 거라고 한다. 나는 파스칼에게 그런 말은 안 해도 된다고 했다. 나는 수호천사를 무조건 믿으니까 그런 걱정은 말라고 안심시켰다.

 셋째, 파스칼은 펜스 밖에서, 나는 펜스 안에서 작업을 할 것이다.

 넷째, 중요한 작업을 다 마친 뒤, 에펠탑 펜스 안에 숨긴 물건을 지키기 위해 노숙을 해야 한다. 그것도 나 혼자서 말이다.

 여기까지가 오늘 우리가 할 일이다.

 비록 한밤중에 몰래 담을 넘지만, 다음 날 아침에 에펠탑이 개장하면 관광객처럼 한 바퀴 돌고 출구로 당당히 걸어서 나오면 된단다. 그곳에서 파스칼과 미루가 기다리고 있을 거니까 아무 걱정 말라고 한다. 하지만 나는 너무 걱정이 된다.

거사 하루 전날, 그러니까 내일은 순서를 재확인하면서 무조건 쉴 것이다. 그리고 밤이 되면 나와 미루는 집에 남고, 파스칼은 에펠탑 정원으로 숨어들어 가 다이너마이트와 접이식 사다리를 지키며 당번을 설 계획이다.

거사 당일에는 저녁을 먹고 에펠탑으로 간다. 단, 미루는 집에 남는다. 만일 우리가 실패할 경우, 미루는 엠마에게 맡긴다. 그래서 파스칼은 엠마 앞으로 편지를 써서 내일 부칠 것이다.

우리는 입구 보안대를 통과한 뒤, 에펠탑을 구경하는 사람들처럼 시간을 보낸다. 그러다가 퇴장 시간에 빠져나가는 눈들을 피해 준비물을 숨겨둔 곳으로 숨어들어 간다. 아무도 없는 것을 확인한 후, 거사를 실행한다. 그런 뒤 폭탄이 터지기 전에 덤불에 숨겨둔 접이식 사다리를 꺼내 철제 펜스를 넘을 것이다.

나는 파스칼이 들려주는 계획을 토씨 하나 빠뜨리지 않고 머리에 입력했다. 그러다 궁금한 것이 있어 물었다.

"그런데 왜 동쪽입니까?"
"왜냐하면, 그쪽 흙이 무른 편이거든. 그래서 땅 파기가 별로 어렵지 않을 거야. 내가 한때는 지질학 전문가였던 게 도움이 된 셈이지. 그 정도는 만져보지 않고 보는 것만으로도 충분히 알 수 있지."

"아아, 알겠습니다. 어제 파스칼은 땅을 보고 걸었습니다."

"그랬지. 나무뿌리까지 염두에 둬야 하니까. 눈에는 보이지 않아도 땅속으로는 거미줄같이 퍼져 있거든. 나무 기둥과 땅 위로 나와 있는 굵은 뿌리의 형태를 보면 땅속에서 어떻게 뻗어나갔는지 대충 알 수 있어. 지난번에 나 혼자 에펠탑을 갔다가 모형을 사 온 날에도 그걸 보려고 갔던 거야. 그땐 낮이라 더 정확했고, 어제는 우리가 오늘 야간작업을 해야 해서 확인차 간 거야. 위치를 정확하게 해 둘 필요도 있고."

"감동했습니다. 파스칼은 멋있습니다."

"칭찬은 됐고, 또 궁금한 게 있나?"

"하나 더 궁금합니다. 준비물을 어떻게 펜스 안으로 넣습니까? 던집니까?"

"그걸 던졌다간 네 머리 위에서 다이너마이트가 터질지도 몰라."

나는 '으악' 소리를 지르며 두 팔로 머리를 감쌌다. 그러자 파스칼이 큰소리로 웃은 뒤 대답을 이어 나갔다.

"네가 사다리를 타고 펜스 안으로 들어가면 내가 그 사다리를 접어서 펜스 사이로 넣어줄 거야. 남쪽과 북쪽은 유리 패널로 막았지만, 동쪽과 서쪽은 에펠탑 모양의 철제 펜스야. 허리

선 아래엔 철망까지 쳐놨더군. 그렇지만 위로는 없어. 그래서 위쪽 틈을 이용할 거야. 그 정도 틈이면 접이식 사다리가 들어갈 수 있어. 단 다이너마이트는 충격에 민감하고 또 도화선 때문에 부피가 있어 곤란하지만."

"나는 틈을 자세히 보지 않았습니다."

"뭐 어차피 나중에 보게 될 거야."

"또 궁금한 것이 있습니다."

"뭔가?"

"감시카메라가 있습니다."

"역시 눈도 야무지군. 대략 십 미터 간격으로 감시카메라가 있어. 내가 찜한 곳은 마침 길이 휘어져서 펜스가 곡선을 이루는 지점이야. 거기 있는 카메라 두 개는 미리 손볼 생각이야."

"어떻게 손봅니까?"

"다 생각한 게 있어. 나중에 알게 될 거야."

파스칼은 우리가 신의 계시로 거사를 감행하지만, 우리는 어디까지나 인간이고, 인간은 언제라도 생각지 못한 실수를 하는 존재라고 했다. 그러므로 거사가 삐걱대어 폭탄이 터지지 않을 수도 있으나, 그건 우리의 실수가 아니라 다이너마이트를 만든 테오의 실수일 확률이 높은 거라고 했다. 그게 아니라면 도화선이 타다가 저절로 꺼지는 불량품이거나 너무 오래되어 기능을 제대로 못 하는, 그러니까 사람으로 치면 조루증이거나 발기부전 환자일 거란다.

나는 조루증이거나 발기부전 환자는 어디가 아픈 사람인지 물었고, 파스칼은 잠깐 생각하더니 그것은 중요하지 않으니까 몰라도 된다고 했다.

실수 중에는 폭탄이 터지지 않는 것보다 더 나쁜 경우가 있는데, 그것은 우리가 발각되어 잡히는 것이란다. 그렇게 되면 경찰 당국에 넘겨질 것이고, 실패한 테러범으로 뉴스에 날 것이며, 어쩌면 오래 철창신세를 질지 모른다는 거다.

나는 둘 다 똑같이 끔찍한 실수라고 생각한다.

"첫 번째 실수보다 두 번째 실수를 대비해서 입을 맞출 필요가 있어. 이건 굉장히 중요한 거니까 잘 들어야 해."

"나는 무조건 잘 듣습니다. 언제나."

"알아, 하지만 원숭이도 나무에서 떨어질 때가 있으니까."

"나는 원숭이가 아닙니다."

"내 말뜻은, 지금부터 내가 하는 말을 명심해서 아주 작은 실수도 하면 안 된다는 거야."

"네, 명심합니다. 걱정은 붙들어 매십시오."

"못 하는 말이 없군."

"우리나라에는 이런 말도 있습니다. 걱정도 팔자다."

"시끄러워 이놈아. 만약 우리가 잡히면, 넌 프랑스 말을 절대 하면 안 돼. 경찰이 아무리 말을 시켜도 못 알아듣는 척을 하란 소리야. 말은 내가 다 할 테니까."

"왜 그렇게 합니까?"

"그래야 넌 감옥에 안 가."

"파스칼은 감옥에 갑니까?"

"뭐, 그건 알 수 없지. 갈 수도 있고, 안 갈 수도 있고, 갔다가 빨리 나올 수도 있고. 최악의 경우엔 아주 오래 갇힐 수도 있을 테고……"

나는 갑자기 너무 슬퍼졌다. 내가 감옥에 안 가는 것은 좋지만, 파스칼 혼자 감옥에 가는 건 상상할 수 없다. 그가 어딜 가든 따라가기로 했는데, 그렇다면 나도 감옥에 갈 수밖에 없다. 내가 그 말을 막 하려는데 파스칼이 계속 말을 이었다.

"이건 착한 거짓말에 속하는 거야. 그러니 넌 절대 프랑스 말을 하지 말고 꿀 먹은 벙어리처럼 굴어야 해. 경찰이 무슨 말을 해도 딴생각을 하면 돼. 뭐, 나중에는 한국인 여자 가이드나 대사관 직원이 나타나겠지. 그때는 한국말을 하는 수밖에 없겠지만, 그래도 계속 착한 거짓말을 하도록 해. 넌 부모님을 잃어버리고 나를 만나 따라다니기만 했다고. 내가 먹을 것을 주고 재워줬기 때문에 따라다녔다고 하란 말이지. 그 외는 아무것도 모른다고, 무조건 모른다고만 해. 다른 걸 물어도 똑같은 대답만 해야 해. 알았나?"

 말을 마친 뒤 파스칼은 방금 자기가 한 말을 나더러 해보란다. 나는 내가 들은 것을 천천히 앵무새처럼 말했다. 그러자 파스칼은 참 잘했다며 칭찬을 했다.
 그러고는 실제 상황처럼 연기를 해보자며 파스칼은 경찰이 되어 내게 질문하기 시작했다.

 "어이, 이름과 나이 그리고 직업과 주소를 말하시오."
 "……"
 "어이, 프랑스 말을 할 줄 몰라? 국적이 어디요?"
 "……"
 "어이, 당신은 테러범이지? 왜 에펠탑 밖으로 나가지 않고 안쪽에 숨어 있었나?"
 "……"

"그래, 그렇게 하는 거야. 무얼 물어도 대답하면 안 돼. 자 이제 내가 한국인 여자 가이드, 아니 대사관 직원이라 생각하고 연기를 해보자고."

"이거 참 재미있습니다."

"잔말 말고 내가 묻는 말에 대답해 봐. 자 시작하겠네. 당신은 그동안 어디에 있었나요?"

"파스칼을 따라다녔습니다."

"어허, 그건 프랑스 말이잖아. 실제로 그런 질문을 하면, 넌 방금 한 말을 한국말로 그대로 하라고, 알겠지?"

"네 압니다. 나는 파스칼을 만나서 계속 따라다녔습니다. 파스칼이 먹을 것을 주고 재워줘서 같이 있었습니다. 다른 건 모릅니다. 나는 아무것도 모릅니다. 피곤합니다. 이렇게 한국말로 합니다."

"아주 잘했어. 그걸 한국말로 계속 되풀이하라고. 다른 질문을 해도 그렇게만 말하면 돼. 그 사람들은 널 자폐증 환자라고 생각할 테니까. 끝에 피곤하다는 말은 빼고. 무슨 일을 해서 피곤하냐고 물으면 곤란하잖아."

"나는 환자가 아닙니다. 안 아픕니다."

"알아, 자넨 절대 환자가 아니야. 그렇게 생각하는 사람들이 아픈 사람일지도 몰라. 내가 알기로 자넨 썩 훌륭한 청년이야."

파스칼은 착한 거짓말 연습을 끝내고 다용도실에서 장비를 꺼내왔다. 일자형 접이식 사다리는 접었을 때 길이가 약 70센티미터다. 다 펼치면 2.2미터로 늘어나 철제 펜스를 넘기에 별 문제가 없어 보인다. 나야 사다리가 없어도 넘을 수 있지만, 파스칼은 사다리가 없으면 도망 나올 수 없기 때문에 미리 펜스 안에 숨겨둬야 한다.

부식에 강하다는 코르텐 강철로 만든 펜스는 에펠탑 모양을 닮았다. 게다가 펜스 높이는 324센티미터인데, 이것은 에펠탑 높이 324미터를 센티미터 비율로 축소한 거란다.

비좁아 보이던 다용도실에서 별의별 것이 다 나왔다. 접이식 사다리를 비롯하여 와이어 절단기에 난생처음 보는 드릴이라는 것이 나왔고 심지어 모종삽에 면장갑까지 나왔다. 게다가 드릴에 장착하는 땅 파기용 오거비트라는 날을 비롯하여 쇠도 거뜬히 뚫을 수 있는 스텝드릴비트까지 있었다. 파스칼이 지질학자 시절에 유용하게 쓰던 것들이었고, 12년 전에 집을 떠날 때 버리려고 했다가 귀찮아서 그대로 뒀는데, 그게 얼마나 잘한 일인지 모르겠다고 했다.

필요한 것들만 빼고 나머지는 도로 다용도실에 갖다 둔 뒤, 파스칼은 고무장갑을 낀 채 걸레를 가지고 돌아왔다. 그러고는 접이식 사다리를 쫙 펴서 꼼꼼하게 닦기 시작했다.

"거사가 성공하길 간절히 바라지만, 실패라는 결과도 염두에 둬야겠지. 그래서 지문을 다 지우는 거야. 우리는 이제부터 일을 할 때 장갑을 끼도록 하자고. 사람들은 작고 사소한 것에서 실수를 하거든. 너도 면장갑을 챙겨."

"나는 클라이밍 장갑이 있습니다."

"이놈아, 그건 열 손가락이 다 나오잖아. 여기저기 지문을 다 묻히며 다니려고? 그 장갑은 에펠탑 등반을 위한 거니까 맨 나중에 끼는 거야."

파스칼은 끼고 있던 고무장갑을 벗어 걸레와 함께 내게 건넸다.

"넌 사다리를 빈틈없이 다 닦아. 나는 다이너마이트에 뇌관을 심고 도화선을 연결해야 하니까."

"조심합시다."

"설마 내가 이 집을 날리겠냐."

드릴에 오거비트와 스텝드릴비트 그리고 모종삽과 까만색 비닐봉지에 싼 다이너마이트와 작은 라이터를 바닥에 나열했다. 그 옆에 내가 걸레로 지문을 말끔히 지운 접이식 사다리와 와이어 절단기에 투명 접착테이프까지 나란히 늘어놓고 보니 장비가 꽤 많았다. 파스칼은 이걸 다 들고 매고 갈 수 없어서 쟈크에게 차를 빌리는 거라고 말했다. 그러고는 한 가지가 빠졌다며 주방으로 들어간 파스칼은 수돗물을 가득 채운 페트병 네 개를 들고 와서 드릴 앞쪽에 놓았다.

"잘 들어, 쟝. 우린 이걸 다 가져가서 내가 바닥에 놓아둔 순서대로 작업할 거야. 먼저 내가 선택한 지점에 물을 부어 푸석한 땅을 적실 거야. 그다음은 미루 차례야. 미루의 조상은 승부욕이 강한 사냥꾼에다가 땅파기 전문가였거든. 미루가 적당히 파놓으면 드릴로 안쪽에 구멍을 뚫은 뒤 다이너마이트를 집어넣을 거고. 그 뒤는 네가 해야 할 일이 몇 가지 있어. 그건 작업 전에 알려줄게. 나는 점심 먹고 쟈크에게 가서 차를 빌려올 테니 넌 미루와 집에서 쉬고 있으면 돼."

"쟈크의 차는 고물입니다."

"걱정 마. 우리가 트루빌에 다녀온 뒤 대대적으로 정비를 해놨대. 앞으로 오 년은 더 탈 거라 하더군."

파스칼이 차를 가지러 간 사이 나는 미루와 찢어진 테니스공 던지기를 열두 번 하다가 지겨워지자 숨바꼭질을 했고, 그것도 아홉 번 하고 나니 지겨워서 미루에게 책을 읽어 줬다. 그마저도 재미가 없어지자 우리 둘은 각자 마음에 드는 자리를 차지하여 늘어지게 낮잠을 잤다.

　차를 빌리러 나갔다가 한참 만에 돌아온 파스칼은 이것저것 준비할 것이 더 있어 늦었단다. 그는 차가 완전 새 차로 변신했다며 쟈크를 약간 원망했다. 진즉에 쟈크가 차를 수리했더라면 우리가 트루빌을 편안하게 다녀왔을 거라고. 하필 차가 최고로 고물일 때 빌리는 바람에 갈 때 올 때 그 난리를 쳤던 게 억울하다고 했다. 그래서 내가 말했다. 억울해도 이미 지난 일이라고.

　우리는 저녁이 될 때까지 텔레비전을 보거나 책을 읽거나 집 근처를 산책하며 시간을 보냈다. 막 저녁을 먹으려는데 초인종 소리가 들렸다. 나도 파스칼도 너무 놀라 감자튀김을 찍어 입으로 가져가던 포크를 그대로 멈추고 숨을 죽였다.

　나는 엠마가 또 난리를 치려고 온 것은 아닌지 걱정되었다. 아니면 엠마의 신고로 경찰들이 들이닥친 것은 아닌지 무서웠다. 그건 파스칼도 마찬가지인가 보다. 그의 표정도 불안해 보였으니까. 미루는 현관문 아래 틈으로 코를 킁킁거릴 뿐 꼬리를 흔들지도 짖지도 않았다. 꼬리를 흔들었다면 엠마일 확률이 높았고, 짖었다면 낯선 사람일 텐데 가만히 있는 걸 보니 안면이 있는 누군가일 것이다.

　누군가가 다시 초인종을 눌렀다. 그러고는 파스칼 바르탱을 부르는 소리가 들렸다. 나는 그 목소리의 주인공을 안다. 바로 수다쟁이 관리인이다. 나는 참았던 숨을 크게 내쉬었고, 파스칼은 가슴을 쓸어내리며 복도를 지나 현관문을 열었다.

 수다쟁이 관리인은 아파트 건물 앞에 낯선 차가 오래 주차되어 있어 세대마다 일일이 확인하러 다니는 중이라고 했다. 그러자 파스칼은 옮길 짐들이 있어 친구에게 차를 빌렸고, 나중에 짐들을 실으면 차를 뺄 거라고 말했다. 그러자 수다쟁이 관리인은 어떤 짐인지 궁금하다며 현관 안으로 고개를 쭉 뽑았다. 집수리하는 친구에게 빌려줄 것들이라고 파스칼이 둘러대자 수다쟁이 관리인은 자기가 그것들을 실어주겠단다. 그 소리에 파스칼은 손사래를 치며 전부 가벼운 것이라 혼자서도 충분히 할 수 있고, 조금 힘이 들면 자기한테 얹혀살고 있는 젊은 친척이 도울 거라고 했다. 그런 뒤 말이라도 그렇게 해줘서 무척 고맙고, 혹시라도 힘든 일이 있으면 부탁하겠다는 말을 끝으로 현관문을 닫아버렸다.

 마침내 우리는 이웃들의 눈을 피해 준비물들을 차 트렁크에 실었다. 파스칼이 시동을 걸자 엔진 소리가 제법 건강하게 들렸다. 지금이라도 마음 졸이지 않고 멀쩡한 차를 탈 수 있어 참 다행이다.

파스칼은 알레시아 가에서 맨느 가로 차를 몰다가 몽파르나스 묘지가 나오자 좌측으로 핸들을 꺾었다. 자정이 지난 시간이라 거리에는 차도 사람도 드물었다. 여름이 끝나가는 밤 날씨가 조금 쌀쌀하게 느껴진다. 파스칼은 밤에 노숙하면 추울지 모른다며 옛날 그가 체격이 좋았을 때 입던 점퍼 하나를 찾아서 내게 줬다. 약간 노땅 스타일이지만 빨간색과 초록색 체크무늬 디자인이 예쁘고 촉감이 좋아서 군말 않고 입었다.

멀리 마르스 광장이 보이자 파스칼은 오른쪽으로 차를 몰아 조프르 광장 끝까지 가서 다시 좌회전을 했다. 그런 뒤, 긴 부르도네 가를 따라 달리다가 센 강이 가까워지자 속도를 줄였다. 그러고는 주차할 곳을 찾아 주택가를 몇 바퀴 돌았고, 때마침 늦은 밤에 나가는 차가 있어 그 자리로 잽싸게 끼어들어 차를 세웠다.

파스칼은 혼자 점검할 것이 있다며 나더러 미루와 함께 차 안에서 기다리라고 했다. 하지만 나는 어두운 밤거리에 파스칼을 혼자 보내고 싶지 않아 따라갈 생각을 했다. 파스칼은 입고 있던 점퍼 주머니에서 갈색 비니를 꺼내 머리에 썼다. 그런데 그게 보통 비니가 아니었다. 은행 강도들이 쓰는 것과 같은, 얼굴을 몽땅 가리고 눈과 입 구멍만 빼꼼 뚫린 스타일이다. 나는 그의 얼굴을 보고 너무 놀라 따라가려던 마음을 내려놓았다.

차에서 내린 파스칼은 트렁크를 열고 거기에서 풍선 두 개에 긴 쇠꼬챙이와 작은 깡통 그리고 붓을 꺼냈다. 그러고는 붓으로 깡통에서 끈적한 타르를 덜어내 풍선 윗부분에 발랐다. 나는 엄청나게 궁금했지만, 파스칼이 무섭게 보여서 나중에 물어보기로 했다.

20분쯤 지나자 파스칼이 차로 돌아왔다. 언제 벗었는지 무서운 비니는 보이지 않았다. 우리는 먼저 면장갑을 끼고 트렁크를 열어 페트병 네 개 중 두 개씩을 각자의 배낭에 넣어 멨다. 그런 뒤, 나는 일자형 접이식 사다리와 드릴과 비트들을 양손에 나눠 들었다. 파스칼은 도화선을 연결한 다이너마이트가 든 까만색 비닐봉지를 비롯하여 와이어 절단기와 모종삽 그리고 투명 접착테이프가 든 또 다른 작은 비닐봉지를 들었다.

우리는 골목길을 돌고 돌아 장 뿔란 오솔길로 접어들었다. 오솔길을 따라 들어가다가 파스칼이 봐둔 큰 나무 근처에서 우리는 걸음을 멈췄다. 우리 앞에 우뚝 서 있는 철제 펜스 안으로 키 작은 나무가 덤불처럼 보이는 정원이 있다. 그 사이로 연못이 어렴풋이 보인다.

나는 머리 위에 있는 감시카메라를 올려다봤다. 거기에는 아까 파스칼이 가져간 풍선 중 하나가 터진 채 달라붙어 있었다. 왼편은 오솔길이 휘어지는 지점이라 보이지 않았지만, 오른쪽으로 저만치 있는 카메라도 내 머리 위에 있는 것과 마찬가지로 터진 풍선을 뒤집어쓰고 있었다. 그러니까 타르 칠을 한 풍선을 띄워 카메라에 달라붙게 한 뒤 가져갔던 긴 쇠꼬챙이로 찔러 풍선을 터뜨렸던 거다. 그 뒤로 감시카메라 두 대는 눈뜬장님이 되었다.

주변에 사람이 없다는 걸 확인한 후 우리는 장비를 큰 나무 아래 내려두고 작업을 시작했다. 파스칼이 집에서 설명해 준 순서대로 진행되었다. 그는 페트병에 담아 온 물을 철제 펜스 앞 마른 땅에 부었다. 흙이 젖어 어느 정도 부드러워지자 우월한 땅파기 유전자를 보유하고 있는 미루가 실력을 발휘했다. 파스칼은 미루가 땅 파는 중간중간에 물을 적당히 부었다. 그 결과 펜스 아래로 깊은 구덩이가 생겼다.

나는 미루가 다시 보였다. 장비도 없이 신속하고 정확하게 저런 구덩이를 파낼 수 있다니……. 미루의 열의를 본받아 나도 거사를 실수 없이 성공시키리라 마음속으로 다짐했다.

파스칼은 오거비트 날을 끼운 드릴을 구덩이에 넣어 펜스 안쪽으로 향하게 했다. 그러고는 내게 소음이 약간 발생할 수 있으니 저만치 나가서 망을 보라고 일렀다. 하늘이 돕는 일은 어떤 식으로든 드러나게 마련이다. 내가 발을 옮기기도 전에 어디서 나타났는지 새파랗게 젊은 남녀 대여섯 명이 고래고래 소리를 지르고 웃으며 폴 데샤넬 가 쪽으로 가고 있었다.

그것을 신호 삼아 파스칼은 드릴을 작동시켰다. 어디선가 개가 짖었고, 미루는 귀를 쫑긋하더니 안심하라는 뜻으로 머리를 흔들었다. 새파랗게 젊은 남녀들은 어디쯤에 자리를 잡았는지 웃고 소리 지르며 쉬지 않고 떠들어댔다.

마침내 철제 펜스 아래로 안팎이 통할 수 있는 구멍이 뚫렸다. 때마침 어떤 노인이 굵직하고 화난 목소리로 새파랗게 젊은 남녀들을 향해 걸쭉한 욕을 한 사발 퍼부었으며, 걸쭉한 욕이 끝나자 사방이 잠잠해졌다.

파스칼은 뚫린 구멍으로 다이너마이트와 라이터가 든 까만색 비닐봉지를 깊숙이 넣었다. 우리는 구덩이를 다시 메우고 발로 밟아 다졌다. 그러고는 근처 마른 흙을 집어와 위에 흩뿌렸다.

이제부터는 오롯이 나 혼자 할 일이 남았다. 나는 계획과 달리 시간 단축을 위해 사다리를 이용하지 않고 펜스를 타고 올라가 건너편으로 뛰어내렸다. 뛰어내리기 전에 파스칼이 일러준 대로 펜스 안쪽에 달린 감시카메라의 대가리를 직각으로 꺾어버렸다. 주위에 인기척이 없는 것을 다시 확인한 뒤, 파스칼은 펜스 틈으로 접이식 사다리를 넣어주었다. 이어서 와이어 절단기와 모종삽 등이 든 작은 비닐봉지를 틈 사이로 내게 건

네줬다.

나는 먼저 배낭에서 수돗물이 든 페트병을 꺼내 펜스 앞에 부었다. 그러고는 모종삽으로 조금 전에 파스칼이 구멍 냈던 곳을 굉장히 조심스럽게 파기 시작했다. 한참을 팠더니 까만색 비닐봉지가 조금 보였다. 비닐봉지가 찢어지거나 내용물이 다치지 않게 흙을 파는 건 엄청나게 긴장되는 일이었다. 이마에서 식은땀이 흘렀을 정도다.

나는 다이너마이트가 든 까만색 비닐봉지와 접이식 사다리를 들고 파스칼이 찜해둔 작은 나무들이 마치 큰 무덤처럼 덤불을 이룬 곳으로 몸을 낮춰 들어갔다. 그런 뒤 안쪽 깊숙이 그것들을 밀어 넣었다. 그다음 파스칼이 알려준 벤치 뒤쪽 울타리 철망을 와이어 절단기로 자른 뒤, 투명 접착테이프로 자른 부위를 티 나지 않게 붙였다.

나는 모종삽과 와이어 절단기 그리고 투명 접착테이프를 작은 비닐봉지에 담아 펜스 사이로 파스칼에게 건네줬다. 이것으로 오늘 내가 해야 할 임무는 완벽하게 끝났다.

파스칼과 미루는 차를 타고 집으로 돌아가고, 나는 홀로 남아 밤하늘 별이 된 영혼들을 헤아리며 다이너마이트를 지켜야 한다. 파스칼과 미루를 만난 뒤 늘 함께하다가 처음으로 혼자 밤을 보내자니 무척 쓸쓸했다.

나는 다이너마이트를 꺼내느라 헤쳤던 땅을 표가 나지 않을 때까지 발로 다지고 마른 흙과 잔가지며 풀을 뜯어 덮었다. 다 해어진 면장갑을 벗어 돌돌 뭉친 뒤 배낭에 넣고 손목시계를 보니 새벽 3시 24분이었다.

열여드레 (파스칼)

사랑하는 나의 딸 엠마에게

엠마, 나는 지문이 닳아 없어지도록 용서를 빌어도, 결국 용서받지 못할 사람이라는 걸 안다.

며칠 전에 네가 전화로 했던 말들이 또렷이 기억나는구나. 너는 과거일 뿐이라고 했고, 네가 용서할 일이 아니라고도 했어. 운명이 동시에 우리 모두에게 불행을 던졌던 거라고도 했고. 그냥 받아들일 수밖에 없다는 말까지도…….

그러나 나는 운명으로 돌릴 수가 없단다. 그냥 받아들일 수는 더더군다나 없는 일이야. 지금도 나는 이 글을 쓰면서 네게 또다시 용서를 빈다. 운명이라고 하기엔 너무도 분명한 내 잘못이 있었으니까. 그 잘못을 운명에게 떠넘기고 싶지는 않구나.

미안하다 엠마야.

못나고 완고했던 지난날의 나를 뼈저리게 반성했고, 지금도 끝나지 않았어. 모든 것이 늦었다는 걸 알아. 그럼에도 나는 이 말 외에 할 말이 없구나.

나는 네 엄마, 크리스텔을 한순간도 사랑하지 않은 적이 없단다. 그러나 그 사랑을 내 방식으로 해석했고 그녀를 길들였다는 걸 깨달았어. 그걸 진작 알지 못하고 크리스텔을 잃은 뒤에야 깨닫다니, 내 어리석은 슬픔을 어디에도 호소할 수 없었다.

지금 내가 하려는 일이 자칫 무모한 미치광이처럼 보일 수 있다는 걸 알아. 하지만 나는 확신을 가지고 실수 없이 내 임무를 다할 생각이란다. 어떠한 일이 있어도 나로 인해 네가 곤란한 일을 겪지 않도록 할 거다.

우리는 12년이라는 긴 세월을 연락도 없이 떨어져 지냈으니 너는 아무것도 모르는 거야. 그러니 내가 무슨 일을 했는지, 하려는지 당연히 몰라야 하고, 나중에도 무조건 몰랐으면 한다. 그래서 네게 어떤 불이익도 생기지 않길 바란다.

끝으로 한 가지 부탁하고 싶은 것이 있구나.

내가 집에 미루를 남겨두었단다. 혹시 내가 집으로 돌아가지 못하는 경우가 생기면, 네가 미루를 돌봐주면 좋겠어. 이 편지가 네 손에 도착하는 다음 날 아침까지 내가 연락하지 않으면, 네가 집으로 와서 미루를 데려가 주면 고맙겠다.

그 녀석도 나이가 벌써 열세 살이잖니. 나만큼 늙었단다. 영리해서 사람 말을 다 알아듣는 신통한 녀석이야. 그러니 아빠가 언젠가는 꼭 돌아올 거라고 말해주면 좋겠다. 녀석이 하늘나라 가는 날까지 희망을 가지고 살았으면 해.

어쩌면 단념하는 것이 나을까? 아빠를 기다리는 부질없는 희망이 고문은 아닐까? 지금으로서는 모르겠구나. 엠마가 잘하리라 믿는다.

사랑하는 내 딸 엠마,
언젠가는 이 말을 글이 아니라 내 입으로 말하고 싶구나.
미안하고 고맙고 사랑한다.

못난 아빠가!

나는 엠마의 명함에 찍힌 주소를 봉투에 적었다. 그런 뒤, 편지를 봉투에 넣고 서둘러 배낭을 챙겨 미루를 데리고 집을 나섰다. 한울과 만나기로 한 에펠탑 북쪽 출구로 내가 먼저 도착해 있어야 한다. 혹시라도 한울이 먼저 출구를 나오고, 거기에 내가 없다면 불안장애를 일으킬지도 모른다. 지금은 무슨 일이 있어도 사람들의 이목을 끄는 일이 없어야 한다.

나는 간밤에 내가 먹통을 만든 감시카메라 두 개가 터진 풍선 때문에 여전히 까막눈이 되어 있는 걸 확인했다. 모레 새벽까지 감시카메라 담당자가 게을러터지길 바라며, 나는 한울과 만나기로 한 출구를 향해 잰걸음을 옮겼다.

내가 막 도착했을 때, 거의 파김치가 된 한울이 고개를 푹 숙인 채 출구 쪽으로 매가리 없이 걸어 나오는 게 보였다. 한울을 알아본 미루가 반갑다고 짖었다. 그 소리에 고개를 든 한울은 나와 미루를 발견하고 함박웃음을 지으며 쫄래쫄래 뛰어왔.

그 모습을 보고 있자니 한울은 몸만 건장한 청년이지 아직 천진난만한 어린 소년 같았다. 한울은 혼자서 다이너마이트와 사다리를 지키느라 한숨도 자지 못했단다.

"고생했어. 오늘 밤엔 내가 지킬 테니 넌 집에서 푹 쉬도록 해. 우선 요기부터 하자고. 그런 뒤 우체국에 들렀다가 집으로 돌아갈 거야."

"편지를 다 썼습니까?"

"그래, 엠마에게 편지를 부쳐야지. 만약 우리가 실패하면, 엠마가 미루를 데려갈 거야."

"아, 그것은 너무 슬픕니다. 우리는 성공해야 합니다."

"그건 내가 가장 바라는 바야."

"지금 내가 가장 바라는 바는 화장실에 가는 겁니다."

우리 셋은 마르스 광장을 가로질러 전에 노숙하던 때 자주 갔던 샤를르 플로케 가의 무료 공중화장실로 갔다. 볼일을 본 후, 단골로 갔던 빵집에서 샌드위치를 사고 빵집 근처 아랍인 가게에서 음료수를 샀다. 다시 마르스 광장으로 돌아온 우리는 잔디밭에 앉아 느긋하게 아침을 먹었다. 머지않아 에펠탑 상반부가 날아갈 거라 생각하니 기분이 야릇하다. 그것은 슬픔도 아쉬운 미련도 미안함도 아닌 딱히 콕 집어 말로 표현하기 어려운 감정이다.

반대로 에펠탑이 철거되고 새로운 에펠탑이 생긴다면 더 많은 사람이 새 에펠탑을 보러 몰려올 것이다. 그 생각을 하니 약간이나마 위안이 된다. 어쨌든 내일은 가까운 성당에 가서 기도하기로 마음먹었다.

혹시 신이 우리가 잘하고 있다는 격려의 목소리를 들려줄지도 모른다. 아니면 마지막 순간에 신이 변덕을 부릴지 누가 알겠나. 내가 살아오면서 느낀 것이 있다면, 그건 신을 너무 믿으면 안 된다는 거다. 가끔은 자기 자신을 믿는 게 더 정확하다는 거다.

나는 둘을 데리고 우체국에 들러 내일 엠마가 받을 수 있도록 속달로 편지를 부쳤다. 8월 중순이 훌쩍 지나서인지 한낮의 햇볕은 따가운 편이지만 음지는 시원하다 못해 서늘했다.

집으로 돌아오자마자 나는 텔레비전을 켰다. 혹시라도 다이너마이트와 사다리가 발견되었다면 속보로 뉴스에 날 것이고 나라가 몇 번은 뒤집힐 일이 아닌가. 그러나 잠잠했다. 뉴스 속 세상은 늘 있는 일의 연속만 보여주고 있다. 아마 우리의 거사가 성공하는 날, 프랑스뿐만 아니라 전 세계가 난리 날 것이다.

나는 그런 것을 바라거나 즐기는 속물이 아니다. 파리의 상징이고 많은 사람에게 사랑받는 기념물이 망가진다면 참으로 비통한 일이 아닐 수 없다. 그러나 언제 어떻게 발생할지 모르는 대참사를 알고도 모른 척할 수는 없는 노릇이다.

파리 시의회가 아무리 안전을 장담해도 이미 에펠탑은 병들었다. 누구도 장담할 수 없는 일이 여러 겹으로 덧칠한 페인트층 아래에서 벌어지고 있다. 상상만 해도 끔찍한 일이다.

그렇다고 내가 나설 일이라 생각지는 않았다. 나와는 하등 상관없는 일로 치부하면 그뿐이다. 군중들에 섞여 같이 혀를 차고 정부를 향해 욕을 퍼붓고 말 일이다. 그런데 하필 신은 날이 궂으면 관절염으로 고생하는 이 늙은이에게 계시를 내릴 게 뭐람. 게다가 힘 안 들이고 파트너까지 떡하니 점지해 준 바람에 총대를 멜 수밖에 없다는 걸 누가 이해하겠는가. 그러므로 신이 나를 선택한 이유가 무엇이 되었든 나는 이 일을 무사히 해낼 의무가 있다.

잠 한숨 못 잔 한울은 제 방에서 세상모르게 잠들었다. 나는 몸을 잔뜩 만 채 잠든 한울에게 이불을 덮어주고 나왔다. 사실 나도 한울이 혼자 한뎃잠을 잔다는 생각에 걱정이 앞서 지난밤을 하얗게 지새웠다. 나는 잠시 눈을 붙이려고 소파에 누웠다. 누워도 잠이 쉬 들지 않아 떠오르는 대로 이런저런 생각을 했다.

나와 한울의 관계가 남다르다는 생각이 든다. 어쩌다 인연이 되었는지, 녀석을 만난 첫날이 떠오른다. 나는 그날따라 싸구려 와인을 많이 마셨고, 취기가 급히 올라왔다. 그 바람에 평소 잠을 자던 렌느 산책로까지 가기 싫어 강변 벤치에서 잤다. 거기에 한울이 있을 거라고는 상상도 못 한 채 나는 그의 허벅지를 베고 잤다. 그것이 전부 우연이 아니었던 거다.

어쩌면 어떤 우연은 곧바로 필연으로 시작되기도 하나 보다. 이런 건 신이 개입되지 않으면 설명하기 어렵다. 그러고 보니 신이란 인간에게 이해하기 어려운 일들이 생길 때마다 유용하게 써먹으라고 존재하는 것은 아닐지…….

 어쨌든 나와 한울이 만난 걸 쉽게 정리하자면, 이런 걸 두고 운명이라 하지 않겠나. 녀석과 함께 보낸 시간이 스무날도 되지 않지만 마치 몇 년을 함께 지낸 듯한 느낌이 드는 것도 다 그런 이유일 거다. 어떤 때는 파트너라기보다 늦둥이 자식 같기도 하니 말이다.

 나는 인기척에 잠이 깨어 벽시계를 보니 오후 세 시가 지났다. 인기척은 주방에서 들려오는 소리였다. 나는 리모컨을 눌러 다시 텔레비전을 켠 뒤, 주방으로 갔다. 그곳의 상황은 참으로 가관이었다. 한울은 몸을 아예 냉장고에 집어넣고 있었다. 심지어 미루도 머리를 냉장고에 처박고 있었다. 장 보는 걸 깜빡하는 바람에 양식거리가 없다는 게 떠올랐다. 나는 한울의 바지 뒤춤을 잡아당겼다. 끌려 나온 녀석의 입에 말라빠진 피자 한 조각이 물려 있었다.

 요즘은 세상이 좋아져서 인터넷으로 장을 보고 먹거리를 주문하면 집까지 딱딱 대령하는 시스템이 잘되어 있다는 것 정도는 노숙자 시절에도 알고 있었다. 그러나 내겐 휴대폰도 없고 컴퓨터는 오래전에 멈췄으니 어쩔 수 없이 마트에 가야 했다.

 내일 거사에 성공하면 집에서 요리를 해 먹겠지만, 실패하면 철창 안에서 주는 대로 먹어야 할 처지라 생각하니 선뜻 장보기가 꺼려졌다. 나는 냉장고에 든 것을 죄다 꺼냈다.

달걀 두 개와 모차렐라 치즈 조금, 케첩과 몇 모금 남은 우유에 말라빠진 피자 두 쪽이 전부다. 냉동고에는 일 인분 정도 되는 라비올리만 덩그러니 남아 있다.

나는 한울을 거실로 내보내고 있는 재료로 재주껏 요리를 했다. 그 결과 국적이 불분명한 라비올리 파스타가 탄생했고, 나는 그것을 두 접시에 나눠 거실 식탁으로 가져갔다.

한울은 코를 박고 먹었다. 지금까지 먹어본 파스타 중 최고라며 세 번이나 감탄사를 연발하면서 말이다. 시장이 반찬이라는 말이 한국에도 있는지 모르겠다만, 이런 건 말이 필요 없고 행동으로 보여주는 세계 공통언어임이 분명하다.

"장, 내일은 우리 둘 다 일생일대의 과업을 이루는 날이야. 그러니 당일은 최대한 마음을 침착하게 가져야 돼."

"나는 지금도 침착합니다."

"알아, 지금처럼만 하면 돼. 점심은 좀 부실하고 늦었지만, 저녁은 레스토랑에서 거창하게 만찬을 즐기자고."

"그거 아주 좋은 생각입니다."

"앞으로 우리에게 어떤 일이 생길지 모르니까 너희 나라 음식, 그러니까 한국 식당에서 먹는 것도 좋겠지?"

"우와, 어떻게 그런 좋은 생각을 해냈습니까?"

"허허허, 전부터 궁금하긴 했어."

"나는 불고기가 먹고 싶고 김치도 먹고 싶고 김밥도 먹고 싶습니다."

"뭐, 나야 먹어본 적은 없지만 프랑스에 한류 열풍으로 그런 것들이 인기 있다는 건 신문에서 봐서 알아. 나도 이참에 한 번 경험해 보고 싶군."

접시를 거의 다 비워갈 무렵 텔레비전에서 에펠탑이 어쩌고 테러가 저쩌고 하는 소리가 귀에 박혀 들었다. 우리 둘 다 동시에 입에 든 라비올리를 접시에 뿜어내고 말았다. 그러고는 누가 먼저랄 것 없이 텔레비전 앞으로 뛰어갔다.

나와 한울은 에펠탑과 테러라는 말에 숨겨둔 다이너마이트가 발견된 걸로 알았다. 방송은 에펠탑을 다룬 다큐멘터리였고, 텔레비전 속에는 테러를 방지하기 위해 7.2센티 두께의 유리로 된 펜스가 길게 세워진 것을 보여주고 있었다.

우리 둘 다 가슴을 쓸어내렸다. 뱉어낸 라비올리를 아까워하면서 나는 접시를 치웠고, 한울은 몇 모금 남은 우유를 비웠다.

나는 텔레비전을 끄고 한울과 거사 순서를 다시 확인했다. 그런 뒤, 만에 하나 경찰에 잡혀 심문받을 경우를 대비하여 한 차례 더 연습했다. 의외로 한울의 연기력이 뛰어났다. 내가 경찰 역할을 잘해서라기보다 아예 상대방 말을 차단해 버리는 한울의 습관 덕분인 것 같다. 가이드나 대사관 직원으로 변신한 내가 쏟아내는 질문에도 뚱하게 잘 대처하는 것이 참으로 기특했다.

생각보다 내가 긴장을 많이 했나 보다. 수시로 텔레비전을 켰다 껐다 반복하고 있다는 걸 깨달았다. 느긋하게 휴식을 취하자던 계획은 진즉에 물 건너갔다. 나는 반나절이 될지, 기약할 수 없는 날들이 될지 모르지만, 얼마간은 헤어져 있어야 할 미루를 씻기려 욕실로 데려갔다. 그랬더니 한울이 따라 들어와서는 자기가 씻길 거라며 팬티만 남기고 옷을 훌러덩 벗었다.

두 녀석은 몸을 씻는 게 아니라 물 만난 물고기처럼 욕조에서 파닥거리며 물장난을 치는 통에 내 일만 늘어나고 말았다. 욕실 바닥에 고인 물을 훔쳐내기 바쁘게 또 물바다가 되었다. 그 짓을 하다 보니 어느새 긴장도 사라졌다.

그래도 장난질만 한 게 아니었던지 말쑥해진 미루를 보니 기쁨 반 슬픔 반으로 기분이 묘했다. 족보 있는 미루가 주인을 잘못 만나 똥개처럼 살았으니 그저 미안할 따름이다. 나를 따라다니느라 하얀 털이 칙칙한 회색빛을 띨 때가 많았다. 그래도 틈틈이 가위로 털을 다듬어 주었고 분수대에서 몸을 씻기기도

했다. 미루가 없었다면 나는 아마도 이 세상 사람이 아니었을 지도 모른다. 녀석 덕분에 참회하며 살아온 나날이었다.

부산을 떨다 보니 어느새 저녁을 먹으러 나갈 시간이 되었다. 우리는 세탁한 옷 중 각자가 제일 마음에 드는 것으로 갈아입고 집을 나섰다.

나는 두 녀석을 데리고 오페라 근처로 갔다. 내가 시간을 죽이려고 돌아다니던 시절, 호기심에 몇 번 눈여겨봤던 한국 식당이 있다. 그 식당 안으로 들어가기 전 혹시라도 한국인 여자 가이드가 고객들을 데리고 와 있을지 몰라 한울과 미루를 밖에 세워두고 나 혼자 식당 안으로 들어가 염탐했다. 이층까지 올라가 봤지만, 다행히 가이드는 물론이고 단체로 보이는 손님도 없었다.

나는 밖에 있던 두 녀석과 함께 이층으로 올라가서 종업원에게 제일 안쪽 구석 자리를 부탁했다. 한국 음식에 대해 아는 바가 없으니 나는 한울에게 주문을 맡겼다. 단 와인은 내가 주문했는데, 그 식당에서 제일 비싼 걸로 가져다 달라고 했다. 주문을 마치자 종업원의 태도가 무척 친절하게 변했다. 잠시 후 무척 친절한 종업원은 작은 그릇과 접시에 담긴 서비스 음식을 식탁 위에 쫙 깔았다. 비싼 와인의 효력이 이토록 대단할 줄이야…….

그러나 그건 나의 착각이었다. 한울의 말에 의하면, 원래 한국인들은 친절해서 어떤 음식을 주문해도 여러 가지 서비스를 공짜로 베푼단다. 심지어 횟집에 가면 주요리가 나오기 전에 깔아주는 서비스 음식 때문에 배가 불러 정작 주요리를 남기는 불상사도 있단다. 세상에나, 한국은 인심이 꽤 풍요로운 나라인가 보다.

크리스텔이 살았을 때, 우리 식구는 가끔 중국 식당에 가곤 했다. 그래서 젓가락으로 음식을 먹는 것은 어렵지 않았다. 다만 나는 기름진 음식을 즐기지 않아서 한울이 주문한 요리들이 부디 기름지지 않기를 바라며 공짜 서비스 음식을 맛봤다.

양념 맛이 강한 것도 있고 덜한 것도 있었는데 전체적으로 평가를 하자면, 담백한 편이어서 내 마음에 들었다.

"음식들이 개성이 있군. 내 입에 맞는 것도 있고 조금 강한 것도 있지만, 대체로 좋아."
"김치도 먹어보십시오."
"한국 음식 하면 김치가 가장 유명하지."

한울이 권한 김치를 조금 집어 먹었다. 맵긴 했으나 못 먹을 정도는 아니었다. 그런데 신기하게도 내 젓가락이 다시 김치로 향했고 나는 아까보다 더 큰 조각을 집어 입에 넣었다.

캡사이신은 미각이 아니라 통증 감각 수용체를 자극한다는 글을 전에 읽었던 기억이 난다. 이런 통증은 쾌감을 유발한다. 즉 우리 몸에 엔도르핀과 아드레날린이 분비된다는 것인데, 김치의 매운맛이 처음에는 통증에 가까운 감각으로 인식되지만, 그것이 곧바로 쾌감으로 변하게 된다. 이것이 곧 중독의 신호인 것이다.

이 이론이 증명되었다. 나는 김치 접시를 비우고 말았다.

한울이 그렇게 먹고 싶다던 불고기도 꽤 먹을 만했다. 나는 불고기를 맹물에 씻어 몇 점을 미루에게 줬더니 거의 씹지도 않고 삼켰다. 이 녀석도 한국 요리를 무척 좋아하는 게 분명하다.

우리는 식탁 위에 놓인 접시와 그릇들을 깨끗이 비웠다. 음식을 남기면 버리게 될 것이고, 그것은 농부와 어부 그리고 축산업자와 요리사에 대한 예의가 아니다. 물론 식당 주인에게도 미안한 일이다.

나는 친절한 종업원에 대한 예의까지 지키느라 그만 고급 와인 한 병을 다 비우고 말았다. 숨쉬기 어려울 정도로 배가 불렀지만, 기분은 알딸딸하게 좋았다. 콜라를 두 병이나 비운 한울도 굉장히 흡족한 얼굴이었다.

계산을 마치고 나왔더니 졸음까지 밀려왔다. 나는 식사 후 한울과 미루를 집으로 보내고 혼자 에펠탑으로 가서 폐장 시간까지 기다렸다가 몰래 숨어 다이너마이트를 지키려던 계획을 묵살하기로 했다.

다이너마이트를 지키나 안 지키나 이미 결과는 하늘이 알고 있을 터. 설마 하늘이 우리에게 맡긴 거사가 망쳐지길 바라지 않는다면 다이너마이트가 발각되게야 하겠는가.

나는 하루라도 더 집에서 발 뻗고 자는 걸로 계획을 바꿨다.

열아흐레 (한울)

나는 몸을 있는 대로 쭉 뻗어 기지개를 켠 뒤 이불을 걷어차고 일어났다. 거실로 나오니 침샘을 자극하는 냄새가 진동한다. 얇게 썬 아몬드가 듬뿍 뿌려진 크루아상과 따끈한 카페오레 그리고 바나나와 청포도까지 식탁 위에 놓여 있다.

주방에서 달그락거리는 소리가 들려오고, 잠시 뒤 파스칼이 미루가 먹을 캔 사료를 그릇에 담아 거실로 들어왔다.

파스칼은 12년 만에 집으로 되돌아온 후 처음으로 편안한 밤을 보냈다고 말했다. 그는 지난밤 크리스텔과 사용했던 침실에서 잠을 잤던 것이다. 긴 시간이 흘렀고, 아내의 체취가 그 어디에도 남아 있을 리 만무하나, 파스칼은 코끝을 맴도는 그녀의 체취를 느꼈다고 한다. 그것은 그의 아내에게서 맡았던 포근한 향기가 분명하단다. 그 순간 왠지 자신이 용서받은 기분이 들었단다. 그래서인지 파스칼의 얼굴이 더없이 편안해 보였다.

사람 둘과 개 한 마리의 아침 식사가 엄숙하게 시작되었다. 모두 먹는 일에만 집중하느라 음식이 목구멍으로 넘어가는 소리 외에는 어떤 잡음도 들리지 않았다.

그 정적이 꽤 부담스러웠던지 내 창자가 제법 크게 '뿡' 소리를 내며 묵직한 가스를 밀어냈다. 미루는 놀라 고개를 들더니 내 엉덩이에 코를 박은 채 킁킁거렸고, 파스칼은 웃음보를 터뜨렸다. 아마도 다른 날 같으면 파스칼은 당장 엄하게 주의를 줬을 것이다. 밥상머리에서 방귀를 뀌는 건 큰 실례라고. 아울러 자연적인 생리 현상이라고 해도 방귀는 충분히 참을 수 있으므로 신호가 올 듯하면 조용히 일어나 화장실에 가는 것이 예의라고 지난번처럼 말했을 것이다. 그러나 오늘은 특별한 날인 만큼 파스칼은 눈감아줬다.

아침 식사를 마친 뒤 우리는 사이좋게 화장실을 나눠 썼고, 이후 미루를 데리고 집 주변을 산책했다.

파스칼은 좀처럼 입을 열지 않았다. 하긴 나도 입을 꾹 다물고 걸었다. 지금까지 살아오는 동안 느껴보지 못했던 이 무거운 분위기가 어쩌면 사람들이 말하는 긴장감인가 보다. 평소와 다른 공기를 감지했는지 오늘따라 미루는 변비 걸린 강아지처럼 굴었다.

종일 텔레비전을 켜놓고 뉴스에 귀를 기울였지만, 에펠탑에 관한 소식은 없었다. 감시카메라 두 대가 제구실을 못하는 것도 여태 발각되지 않은 것 같다. 가볍게 점심을 해결하고 파스칼은 성당에 갈 거라고 했다. 그는 내가 따라붙는 걸 말렸다. 한밤중에 에펠탑을 기어오르려면 에너지를 비축해둬야 한다면서 혼자 집을 나갔다.

파스칼은 나간 지 한 시간도 안 되어 돌아왔다. 그러고는 그 사이에 그가 했던 일과 생각을 들려주었다.

파스칼은 알레시아 지하철역 바로 옆에 있는 성당을 찾아갔다. 그는 고등학교를 마치고 파리로 와서 대학 공부를 시작한 뒤로 성당에 가질 않았다. 고향 트루빌에 살던 시절, 조부모와 부모를 따라갔던 기억이 전부였다.

성당 안 유리창들은 화려한 스테인드글라스 대신 맑은 하늘빛으로 소박하게 장식되어 있었다. 파스칼은 뒷줄에 앉아 멀찍이 정면 중앙에 세워진 예수상을 바라봤다. 무작정 찾아온 것도 아닌데, 막상 어떤 기도를 해야 할지 생각나는 게 없었다.

오늘 밤 한울과 계획한 거사가 성공하기를 빌어야 할까, 아니면 거사 이후 무사히 탈출하기를 빌어야 할까, 에펠탑을 계획대로 날려버리고 새 에펠탑이 생긴다는 희소식을 듣게 해달라고 기도해야 할까, 이 모두가 몽땅 다 이루어지길 기도해야 할까. 그는 별의별 생각으로 갈팡질팡했다.

그랬다가 원점으로 돌아와 다시 곰곰이 생각해 보니 이건 애초에 자신이 계획한 일이 아니었다. 난데없이 신이 그에게 던져준 임무가 아닌가. 어쩌면 기도는 의미 없는 일인지 모른다는 생각이 들었다. 모든 게 신이 뜻한 대로 굴러갈 것이고 결과도 이미 정해져 있을 것이다. 파스칼은 기도를 생략하고 성호만 긋고서 성당을 나왔다. 그러고는 곧바로 집으로 돌아온 것이다.

우리는 배낭을 꾸리기로 했다.

파스칼은 나중에 다이너마이트를 안전하게 넣을 공간이 필요하므로 내 배낭에서 쓸데없는 것은 다 빼라고 했다. 다만 작은 생수 페트병과 에펠탑을 오를 때 낄 장갑만 남겨두라고 일렀다. 나는 배낭에 든 것들을 하나씩 다 꺼냈다. 그 속에서 나온 것들은 대충 이런 것들이었다. 영불 사전과 손수건 그리고 먹다 남긴 젤리와 두루마리 화장지에 여기저기서 주워 모은 관광지 안내문과 신문 쪼가리 등이었다.

"장, 그동안 화장지를 통째로 가지고 다녔나?"

"네, 공중화장실에 휴지가 없으면 곤란합니다."

"우리가 처음 만난 날이 생각나네. 네가 공중화장실 문을 열

줄 몰라 안에 갇혀 있었지. 그리고 화장지가 없어 식겁했었고. 그때 단단히 혼났나 보군."

"그것은 불쾌한 추억입니다"

"그나마 추억이 되었다니 다행이야."

"나에겐 파스칼이 만들어준 추억이 많습니다."

"나도 그래. 그런 점에서 네가 고맙구나."

"나랑 부딪혀서 코피가 난 것도 추억입니까?"

"허허허, 그땐 미워 죽겠더라고."

나와 파스칼은 마주 보고 웃었다. 이렇게 웃고 나니 나를 가두고 있던 무거운 분위기에서 해방되는 기분이었다.

파스칼은 배낭에 생수병과 면장갑 두 세트 그리고 망원경을 챙겨 넣었다. 그는 잠시 망설이다가 아침에 사뒀던 바게트 빵도 챙겼다. 그러고는 다시 생각하더니 서랍에서 양말 두 켤레와 팬티 두 장을 가져와 배낭에 넣었다. 만에 하나 경비원이나 경찰에 잡혀 경찰서에 끌려가도 위생은 신경 써야 하는 거란다. 그러면서 휴지도 조금 뜯어 넣었다.

나는 파스칼이 배낭 꾸리는 걸 물끄러미 쳐다보다가 나도 양말과 팬티를 가져가겠다고 우겼다. 파스칼은 거사가 실패하여 우리 둘 다 경찰서에 끌려가도 나는 금방 풀려날 확률이 높을 것이고, 그렇게 되도록 할 테니 걱정할 필요가 없다고 했다. 그래도 나는 박박 우겼다. 사람 일은 아무도 모르는 거라고도 했다. 그러자 파스칼은 어쩔 수 없이 팬티 한 장과 양말 한 켤레만 허락했다.

나는 혹시 우리 둘 다 잡혀 경찰서에 끌려갔다가 내가 파스칼보다 먼저 풀려나면 어떻게 해야 할지 물었다. 그러자 파스칼은 그 부분을 미처 생각 못한 자기 자신을 잠시 질책하더니 좋은 생각이 떠올랐다고 말했다. 그러면서 나더러 만약 그런 일이 생기면 엠마를 찾아가라고 했다. 엠마는 영리한 사람이라 아마 알아서 잘 처리할 거란다. 나는 군말 없이 그러겠다고 대답했다.

파스칼은 내가 좋아하는 케밥과 피자를 한 판 사 왔다. 식탁 앞에 마주 앉은 파스칼은 집에서 먹는 마지막 성찬이 될지도 모른다고 말했다. 왠지 그 말이 무척 슬프게 들려서 나는 두 손을 모으고 하나님께 마지막 성찬이 되지 않도록 해달라고 짧게 기도했다.

아까 웃느라 풀어졌던 긴장은 어느새 내게로 돌아와 있었다. 하지만 나는 케밥을 남김없이 비웠고, 파스칼은 피자를 꾸역꾸역 먹다가 절반이나 남기고 말았다. 나는 한동안 굶을 일이 생길지 모르기 때문에 억지로라도 먹어야 한다고 내가 아는 불어를 총동원하여 말했다.

그러자 파스칼은 우리가 거사에 성공하여 경비원이나 경찰에 들키지 않고 집으로 돌아올 경우를 위한 것이라고 말했다. 돌아왔을 때 냉장고가 텅 비어 있다면 그것도 곤란한 일이 될 것이다. 그런 이유로 파스칼은 남은 피자 절반을 냉장고에 넣어둘 거라고 했다. 약간 변명 같긴 했으나 나는 대꾸하지 않고 고개만 끄덕였다.

오늘따라 시간이 평소보다 두 배가 빠르게 흐르는 것 같았다. 파스칼은 집 안 정리를 마친 뒤 미루를 데리고 나가 용변을 보게 한 후 서둘러 돌아왔다. 그사이 나는 샤워를 하고 새로 산 검은색 상하 스포츠 의류로 갈아입은 채 소파에 앉아 텔레비전 뉴스를 보고 있었다. 파스칼도 샤워를 하고 말끔한 셔츠와 바지로 갈아입었다.

이것으로 우리 두 사람은 거사 치를 준비를 마치고 집을 나서기로 했다.

"미루야, 아빠가 중요한 일로 오늘 밤은 집을 비울 거야. 내일 아침 일찍 돌아와서 너랑 함께하고 싶은데, 그건 확신할 수 없구나."

파스칼은 집을 나서기 전에 미루와 인사를 나눴다. 미루는 시무룩한 표정으로 파스칼을 올려다보다가 고개를 돌려 나를 쳐다봤다.

"미루야, 미안해. 나도 나가야 해. 우리, 내일 만나자."
"미루, 혹시 아빠가 늦으면 엠마가 널 데려갈 거야. 거기서 기다리고 있도록 해, 알았지? 아빠가 나중에 반드시 널 다시 만나러 갈 테니까."

미루의 눈망울이 촉촉하게 흔들렸다. 그러고는 고개를 쭉 뽑은 채 길고 긴 하울링을 했다. 미루의 머리를 쓰다듬는 파스칼의 눈가가 젖었고, 그걸 보니 나도 눈물이 났다. 그는 거사에 성공한 뒤 꼭 집으로 돌아오고 말겠다는 다짐을 하고 일어났다. 나는 미루를 껴안고 입맞춤을 한 뒤 파스칼의 뒤를 따라나섰다.

우리는 지하철을 탔으며, 아무 탈 없이 검색대를 통과했고, 에펠탑 동쪽 연못 둘레를 서성이다가 벤치에 앉았다. 벤치 바로 뒤에는 내가 그저께 절단기로 자른 후 눈가림으로 투명 테이프를 붙여 둔 울타리가 있다. 우리 앞으로 아시아계 관광객 한 무리가 왁자지껄 떠들며 지나갔다.

"방금 지나간 사람들은 한국인 아니지?"

"아닙니다. 중국인입니다."

"자넨 중국말도 할 줄 아나?"

"모릅니다."

"그런데 어떻게 중국인이라고 단정하지?"

"왜냐하면 시끄럽기 때문입니다."

"거참 독특한 구별법이군."

해가 짧아져 가는 늦여름이다. 땅거미가 내려앉은 에펠탑 주변은 관광객과 산책 나온 파리지앵으로 활기찬 분위기다. 샛노란 불빛으로 몸치장을 한 에펠탑은 거대한 금덩어리 같다.

열한 시 정각이 되자 에펠탑의 무수한 조명등이 빠르게 점등하며 화려하게 반짝이기 시작한다. 그야말로 불빛 쇼의 진풍경은 보고 또 봐도 황홀하다. 사방에서 감탄사가 터져 나오고 사람들은 저마다 휴대폰과 카메라를 높이 들었다. 모두가 보는 방향은 같았다. 우리도 벤치에서 일어났다. 그러나 우리 눈이 향한 곳은 사람들이 보는 방향과 반대였다.

파스칼은 벤치 뒤쪽 울타리를 열어 나를 안쪽으로 먼저 들어가게 했다. 주변을 살핀 뒤 그도 뒷걸음질로 들어왔다. 우리 둘은 몸을 낮춰 내가 다이너마이트를 감춰 둔 나무 덤불 속으로 잽싸게 숨어들었다.

폐장 시간이 지나고 사위가 고요해진 시각, 파스칼은 덤불 안쪽에서 까만색 비닐봉지를 꺼냈다. 그는 그것을 내 배낭에 조심스럽게 넣은 뒤 목소리를 낮춰 당부했다.

"올라가다가 혹시라도 겁이 나거나 자신이 없으면 지체 말고 돌아와. 그래도 돼. 무엇보다 몸을 다치는 일은 없어야 하니까. 알았지?"

"나는 할 수 있습니다. 나는 꼭 합니다. 이것은 신의 계시입니다."

"알아. 네가 암벽 타기를 잘하기 때문에 이런 중대한 임무를 맡긴 거야. 그래도 사람은 실수하는 동물이야. 너에겐 에펠탑이 처음이잖아. 막상 오르다 보면 의외의 일이 발생할 수도 있어. 그러니 위험하겠다 싶으면 무조건 돌아오란 뜻이야."

"알겠습니다."

"장, 꼭 하고 싶은 말이 있어."

"압니다. 나는 위험하면 돌아옵니다."

"그게 아니라 내가 하고 싶은 말은, 장을 만난 건 내게 큰 행운이었어. 네 덕분에 많은 걸 깨달았고, 용기를 가질 수 있었지. 다시 집으로 돌아갈 수 있었고, 잠깐이긴 해도 엠마를 만나지 않았나. 그리고 시간이 어떻게 갔는지 모르게 즐거웠어."

"파스칼은 나의 수호천사입니다. 파스칼은 나에게 행복을 주었습니다."

나는 그 말을 하는데 목이 메었다. 갑자기 파스칼이 나를 덥석 안았다. 나는 안긴 채 나무 덤불 사이로 보이는 하늘을 올려다봤다. 가슴속에 따듯한 물기가 고였고, 만약 고개를 숙이면 그것이 눈물이 되어 또르르 흐를 것 같아서였다. 나는 지금은 절대 울어서는 안 될 시간이라는 것 정도는 안다.

자정이 되자 에펠탑의 조명이 다시 화려하게 반짝이기 시작했다. 시간은 5분, 그사이 나는 계단으로 진입해야만 한다.

파스칼은 안았던 팔을 풀고 나가라는 신호로 내 등을 한 번 툭 쳤다. 나는 각오를 다지는 뜻으로 주먹을 꼭 쥐고 입을 앙다물었다. 그러고는 배낭을 메고 덤불 밖으로 나가 몸을 최대한 낮춰 에펠탑의 남쪽 기둥 쪽으로 날렵하게 달려갔다. 그런 뒤 나는 큼지막한 주춧돌을 타고 올라가 철근들 틈으로 몸을 집어넣어 내부 계단으로 숨어들었다.

나는 전망대 1층까지 단숨에 도착했다. 2층으로 통하는 차단 울타리도 가뿐히 넘었다. 다시 심호흡을 한 번 한 뒤, 빠른 걸음으로 계단을 올랐다. 1층보다 2층으로 오르는 계단은 제법 가파른 편이었으나 멈추지 않았다. 마침내 2층 전망대에 도착한 나는 바지 주머니에서 클라이밍 장갑을 꺼내 꼈다.

밤공기는 바람이 더해져서 조금 쌀쌀하게 느껴졌다. 게다가 지상으로부터 약 116미터 높이라 체감온도는 3도가량 낮은 것 같았다.

나는 철근에 난 홈에 한 손을 넣고 다른 손으로는 튀어나온 리벳을 잡았다. 열 손가락이 뚫려 있는 장갑이라 내 손끝으로 금속의 차갑고 단단한 촉감이 전해졌다. 느낌이 나쁘지 않았다. 흥분은 이내 용기로 치환되었다. 나는 어금니를 앙다물고 영차 힘을 내어 에펠탑을 기어오르기 시작했다.

한참을 올라가다 보니 내 몸에 땀이 배고 숨이 찼다. 나는 이쯤에서 잠깐 쉬기로 했다. 계획한 100미터 중 40미터 정도 올라온 것 같았다. 조금 쌀쌀하다고 생각했던 바람이 어느새 시원하게 느껴졌다.

내 왼손 옆에 말라죽은 거미가 있었다. 어쩌다가 이 높은 곳까지 올라와서 죽었는지 궁금하지만, 생각을 멈췄다. 지금은 지체할 시간이 없다는 걸 깨달았기 때문이다. 1분만 쉬고 다시 올라가야 한다. 나는 눈 아래 펼쳐진 세상을 봤다. 파리는 가로등과 건물 조명등으로 윤곽을 드러낸 미니어처 세트장 같았다. 에펠탑 아래도 마찬가지였다. 동화책 속에 나오는 풍경이었다.

순간 나는 아찔한 거리감을 느꼈다. 그러자 덜컥 겁이 났다.

교회 꼭대기까지 올라갔어도 기껏해야 땅바닥으로부터 40미터가 채 되지 않는 높이였다. 이렇게 높은 곳은 처음이었던 거다. 아래에서 올려다보는 것과 위에서 아래를 내려다보는 건 엄청난 차이가 있었다. 나는 눈을 질끈 감았다. 다시 올라가야 하는데 몸이 말을 듣지 않았다. 그대로 에펠탑에 붙어 죽은 거미처럼 될지도 모른다고 생각하니 너무 무서웠다.

파스칼은 위험하다 싶으면 무조건 돌아오라고 했었다. 하지만 나는 아무리 무서워도 그러고 싶지 않았다.

나는 실눈을 뜨고 아까 파스칼과 내가 숨어 있던 나무 덤불 쪽을 눈으로 좇았다. 파스칼이 숨어서 망원경으로 나를 보고 있을 거라 생각하니 조금은 안심이 되었다. 그랬는데, 진짜로 파스칼이 나를 보고 있었다. 연못 근처 풀밭에 강낭콩만큼 작은 물체 하나가 보였다. 그 물체에 더듬이 같은 것이 두 개 달려 있었는데, 그걸 마구 흔들어대고 있었다. 나는 단박에 그 물체가 파스칼인 걸 알았다.

다시 용기를 낸 나는 몸에 힘을 불끈 넣고 철근을 타기 시작했다. 잠시 쉴 때는 아래를 보는 대신 위로 고개를 들어 도착 지점을 확인했다. 손목시계로 시간을 확인해 보니 목표 지점이 머지않았다는 걸 알 수 있었다. 나는 시간 체크만으로 내가 올라온 높이를 대충 가늠할 수 있다. 에펠탑의 철근들은 엑스 자

모양으로 단을 이루며 세워져 있고, 2층 전망대로부터 열 번째 단이 우리의 목표 지점이다. 일전에 내가 손뼘으로 에펠탑을 잴 때 파스칼은 미더워하지 않는 눈치였다. 그러나 나는 일반 자 못지않게 내 손뼘 자도 정확도가 높다는 걸 믿는다.

우리가 계획한 높이까지 얼추 다 올라왔을 거라 생각하던 찰나, 나는 손끝까지 밴 땀으로 그만 잡으려던 철근을 놓치고 말았다. 그 바람에 내 몸이 아래로 주르륵 미끄러졌다. 나는 이대로 떨어져 죽는구나 생각했다. 그 외엔 어떤 것도 생각나지 않았다. 4미터쯤 미끄러져 내려온 내 손에 튀어나온 리벳이 잡혔다.

나는 거기에 리벳이 튀어나와 있는 걸 보지 못했다. 그렇다면 어떤 보이지 않는 힘이 나를 살린 것이다. 아마도 아래에서 망원경으로 나를 지켜보고 있을 수호천사 파스칼이 보낸 힘인지도 모른다. 그게 아니라며 계시를 내린 신이겠지. 간이 떨어질 뻔했다가 도로 붙은 나는 힘을 자아내어 위로 올라갔다.

마침내 나는 목표 지점에 도착했다. 파스칼이 일러준 대로 철근에 걸터앉아 배낭을 앞으로 돌려 멘 뒤, 지퍼를 열어 까만색 비닐봉지에 든 다이너마이트를 조심히 꺼냈다. 그것을 파스칼이 함께 넣어준 낡은 운동화 끈으로 철근에 바짝 묶었다. 그러고 나서 다이너마이트에 연결된 도화선을 모두 **빼내려고** 비닐봉지에 손을 넣었는데 뭔가 이상한 느낌이 들었다. 아니나 다를까 도화선 일부가 끊어져 있었다. 대략 12미터 정도가 끊어진 셈이었다.

나는 장갑을 벗어 까만색 비닐봉지 속에 넣어두고, 끊어진 도화선을 다시 연결하려 했다. 그런데 어디로 사라졌는지 두 가닥을 연결해 붙였던 강력 종이테이프가 보이지 않았다. 그렇다고 그걸 찾으려 시간을 낭비할 수도 없었다. 평균 연소 시간으로 계산하면 12미터는 840초가 걸릴 것이고, 그만큼이 내가 달아나는 데 모자라는 시간이다.

나는 끊어진 도화선을 포기할 수밖에 없었다. 쓸모없어진 도화선 일부를 다시 비닐봉지에 넣고 라이터를 꺼냈다. 나는 크게 숨을 내쉰 뒤, 라이터로 다이너마이트와 연결된 도화선 맨 끝에 불을 붙인 후 긴 선을 에펠탑 안쪽 아래로 늘어뜨렸다. 나는 파스칼이 시킨 대로 라이터를 비닐봉지에 넣어 철근 모서리에 쑤셔 넣었다. 까만색 비닐봉지는 다이너마이트와 함께 흔적 없이 사라질 것이다.

시간이 모자라긴 해도 속도를 내면 지상까지 빠듯하게나마 도착할 수 있을 것이다. 나는 서둘러 배낭을 등으로 돌려 멘 뒤 철근을 타고 내려가기 시작했다. 얼마쯤 내려가다가 나는 장갑을 까만색 비닐봉지에 넣어둔 것이 생각났다. 무척 마음에 들었던 빨간색 장갑이었는데, 아깝지만 포기할 수밖에 없었다.

내 목덜미를 타고 땀이 흘러내렸다. 게다가 어깨뿐만 아니라 팔과 손가락 마디마디가 뻑적지근했으며, 쇠와 직접 마찰하는 손바닥은 얼얼했다. 그렇다고 쉬어갈 시간이 없었다. 나는 힘들다는 생각까지 비우고 오로지 내려가는 데에만 집중했다.

어느 순간 내 몸이 살아 있는 육체로 느껴지지 않았다. 마치 내가 로봇이나 스파이더맨이 된 것 같았다. 이왕이면 스파이더맨이 되는 게 좋겠다는 생각은 아주 잠깐 했다.

그때, 내가 위에서 철근 안으로 늘어뜨렸던 도화선을 타고 올라가는 불꽃이 보였다. 저 불꽃은 거사가 성공을 앞두고 있다는 증거였다. 나는 아래를 내려다봤다. 아직 절반이나 남았다. 그러다 화들짝 놀라 얼른 생각을 바꿨다. 아직 절반이나 남은 게 아니라 벌써 절반은 내려왔다고. 그랬더니 내 몸에 사그라들던 힘이 다시금 불끈 솟아났다.

나는 밤하늘을 나는 까만 박쥐가 되었다. 날개는 없지만 그건 상상으로 만들어 붙이면 된다. 시간은 촉박하나 실수 없이 내려가서 얼른 파스칼을 만나고 싶었다. 둘이 무사히 철제 펜스를 넘어 집으로 가면 눈이 빠지게 기다리고 있을 미루를 만날 거다. 그 생각만으로도 나는 기분이 너무 좋았고, 기분이 좋으니 더 용기가 났다. 그런데 기분과 용기가 힘으로 바뀌는 건 다른 문제인가 보다. 내 몸에 힘이 점점 달리는 걸 보면 말이다.

어쨌든 나는 젖 먹던 힘까지 짜내서 내려갔다.

드디어 나는 2층 전망대에 도착했다. 예상대로라면 곧 다이너마이트가 터질 시간이다. 그런데 내가 지상까지 계단으로 내려가려면 최소 10분은 필요하다. 나는 계단을 세 칸씩 네 칸씩 거의 날 듯 뛰어내렸다. 그러다 1층 전망대에 도착하기 전에 넘어지면서 계단을 데굴데굴 구르고 말았다.

어디선가 나를 부르는 소리가 메아리처럼 들렸다. 나는 살며시 눈을 떴다. 내가 계단을 굴렀고 어딘가에 머리를 부딪쳤던 기억이 났다. 혹시 내가 죽어서 지금 천국으로 가는 길인데 누군가가 빨리 오라고 부르는 것인지도 모를 일이다.

그랬는데 또다시 내 이름을 외치는 소리가 밑에서 들려왔다. 수호천사의 목소리였다. 파스칼은 나를 부를 때 내 성 '장'을 이름처럼 불렀는데 이번에는 처음으로 내 이름 전체를 부르고 있었다. 그것도 엉터리 발음으로!

"장, 하나울 어딨어? 장 하나울 빨리 내려와."
"아이참, 하나울이 아니라 한울입니다, 한울."
"장 하 나 우 우 울"

나는 아련한 메아리처럼 들려오는 파스칼의 발음이 너무 웃겨서 웃을 뻔했다. 그러다 정신이 번쩍 들었다. 이렇게 널브러져 있을 시간이 없었다. 나는 발딱 일어나 1층 전망대에서 지상으로 향하는 계단을 날다람쥐처럼 펄쩍펄쩍 뛰어내렸다.

내가 계단 맨 아래에서 밖으로 빠져나가려고 철근 사이로 몸을 밀어 넣는 순간, 천지가 개벽할 때나 낼 것 같은 소리가 울렸다. 소리와 함께 내 몸이 끼어 있던 철근이 흔들리는 걸 느꼈다. 나는 안간힘을 다해 밖으로 튕겨 나왔고, 기둥을 받치고 있는 주춧돌에서 미끄러지듯 땅으로 굴렀다. 내가 엎어진 바로 코앞에 엉덩방아를 찧고 앉아 있는 파스칼이 보였다. 나는 파스칼의 입이 그렇게 큰 줄 몰랐다. 그는 입을 있는 대로 쩍 벌리고 고개를 꺾어 위를 쳐다볼 뿐 꼼짝달싹하지 않았다.

나는 몸을 일으켜 파스칼 옆에 앉아 그가 보는 것이 무엇인지 확인하려고 고개를 꺾었다. 그러고는 나도 파스칼과 똑같은 자세가 되어버렸다. 충격으로 잠깐 잊고 있었는데, 내가 지금까지 무슨 일을 했었는지 똑똑히 깨달았다.

요란한 사이렌 소리가 두 번째로 천지를 개벽할 듯 울어댔다. 한 군데에서 울리는 게 아니라 사방팔방에서 난리법석을 떨었다. 두 번째 천지개벽 소리에 파리 전체가 들썩였다.

지상에서 200미터 조금 더 높은 에펠탑 상층부가 마르스 광장을 향해 거의 60도로 꺾여 있었다. 정신을 차리고 보니 언제 어디에서 나타났는지 멀리서 우리 쪽으로 달려오는 제복을 입은 사람들이 보였다.

파리의 모든 경찰차가 경광등을 켜고 사이렌을 울리며 에펠탑으로 향했다.

동이 틀 시간이 되었는지 주위가 차츰 밝아지고, 파스칼과 나는 집으로 돌아가는 걸 포기했다.

스무날 이후

텔레비전 정규방송은 전부 중단되고 온통 에펠탑이 큰 부상을 당했다는 빅뉴스로 도배되었다. 신문사들도 앞다투어 호외를 찍어대느라 정신이 없었다. 프랑스뿐만이 아니었다. 전 세계가 시간마다 방송을 내보내고 있었다. 이 소식을 전해 들은 사람치고 경악하지 않은 사람이 없었다.

미국의 유력 일간지는 '고개 숙인 에펠탑'이라고 제목을 뽑아 사진과 함께 1면을 가득 채웠다. 러시아는 '대가리가 부러진 에펠탑'이라는 제목이었으며, 이란은 '마침내 프랑스의 콧대가 꺾이다'라는 제목을 달았다. 과테말라에서는 '에펠탑의 종말'이 대문짝만하게 메인을 장식했고, 한국의 모 신문사는 '프랑스의 자존심이 무너지다'로 올렸으며, 일본은 '도쿄 타워는 안전한가?'라고 설레발치는 제목을 갖다 붙였다.

모든 뉴스의 내용은 동일했다. 아직 정확한 것은 아무것도 밝혀지지 않았고, 사고인지 사건인지를 밝혀낼 조사에 들어갔으며, 테러일 가능성을 배제하지 않는다는 것만 되풀이하는 수준이었다.

 에펠탑 주변에서 발견된 거라곤 나무 덤불 속에 있던 지문조차 없는 일자형 접이식 사다리뿐이었다. 그게 언제부터 거기 있었는지 아무도 모른다는 내용이 추가로 들어온 속보라며 방송에 나갔다.

 그 사다리가 어떤 용도로 사용되었는지, 아니면 앞으로 사용하려고 거기 있었는지를 조사 중이라고 파리 시의회 관계자가 브리핑했다. 아울러 그런 것이 그런 장소에 있는 것도 미처 발견하지 못한 관리자들의 업무태만을 문제 삼는 칼럼까지 등장했다.

 또한 관계자에 의하면, 외부의 침입을 밝혀내려고 감시카메라를 확인했으나 침입 흔적이 발견되지 않았다. 다만 사건 발생 사흘 전 한밤중에 술에 취한 듯 비틀거리며 지나가던 행인의 풍선 때문에 감시카메라 두 대가 먹통이 된 것 외에는 특별한 점이 없었다. 행인의 얼굴이 풍선에 가려져 있어 확인이 거의 불가하다는 뉴스는 의외로 세간의 이목을 끌지 못했다.

 고작 이 정도가 새로 들어온 뉴스라며 특보로 나갔다. 그러나 내부에서는 그 풍선을 심도 있게 조사 중이었다. 왜 풍선에 타르 칠이 되어 있었는지, 하필이면 그게 왜 감시카메라 렌즈에 붙어서 까막눈을 만드는 원인이 되었는지, 수사 담당자들은 머리를 맞대며 의논했다. 그러나 상층부가 꺾인 에펠탑과 풍선의 관계를 도무지 밝혀낼 수 없어 극비에 부치고 있었다.

에펠탑 상층부가 폭발물로 추정되는 물체에 의해 위태롭게 꺾여 있는 상태라 언제 추락할지 몰랐다. 거기에 대한 신속한 대처로 에펠탑 반경 200미터는 모든 통행을 폐쇄한다는 뉴스도 시간마다 나왔다.

무엇보다 제일 많이 보도된 톱뉴스는 단연 파스칼과 한울이었다. 사고인지 사건인지 발생하던 그 시각, 에펠탑 남쪽 기둥 아래에서 발견된 두 사람은 얼굴을 모자이크 처리했다고는 하나 아는 사람은 대충 알아볼 정도로 뉴스에 나갔다.

뉴스를 본 쟈크는 거의 기절하기 일보 직전이었고, 트루빌에 있는 테오와 카트린도 크게 다르지 않았다. 일찌감치 연구소에 나갔던 니콜라도 마시던 커피를 다 뿜어낼 정도로 놀랐다. 그들은 텔레비전 앞에 바짝 붙어서 거의 식음을 전폐하고 종일 뉴스만 봤다. 그들보다 더 놀란 사람은 엠마였다.

이제나저제나 파스칼의 전화를 기다리던 엠마는 당장 알레시아 옛집으로 달려갔다. 미루를 데리고 나오기 전에 혹시라도 꼬투리 잡힐 물건이 있을지 몰라 집안을 샅샅이 뒤졌다. 그녀는 다용도실에서 도화선 자투리들이 든 상자를 발견했다. 그뿐만 아니라 드릴이며 절단기 등 조금이라도 의심받을만한 물건들을 몽땅 다 상자에 넣었다. 어디에 사용했는지 모를 타르가 든 깡통까지 챙겼다. 그런 뒤 엠마는 상자를 차에 싣고 미루를 태워 자기 집으로 돌아갔다. 그녀는 집에 도착하자마자 수습 변호사인 파비앙에게 전화를 걸어 몸이 안 좋아서 며칠 쉴 거라고 전했다. 그러고는 그녀도 종일 텔레비전 뉴스에 귀를 기울였다.

미심쩍게 생각한 사람들도 있었다. 예를 들면, 바로 아파트 관리인이다. 텔레비전에 나온 두 인물이 3층에 사는 바르탱 씨과 그의 친척인 것 같기도 하고 아닌 것 같기도 했기 때문이다. 그는 파스칼 집 초인종을 눌렀지만, 반응이 없자 일단 뉴스를 지켜보기로 했다.

엠마 못지않게 놀란 또 한 사람이 있었다. 한울과 함께 온 여행팀을 이끌고 다녔던 한국인 여성 가이드였다. 그녀는 텔레비전을 보며 아침을 먹다가 그만 사레들어 한참 동안 생고생했다. 무엇을 어떻게 해야 할지 고심한 끝에 대사관으로 전화를 걸었다. 정확하게 2분 뒤, 대사관은 발칵 뒤집혔다. 대사는 당장 대한민국 외교부 장관에게 연락을 넣었고, 장관은 대통령에게 보고했다. 대통령은 집무실 의자에서 벌떡 일어서다가 뒷골을 잡고 도로 자리에 앉고 말았다.

그 시간 파스칼과 한울은 파리 17구에 있는 프랑스 사법경찰 본부 특별 수사팀에 인계되어 조사를 받고 있었다.
한울은 실제로 정신이 쏙 빠져나갈 정도로 잔뜩 겁을 먹었던 지라 상태가 좋지 못했다. 파스칼과 몇 번에 걸쳐 연습한 것도 필요 없을 정도로 아예 꿀 먹은 벙어리가 되어 영혼을 멀찍이 떠나보낸 사람 같았다.
다른 취조실에 있는 파스칼은 횡설수설로 형사들을 곤혹스럽게 만들었다. 이번에는 강력계 특별 수사팀장이 나서서 질문하기 시작했다.

"이보시오, 바르탱 씨. 도대체 말이 앞뒤가 안 맞잖습니까."
"뭐가 안 맞는다는 거요? 묻는 대로 대답했을 뿐인데……"
"노숙자라면서 집도 있고, 연금에 카드까지 사용하는 건 절대 흔하진 않죠. 그리고 예전에는 대학교수에 명망 있는 지질학자였는데 왜 노숙자가 되었는지도 이해하기 어렵군요."
"내가 당신에게 그걸 이해시켜야 할 의무라도 있소? 그리고 절대 흔하지 않다는 건 절대 없다는 것과 다르잖소. 그러니 나

같은 경우도 흔하지 않지만 있을 수 있다는 걸 당신이 이해해야 할 것 같소."

"최근에 다시 집으로 돌아갔다면서 왜 에펠탑 밑에서 잤냐고요. 그것도 하필 에펠탑이 테러를 당하는 날 말입니다."

"노숙이 체질이 되어버렸는지 집에 들어가니 너무 갑갑해서 다시 나왔다고 아까 말했잖소. 에펠탑을 구경하러 갔더니 거기가 노숙하기엔 최고의 명당입디다. 한번 자보고 싶었던 것뿐이오. 당신이 말한 것처럼 하필 에펠탑 대가리가 꺾어지는 바람에 잡혀 오긴 했지만."

"아 그런데 아까는 왜 바르탱 씨가 올라가서 폭탄을 터뜨렸다고 했습니까?"

"내가 테러범일지도 모른다며 잡아 온 거 아니었소? 그러니 내가 테러범이라고 이실직고해야 이 사건이 빨리 종결되고 당신들도 편하지 않겠소? 그랬는데 당신들이 내 말을 안 믿으니 도대체 어쩌란 말이오. 용의자가 하는 말을 안 믿는 형사가 어딨소?"

"그걸 누가 믿겠어요? 연세가 일흔둘이 된 노인이, 그것도 무릎 관절염을 앓는 노인이 에펠탑 그 높은 곳을 기어 올라갔다. 그리고 폭탄을 매단 뒤 다시 기어서 내려왔다고 하면 어떤 사람이 믿겠냐고요."

"아이고 골치 아파 죽겠네. 이래도 안 믿고 저래도 안 믿으면 어쩌란 말이오? 나는 당신들 입맛에 맞는 재미난 이야기를 지어낼 재주는 없는 사람이오. 아니면 나가서 다른 테러범을 잡든가 하시오."

"그건 우리가 알아서 하겠지만, 그보다 한국인 청년은 맛이 좀 간 것 같은데 그동안 왜 달고 다녔습니까?"

"당신들은 왜 돌아가면서 똑같은 질문을 하는 거요?"

파스칼은 한울을 만난 날부터 지금까지 데리고 다닌 이유는 딱 두 가지라고 잘라 말했다. 하나는 녀석이 측은하게 느껴졌다는 것, 그리고 다른 하나는 자신이 심심해서 옆에 붙였다는 말을 세 번째 반복했다. 말이 전혀 통하지 않아도 손짓 발짓 몸짓으로 통하는 바가 있어 전혀 문제 될 것이 없었다, 그게 의심스러우면 수사팀장도 한번 경험해 봐라, 그러니 다시는 이 문제로 질문하지 말라고 쐐기를 박았다.

수사팀장은 사다리와 관련된 질문에서 조금 버벅거렸다. 그는 파스칼 바르탱 일당이라고 말했다가 이내 파스칼 바르탱 일행이라고 말을 고쳤다. 그는 파스칼 바르탱 일행이 혹시 사다리를 타고 외부에서 에펠탑 경내로 숨어들어 갔는지를 물었다. 그러자 옆에 있던 형사가 용의자 일행이 정식으로 검색대를 통과하여 들어갔다는 검색대 흑인 요원의 증언이 있었다고 알려 줬다. 그 흑인 요원은 두 사람에 대한 기억이 독특해서 절대 잊을 수 없다고 했단다.

골치가 아프긴 수사팀장도 마찬가지였다. 그는 다른 취조실로 건너가 한울 앞에 앉았다. 한울은 그곳으로 끌려온 뒤 천장만 쳐다보는 망부석이 되어 있었다. 형사들은 그가 불어를 전혀 모르는 외국인이 분명하며 조사 자체가 불가능하다고 말했다.

그러자 수사팀장은 파스칼이 말한 대로 손짓 발짓에 몸짓으로 한 번 취조해 보겠다며 자리에서 일어났다. 그러고는 한울에게 다가가 그의 어깨 위에 두툼한 손을 척 얹었다. 그 순간, 사람이 내는 소리라고는 생각할 수 없을 정도로 괴성을 지르며 한울이 발딱 일어섰다. 그 바람에 그가 앉아 있던 의자가 나뒹굴었고, 한울은 톤을 점점 높여가며 죔죔과 곤지곤지를 반복하며 제자리를 맴맴 돌았다.

취조실에 있던 형사들은 혼비백산하고 말았다. 형사 한 사람은 재빨리 밖으로 튀어 나가고 또 한 명의 형사와 수사팀장은 한울을 진정시키려고 그의 몸을 잡았다. 그게 더 불을 지른 셈이 되고 말았다.

취조실에 혼자 남겨진 한울은 에너지를 몽땅 다 소진하고 바닥에 널브러져 두 끼니를 굶은 채 거의 혼수상태에 빠져들었다. 수사팀장은 파스칼에게서 얻은 정보를 종합하여 주불 대한민국 대사관과 한국인 여자 가이드에게 전화 걸어 최대한 빨리 와줄 것을 부탁했다.

하루가 지나자 알카에다 최고 지도자인 사이프 알 아델을 비롯하여 하마스 지도자와 세력이 약화되어 존재감마저 희미한 아프리카 무슬림 단체 안사루까지 나서서 아쉽게도 이번 에펠탑 사건은 자신들과 무관한 일이라며 제각각 성명을 발표했다.

시간이 갈수록 단서를 찾지 못한 수사 당국과 파리 시의회는 오리무중에 빠져들었다. 그러자 여기저기 별의별 단체에서 불만과 힐책의 목소리가 터져 나오기 시작했다. 그 선봉에는 에펠탑을 진단했던 전문가들이 있었다.

그들은 오래전부터 에펠탑이 위험한 상태에 놓여 있었으며, 주기적인 페인트칠은 임시방편에 지나지 않을뿐더러 지금까지 천문학적인 돈만 낭비한 것이라고 지적했다. 또한 대대적인 보수공사나 철거를 했어야 한다는 걸 강조했다.

심지어 캐나다에서 장기 출장 중인 전문가도 현지 뉴스에 나와 목소리를 높였다. 그는 에펠탑이 당장 무너져도 이상할 것이 없었다는 극단적인 발언까지 했다. 자칫 수많은 인명피해가 발생할 수 있었겠으나 초대형 사건 또는 사고가 새벽에 발생한 것은 오히려 천재일우에 해당한다고도 했다. 그는 파스칼과 에어프랑스 리무진 버스 정류장에서 5분간 만났던 바로 그 전문가였다.

여러 명의 전문가가 특집 방송에 패널로 나오고, 신문들은 일제히 전문가들의 견해를 기사로 실었다. 이즈음에서 프랑스 국민은 수사 당국과 파리 시의회보다 전문가들의 말을 수긍했다.

"장 한울 씨, 제가 가이드였잖아요. 저를 알아보겠죠?"

한국인 여자 가이드는 멍한 눈으로 천장만 하염없이 바라보는 한울에게 한국말로 질문을 반복했다.

"나는 아무것도 모릅니다."
"알아요, 장 한울 씨가 범인이 아니라고 모두 생각하고 있어요. 그런데 왜 그 시간에 에펠탑 기둥 옆에 있었어요?"
"나는 아무것도 모릅니다."

수사팀장은 마침내 취조를 포기하기로 마음먹었다.
가이드라는 여자의 말에 의하면 장 한울이라는 청년은 부모를 따라 프랑스로 여행 온 자폐아였다. 그는 여행 중에 사람들과 어울리지 못했고, 유명한 관광지에도 흥미를 보이지 않았으며, 얌전히 따라다니기만 했단다.

수사팀장은 아무리 봐도 아퀴가 맞지 않고, 엉성하기 짝이 없는 두 사람을 용의자로 붙잡고 있는 건 아닌지 자문했다. 바르탱 씨의 말처럼 노숙하러 들어갔다가 하필이면 그날 사건이 터진 것인지도 모른다. 그렇다면 파스칼 바르탱과 장 한울은 재수에 옴이 붙은 사람들일 뿐이다.

불어도 모르는 외국인 자폐 청년이 에펠탑에 기어 올라가 폭탄을 설치했다는 건 공상 과학만화에나 나올법한 이야기다. 게다가 파스칼 바르탱은 자기가 폭탄을 설치했다는 둥 집이 갑갑하여 에펠탑 아래에서 노숙하려 했다는 둥 말이 왔다 갔다 하여 신빙성이 거의 없다는 판단에 이르렀다.

그것을 뒷받침하는 확실한 제보가 있었으니 바로 파리 시청에 근무하는 수위였다. 비록 모자이크 처리를 했으나 그는 뉴스에 나온 노인을 단박에 알아봤다고 했다. 그 노인이 시청에 와서 뜬금없이 시의회 의장을 만나겠다며 정신 나간 소리를 했다고 증언했다. 노인이 무슨 꿈을 몇 번이나 꿨다나 어쨌다나 횡설수설도 모자라 신의 계시가 어쩌고저쩌고하면서 업무방해를 했단다. 그러면서 정신에 이상이 있거나, 치매 걸린 노인이 분명하다며 경찰서가 아니라 병원으로 보내야 한다는 말을 남기고 돌아갔다.

성난 여론은 전국 곳곳에서 들불처럼 일어나 수사 당국과 파리 시의회를 코너로 몰아갔다. 애매한 사람 잡아놓고 테러범으로 몰고 간다는 질책이 쏟아지는가 하면, 당장 파스칼 바르탱과 장 한울을 풀어줘야 한다는 여론이 형성되었다.

테러범이라고 하기엔 누가 봐도 어울리지 않는 조합이라는 것이다. 관절염을 앓는 노숙자 노인과 여행 왔다가 부모를 잃은 불쌍한 한국인 자폐 청년이 무슨 재주로 그런 엄청난 일을 일으킬 수 있겠는가. 하물며 그 청년은 불어를 전혀 모른다. 상식이 있는 사람이라면 누구도 믿지 않을 일을 경찰이 하고 있다며 오히려 경찰의 무능을 탓하기 시작했다.

급기야 에펠탑 철거를 외치며 파리 시민들이 피켓을 들고 거리로 나왔다. 상층부가 꺾여 언제 떨어질지 모르는 상황을 그대로 방치하는 것은 지나가는 개가 웃을 일이라며 새로운 에펠탑을 지어야 한다는 목소리가 커져갔다.

피켓을 든 군중 맨 앞줄에 엠마가 있었다. 그녀는 이틀 동안 미루를 데리고 산책을 다녀오는 일 외에는 텔레비전과 신문만 봤다. 이구동성으로 에펠탑이 얼마나 위험에 노출되어 있었는지 열변을 토하는 전문가들의 말을 신뢰할 수밖에 없었다. 그 결과 그녀는 파스칼을 이해하게 되었고, 파리 시민들처럼 에펠탑은 반드시 철거하여 새로 지어야 마땅하다는 쪽으로 굳어졌다. 결국 엠마는 아빠가 미치광이가 아니라 용감한 돈키호테였다는 생각으로 바뀌었던 것이다.

여론의 뭇매를 실컷 얻어맞은 수사 당국은 혐의점을 찾지 못했다는 이유로 한울을 석방하여 대한민국 대사관에 넘겼다. 그럴 수밖에 없는 것이, 엿새째 한울은 입을 꾹 다물고 경찰관이 가져다주는 푸짐한 음식이 담긴 식판을 앞에 두었을 때만 입을 열었다.

반면 수사 당국은 아직 조사할 것이 더 있어 파스칼 바르탱의 석방이 다소 지연된다는 발표를 냈다. 다만 테러 용의자에서 참고인 자격으로 격상되어 보도되었다. 그 사이 경찰은 수색영장을 가지고 파스칼의 집에 들어갔다. 그들은 냉장고에서 먹다 남긴 피자 몇 조각 외에는 아무것도 발견하지 못했다.

경찰이 압수 수색하러 왔을 때 수다쟁이 관리인은 자기가 보고 느낀 점을 말하려다가 관뒀다. 차라리 나중에 석방되어 나올 파스칼에게 자기가 근질근질한 입을 잘 봉했다고 알리는 것이 경제적으로 이득이라는 걸 깨달았다. 그는 파스칼과 한울이 한밤중에 여러 장비들을 차로 옮겨 실을 때 몰래 훔쳐봤던 것이다.

수사 당국이 파스칼을 석방하지 않은 데에는 몇 가지 정황으로 미루어 의심의 여지가 있었기 때문이다. 경찰은 파스칼이 쟈크라는 친구의 차를 빌려 트루빌을 다녀왔다는 걸 알아냈다. 그것을 증언한 사람은 배터리 충전을 도왔던 트럭 운전사였다. 그에 의하면, 자기가 보기에 청년은 괴성만 지르는 벙어리가 분명했고, 노인도 살짝 맛이 갔는데 청년을 양아들이라고 했단다.

"내가 말하지 않았소, 오랜만에 불알친구를 만나러 갔다고."
"테오 볼리에르 씨는 화학자이자 꽤 유명한 교수였더군요. 왜 하필 이런 일이 일어나기 전에 친구를 만나러 갔지요? 게다가 가까운 거리도 아닌데 말이죠."
"이보쇼 형사 나리. 날씨 때문에 더워 죽겠는데 그럼 내가 센 강에서 수영하랴? 테오는 내 친구이기도 하지만 그곳은 내 고향이오. 거리로 말하자면 그나마 파리에서 제일 가까운 바다잖소. 고향 바다를 찾아 휴가를 가는 게 뭐 어떻다는 거요? 남들 다 가는 휴가를 노숙자가 가지 말라는 법은 없잖소. 그리고 당신들이 알고 싶은 건 내 친구 테오에게 벌써 물어봤을 거 아니오."
"그쪽 수사팀이 어제 테오 볼리에르 씨를 만났습니다만……"
"별 게 없었다는 말이군. 그럼, 다음 질문으로 빨리 넘어갑시다. 그나저나 밖에 비가 오고 있소? 무릎이 아파서 좀 눕고 싶구려."

취조실 옆방에서 이 장면을 보고 있던 수사 당국 국장은 마침내 명령을 내렸다. 명령에 따라 파스칼 바르탱은 석방되었다. 그 대신 아직 사건인지 사고인지조차 명백하게 밝혀지지 않았고, 다른 용의자를 발견하지 못한 점을 고려하여 파스칼이 파리를 떠나서는 안 된다는 조건을 달았다. 그러고는 언제라도 소환 조사를 해야 하므로 노숙도 금한다는 문서에 사인하게 했다.

파스칼은 여러 문서에 사인을 했다. 그러다가 언뜻 보증인란에 사인 된 종이 한 장이 눈에 띄었다. 경찰관이 종이를 챙기는 바람에 자세히 보지는 못했지만, 거기에 눈에 익은 엠마누엘 바르탱의 사인이 있었다. 파스칼은 자기 눈을 의심할 수밖에 없었고, 제대로 확인하지 못한 것이 못내 아쉬웠다.

파스칼은 그까짓 거 백 번도 넘게 사인할 수 있고 파리를 떠날 생각은 눈곱만큼도 없으니 걱정 말라며 큰소리를 치고 프랑스 사법경찰본부 건물을 나왔다. 파스칼은 밖으로 나갔다가 화들짝 놀랐다. 엠마가 기다리고 있었던 거다. 그에게 다가온 엠마는 두 팔을 활짝 벌려 파스칼을 안았다. 그는 가슴 깊은 곳에서 뜨겁게 올라오는 물기 때문에 눈을 감았다.

그 무렵 한울은 대사관의 협조 아래 한국인 여자 가이드가 정한 한인 민박집에서 숙박할 수밖에 없었다. 그는 파스칼의 집에서 수호천사를 무작정 기다리고 싶었다. 그러나 허락이 떨어질 때까지 그 민박집을 벗어나서는 안 된다는 프랑스 수사 당국의 지시를 따라야 했다.

그리고 대사관 측 관계자는 돌아가는 분위기로 봐서 머지않아 프랑스 수사 당국이 한울에게 출국 명령을 내릴지도 모른다며 한울의 부모에게 연락하여 프랑스로 와줄 것을 요청했다.

한울의 아빠, 장 목사는 부흥회 기간이라 꼼짝달싹할 수 없다며 그의 아내를 프랑스로 보냈다. 한 달여 만에 아들을 만난 한울의 엄마는 민박집에 모여 있는 한인들 앞에서 아들을 껴안고 펑펑 울었다. 민박집에 투숙하던 여행객 몇 명과 민박집 주인 내외 그리고 가이드는 모자 상봉에 눈시울을 적셔가며 박수를 쳤다. 그 상황이 달갑기는커녕 어색하고 불편한 사람은 한울뿐이었다.

파스칼이 열흘 만에 집으로 돌아온 날, 수다쟁이 관리인은 경찰들이 압수 수색하러 왔을 때의 상황을 13분에 걸쳐 이야기했다. 파스칼은 말없이 고개만 끄덕이고 백 유로 지폐 한 장을 그에게 건넸다.

이후 수다쟁이 관리인은 조금 변했다. 그는 존경을 가득 담은 눈빛으로 파스칼을 우러러봤다. 파스칼이 아파트 안으로 들어오면 얼른 엘리베이터 버튼을 눌러주었고, 케케묵어 쓸모가 없어진 것들을 모아 버릴 때도 팔을 걷고 도왔다. 거기에 대한 보상으로 파스칼이 십 유로짜리 지폐 세 장을 건네자 극구 사양하는 모습까지 보였다. 파스칼이 지폐를 그의 호주머니에 찔러 넣으면 시선을 딴 데로 돌리고 시치미를 뚝 떼지만 말이다.

파스칼은 그즈음 다시 만난 미루와 변함없이 평범한 하루하루를 보내고 있었다. 엠마는 하루에도 몇 번씩 파스칼에게 전화로 안부를 물었고, 가끔 먹을 것을 사 와서 부녀가 마주 앉아 저녁 식사를 했다.

파리 시내를 비롯하여 전국은 에펠탑 사건으로 시끄럽지 않은 날이 없었다.

그들의 구호에 변화가 있었는데, 처음에는 '에펠탑을 철거하라'였으나 언제부턴가 '우리에게 새 에펠탑을 달라'로 바뀌어 있었다.

프랑스에서만 그런 것이 아니었다. 전 세계에 흩어져 사는 프랑스인들은 현지에서 삼삼오오 모여 우리에게 새 에펠탑을 달라는 시위를 했고, 거기에 가세한 무슨 무슨 단체들도 상당했다.

사건 20일 만에 파리 시의회로부터 이례적인 발표가 나왔다.

상반부가 꺾여 흉물이 된 에펠탑을 철거할 것이며, 그 자리에 새로운 에펠탑을 건설할 것이라고 표명했다. 그러자 파리 시의회와 사이가 틀어졌던 수사 당국도 발표를 했는데, 여전히 오리무중이지만 흉악한 테러범을 색출하여 소탕할 것이며, 반드시 경찰의 명예를 지키겠다고 선언했다.

전 세계를 경악시킨 초대형 사건치고 너무도 빠른 대책에 사람들은 다시 또 놀랐으나 충분히 수긍하고 환영했다. 그러고는 파리 시의회에 심심한 위로와 함께 십시일반 기부금을 보내기 시작했다.

발표가 있고 며칠 뒤, 파스칼은 전화 한 통을 받았다. 한울이었다.

"이게 누구야, 장이 아닌가. 이렇게 반가운 일이……"
"파스칼, 나는 서울에 갑니다."
"그래? 언제? 하긴 그렇지, 돌아가긴 해야지."
"내일 갑니다."
"뭐? 그렇게나 빨리? 그건 너무 갑작스럽군."
"파스칼이 너무 보고 싶습니다. 미루도 보고 싶습니다."

전화기를 타고 한울이 훌쩍거리는 소리가 들렸다. 파스칼은 입을 꾹 다물고 어떤 대답도 할 수 없었다. 침묵이 흐른 뒤, 그는 겨우 입을 열었다. 내일 공항으로 가서 작별 인사를 나누겠다고, 미루도 함께 가겠다고, 그 말을 남기고 전화를 끊었다. 그날 밤 파스칼은 잠을 한숨도 자지 못했다. 왠지 몸속 장기 중 일부가 사라진 느낌이었다.

샤를 드골 공항 제2터미널 대합실은 예상대로 한산한 편이다. 에펠탑 사건 이후 파리 관광이 취소되거나 줄어든 까닭이다. 파스칼은 미안한 마음이 들긴 했지만 새 에펠탑이 건설되면 공항이 미어터질 것이라고 확신했다. 그는 시간보다 일찍 도착하여 한울이 타고 갈 항공기 체크인 카운트가 보이는 대합실 의자에 앉았다. 미루는 주인의 발치에 앉아 오가는 사람을 구경했다. 아마도 한울을 찾는 것이리라. 집에서 나오기 전에 파스칼은 미루에게 한울을 만나러 간다고 미리 알려줬다.

잠시 뒤 커피가 담긴 종이컵 두 개를 들고 나타난 엠마가 파스칼 옆에 앉았다. 그녀는 커피 한 잔을 파스칼에게 건네고 휴대폰으로 시간을 확인했다.

비가 추적추적 내리는 저녁이었다. 길었던 해는 짧아졌고 가을비는 잦았다. 따지고 보면 파스칼과 한울이 처음 만난 날부터 지금까지 고작 두 달도 안 된 시간이 지났을 뿐이다. 그런데도 마치 오랜 세월을 함께한 느낌이 들었다. 파스칼은 사람 사이의 정이란 시간과 상관이 없다는 걸 깨달았다.

파스칼이 빈 종이컵을 만지작거리고 있는데 미루가 발딱 일어나 컹컹 짖고는 쏜살같이 달려 나갔다. 그 힘이 어찌나 셌던지 엠마는 잡고 있던 미루의 목줄을 그만 놓치고 말았다. 열세 살 노령견이라 하기엔 믿을 수 없는 힘과 스피드였다.

미루가 달려간 곳에 한울이 있었다. 한울은 바닥에 퍼질러 앉아 미루를 얼싸안았다가 입을 맞추었다가 얼굴을 쓸어주면서 좋아 죽겠다는 표정으로 깔깔댔다. 그 옆에는 잔뜩 못마땅한 얼굴로 한울을 내려다보는 그의 엄마가 있었다. 주변에 있던 사람들이 무슨 난리라도 난 줄 알고 한울에게 시선을 모았기 때문일까. 아니면 아들이 사람들이 보는 앞에서 막돼먹은 짓을 하고 있어서일까. 한울의 엄마는 세련되어 보이나 파스칼이 상상한 대로 깐깐하고 신경질적인 이미지였다.

모자만 공항으로 온 것은 아니었다. 한울의 엄마 바로 뒤에는 책임감이 강한 한국인 여자 가이드와 한울이 다시 실종되는 일이 없도록 프랑스 땅을 떠나는 순간까지 지켜보려고 온 대사관 남자 직원도 있었다.

파스칼과 엠마는 자리에서 일어나 종이컵을 쓰레기통에 버리고 한울과 미루가 있는 쪽으로 다가갔다. 파스칼을 알아본 한울이 일어났다. 오랜만에 미루를 만나 함박웃음을 짓던 얼굴이 차츰 일그러졌다. 그러고는 파스칼에게 달려가 와락 안기며 꺼이꺼이 울기 시작했다.

한울의 엄마는 너무도 기가 차고 황당했다. 그녀를 만났을 때 데면데면하던 아들이 프랑스 노인에게 안겨 이산가족이라도 만난 사람처럼 울어 젖히니 왜 안 그렇겠는가. 게다가 주변에서 쳐다보던 사람들뿐만 아니라 멀리 있던 사람들까지 마치 유명한 스타가 나타나기라도 한 듯 모여들었다. 심지어 그들은 파스칼과 한울을 에워싸며 응원하는 분위기였다.

파스칼은 한울의 등을 토닥였다. 그가 실컷 울도록 내버려둘 생각이었는데, 아무래도 쉽게 그칠 것 같지 않아 몸에서 한울을 떼어냈다. 파스칼은 주머니에서 손수건을 꺼내 닭똥 같은 눈물을 뚝뚝 흘리는 한울의 얼굴을 닦았다. 그런 뒤 한울의 양손을 잡았다.

"이것 봐 장, 신기하지 않나? 우리가 만나서 함께한 날이 다 합쳐 스무날이었는데, 마치 평생 함께 살아온 사람 같으니 말이야."

"파스칼은 나의 수호천사이기 때문입니다."

"내가 진짜로 수호천사면 좋겠네. 참, 내가 꼭 해주고 싶은 말이 있어. 장, 한국으로 돌아가면 네가 하고 싶은 일을 하도록 해. 그리고 네가 가장 잘할 수 있는 일을 해. 하고 싶은 일과 가장 잘하는 일이 일치할 때, 넌 반드시 성공할 거야."

"알겠습니다. 그렇게 하겠습니다. 나는 꼭 합니다. 약속합니다."

두 사람의 대화를 듣고 있던 한국인 여자 가이드와 대사관 남자 직원은 똑같이 아연실색하여 눈이 화등잔만큼 커졌다. 형사들의 질문을 전혀 알아듣지 못하던, 한국인 여자 가이드와 대사관 남자 직원의 질문에도 '나는 아무것도 모릅니다'라는 말 외에는 입에 지퍼를 달고 있던 한울이었다. 그런데 지금은 프랑스 말을 다 알아듣고 똑 부러지게 대답까지 하고 있었다. 그것도 문법에 맞춰 정확한 발음으로.

그 두 사람은 혹시나 수사 당국에서 몰래 염탐하려고 잠복 형사를 보냈을지 모른다는 똑같은 생각을 하고 주변을 두리번거렸다. 아울러 두 사람은 한울과 그의 엄마가 빨리 체크인하고 비행기를 타러 출국 게이트로 사라지길 역시 똑같이 간절하게 바랐다.

"전에 무섭게 굴어서 미안해요. 용서할 거죠?"

미루의 목줄을 꽉 잡고 있던 엠마가 한마디 했다. 그러자 울음을 뚝 그친 한울이 또랑또랑하게 대답했다.

"괜찮습니다. 살다 보니 세상에는 그냥 받아들일 수밖에 없는 일이 아주 많다는 걸 깨달았습니다. 운명으로 돌릴 수밖에 없는 일도 있습니다."
"그러니까 그건…… 전에 내가 아빠에게 했던 말인데, 기억력이 무척 좋군요."
"엠마, 내가 그랬잖아. 장은 천재라고."
"파스칼, 나는 소원이 생겼습니다."
"오, 그거 듣던 중 반가운 소리야. 지금 그 소원을 들어주기엔 시간이 없을 것 같지만, 네가 한국으로 돌아간 뒤에라도 내가 해줄 수 있다면 꼭 들어줄게. 약속은 지켜야 하니까. 그래, 그 소원이 뭔가?"

한울은 잠시 머뭇거리다가 목을 가다듬고 천천히 말했다.

"파스칼이 말했습니다. 소원은 꼭 이루어졌으면 하는 일입니다. 쉽게 이루어지는 걸 두고 소원이라고 하진 않습니다."
"맞아, 전에 내가 그렇게 말했지."
"내 소원은…… 파스칼을 다시 만나는 것입니다."

이번에는 파스칼이 힘주어 한울을 안았다. 그러고는 젖은 목소리로 말했다.

"내 소원도 장을 다시 만나는 거야."
"나는 파스칼의 소원을 들어주겠습니다."
"꼭 그렇게 해주게."

에필로그

실외 경기장 입구에 파리 국제 클라이밍 대회 현수막이 걸려 있다. 장내에는 관람객이 꽉 차서 빈자리를 찾아보기 어렵다.

맨 앞줄에 파스칼과 엠마가 앉아 있고, 엠마에게 안겨 있는 미루도 보인다.

나는 당장 뛰어나가서 파스칼을 힘껏 부둥켜안고 싶지만, 경기가 끝날 때까지 대기하고 있어야 한다는 국가대표 감독님의 말에 속만 태우고 있다.

2년 전, 파리 샤를 드골 공항에서 파스칼과 작별할 때 그가 했던 말이 있다. 그는 내게 하고 싶은 일을 하라고, 그것도 내가 가장 잘할 수 있는 일을 하라고 조언했었다. 나는 그러겠다고 약속했고, 한국으로 돌아온 뒤 그 약속을 지켰다.

내가 클라이밍 선수가 되겠다고 처음 선언하던 날, 부모님은 반대했다. 그러나 파리에서 내가 무슨 일을 했는지 듣고 난 뒤에 부모님은 돌변했다. 무덤에 들어갈 때까지 파리에서 내가 한 일을 절대 발설하면 안 된다고 신신당부했다. 그러면서 내가 클라이밍 선수가 되도록 물심양면으로 돕겠다며 발 벗고 나섰다.

2년 전 그때, 나와 파스칼은 서로의 소원을 말했다. 나는 그의 소원을 꼭 들어주겠다는 약속도 했었다. 그리고 오늘, 나는 그 약속을 앞두고 있다. 단 한 번의 만남으로 두 사람이 동시에 소원을 이룬다는 것은 굉장히 멋진 일이다.

나는 볼더링과 리드에서 우수한 성적을 거두고 있었다. 나는 국가대표 감독님으로부터 엄청난 집중력과 지구력을 가졌다는 칭찬을 수없이 들었다. 심지어 돌아오는 올림픽에서 기대되는 유망주가 될 것이라고 했다.

이제 스피드 마지막 경기만 남아 있다. 이 경기만 치르면 나는 자유 시간을 얻는다.

마침내 내 차례가 왔다. 나는 긴장되지 않았다. 왜냐하면 내 뒤에는 수호천사가 있으니까. 버저 소리가 울림과 동시에 나는 젖 먹던 힘까지 발휘하여 벽을 기어올랐다. 나는 세계 신기록에서 0.13초가 모자라는 기록을 세웠고, 이 대회에서 우승을 차지했다.

나는 돌아서서 허리를 90도로 꺾어 인사했다. 인사 도중에 고개만 살짝 들어 앞을 보니 파스칼은 자리에서 벌떡 일어나 환호하며 박수를 치고 있었다. 반면에 엠마는 품에 안긴 미루가 자꾸 뛰쳐나가려고 발버둥을 쳐서 애를 먹고 있었다.

미루에게 2년은 사람의 10년 세월과 맞먹나 보다. 열다섯 살이 된 미루에게 그새 백내장과 관절염이 왔다. 반면에 파스칼은 수술로 백내장을 걷어냈고 관절염 치료를 잘 받아 많이 호전되었다. 엠마는 애인이 생겼는데 지금까지는 사이좋게 지내고 있단다. 그리고 내가 묻지도 않았는데 멀대 파비앙은 여전히 사무실에 출근한다고 했다. 아울러 그의 웃음소리는 고질병이라 어지간해서 고치기 어려울 것 같다는 말까지 했다. 그 말을 듣는 순간 나는 멀대 파비앙의 기이한 웃음소리가 떠올라 팔에 소름이 돋았다.

내게는 이틀의 자유 시간이 주어졌다.

우리는 엠마의 차를 얻어 타고 에펠탑 건설 현장으로 갔다. 멀찍이 거리를 두고 볼 수밖에 없었으나, 에펠탑이 있던 자리에 똑같이 생긴 새 에펠탑이 올라가고 있었다. 공사 현장은 어마어마한 장비들과 인원들로 규모가 대단했다. 파스칼은 현재 공정률이 30퍼센트이지만 머잖아 우뚝 세워질 날이 올 것이라고 했다. 그러고는 내게 새로운 소식을 알려줬다.

"새로 태어나는 에펠탑은 저번 것보다 조금 더 높게 짓는다는군."
"새 에펠탑은 몇 미터가 됩니까?"
"도쿄 타워가 삼백삼십삼 미터이기 때문에 에펠탑은 그보다 십 미터 높은 삼백사십삼 미터가 될 거래."
"일본이 다시 안테나를 더 높게 달면 어떻게 됩니까?"
"그럼, 프랑스도 안테나를 더 세우겠지 뭐."
"그것참 재미있겠습니다."
"그리고 새 에펠탑에는 죽은 에펠탑의 유전자가 들어 있어."
"그건 아주 무서운 소리입니다."
"지난번 에펠탑 철근을 녹여서 불순물을 몽땅 제거하고 순수한 철만 분리해 냈다네. 그것을 사용하기로 했다는군. 그러니 죽은 에펠탑의 유전자라고 할 수 있지 않겠나."
"아, 그거 참 잘된 일입니다."
"따지고 보면 파리 시의회가 늘 주장했던 에펠탑은 영원히 지속될 거란 말이 영 틀린 말은 아닌 셈이지."

이튿날 파스칼은 나와 함께 꼭 가보고 싶은 곳이 있다며 앞장섰다. 그곳은 루브르 박물관이었다. 모나리자 그림 앞에서 파스칼은 내 손을 잡았다. 주름진 그의 손이 무척 따뜻했다. 우리는 루브르 박물관을 나와 센 강변의 노점상으로 가서 쟈크를 만났다. 그는 우리가 다시 만나게 된 걸 무척 반가워했고, 내가 클라이밍 대회에서 우승한 것을 축하했다.
이틀의 자유 시간은 너무도 짧았다. 작별은 언제나 슬프다. 그렇다고 슬픔만 있는 건 아니다. 작별 속에는 다시 만날 희망도 있다. 희망이 있는 한 소원을 이룰 수 있으니까.
나는 2년 전처럼 공항에서 파스칼과 헤어졌다. 파스칼은 우리가 다시 만나 새 에펠탑을 함께 구경할 날을 기다리겠다고 했다. 나는 내 바람도 파스칼과 똑같다고 말했다. 그리고 늙은 미루를 다시 볼 수 있기를 소원하면서 비행기에 몸을 실었다.

나는 이제 모나리자를 싫어하지 않는다.
오히려 고맙다. 왜냐하면, 나는 태어나서 처음으로 자유가 어떤 것인지를 알았다. 그 자유가 행복을 가져다준다는 것도 배웠다. 그리고 무엇보다 모나리자 덕분에 나는 파스칼과 미루를 만났다.

그들과 함께했던 2년 전의 추억은 아마 내 살아생전 최고의 기쁨이며 행복일 것이다. 또한 나는 사랑이 무엇인지도 알았다. 나는 파스칼 바르탱을 사랑한다. 그는 나의 수호천사이니까!

끝

에펠탑을 폭파하라

초판 1쇄 발행 2025년 9월 15일

지은이   구소은
펴낸곳   도서출판 검은모래

출판등록 제2023-000204호
주소   경기도 고양시 일산서구 성저로 47
전화   070-7571-4683
이메일   blacksand216@naver.com

ⓒ 2025. 구소은 all rights reserved.

ISBN   979-11-994310-0-3

· 이 책은 저작권법에 의해 보호되며 일부 혹은 전부를 사용하려면 반드시 저작권자와 출판사의 서면 동의를 받아야 합니다.